庫

日韓併合期ベストエッセイ集

鄭大均 編

筑摩書房

日韓併合期ベストエッセイ集【目次】

第二章　朝鮮の少年たち、日本へ行く

第三章　こんな日本人がいた

第四章　出会い八景

第五章　作家たちの朝鮮紀行

第六章　街と風景と自然

第七章　朝鮮を見て、日本をふり返る

日韓併合期ベストエッセイ集

序文

鄭大均

二〇世紀のはじめ、日本は韓国（大韓帝国）を併合し、政治的共同体を形成した。一九一〇〜四五年のこの時代は「朝鮮統治期」「日本統治時代」「大日本帝国の時代」「植民地時代」などさまざまに呼ばれるが、本書では「日韓併合期」と呼ぶことにしたい。

呼称といえば、近年の韓国で「日帝強占期」の呼称が使われているのは興味深い。「日本帝国主義がわが国を強制的に占領した時期」の意で、それ以前に一般的に使われていたのは「日帝時代」である。さらに以前には「日政時代」「倭政時代」「日帝暗黒期」などの呼称もあったが、近年の流行は「強制性」を強調することにあるらしい。

旅行者でも気がつくことだが、今日の韓国には「日帝」の「悪意」や「悪政」を語る物語があふれている。学校教科書で教えられた「日帝」の悪行は博物館や記念館に陳列され、テレビで「再現」され、それは韓国人の心や身体に思考や感情のパターンとして書き込まれている。

そんな国の大統領が日本に向かって、歴史観を改革せよという。気がついてみると、日韓の関係は歴史道徳的な性格のものとなり、朝鮮統治期をいかに評価するのかの問題は今や日韓の最大の政治的争点である。日本人はこの時代について、いつになく意見を表明する機会が与えられている。

だが、その日本人に「日韓併合の時代」だとか「植民地時代」などといっても、ピンとくる人が少ないのだから、困ったものである。日本人の多くはこの時代に無関心であり、また避関心なのだ。これはなによりも戦後日本の学校教育やメディアがその歴史に触れることを避けてきたことの代償であろう。

と同時に、戦後の日本には、自国の加害者性の歴史の告発・糾弾を使命とする人びとがいて、その影響も少なくない。一九六〇年代から「植民地統治期」批判をくり返していたのは「左翼良心派」などと呼ばれるこれらの人びとであり、その活動は、八〇年代以後、韓国の日本に対する歴史認識批判を誘発する力となったが、国内的にいえば、この活動こそが人々にこの時代を忌避する態度を作り出したのである。

本書はそんな日本人に日韓併合期の世界に触れることが、思った以上に貴重な体験であることを知ってもらうために準備されたものである。日韓併合期に、あるいはその時代について書かれたエッセイ（随筆）には興味深いものが少なくない。本書はそのなかからすぐれたものを選《よ》りすぐり、一冊の本に組みたてたものである。エッセイだから、難解な論文や政治的アジテーションや小説は含めない。そんなものよりも、日本人や朝鮮人がかつて海の向こうで見たり、感じたり、考えたりしたことを記したエッセイを読んでもらうほうが、この時代を知るには有用であろう。

本書には短い作品も含めて、四十三篇の作品が収録されている。第一章と第二章は幼少期の体験を紹介したもので、日本人の朝鮮体験もあれば、朝鮮人の日本体験もあるが、多くは戦後に記された回想風の作品である。第三章は朝鮮統治期に朝鮮の地で仕事をした五人の日本人を紹介したもので、京城（ソウル）の救世軍育児ホームで働く人間や朝鮮総督府の林業技師から朝鮮総督まで、登場人物は多様である。続く第四章は日本人と朝鮮人のさまざまな出会いを記した章で、出会いの場は朝鮮であったり、日本であったりする。第五章は著名作家の朝鮮紀行文で、谷崎潤一郎や佐多稲子の作品が登場する。ついで「街と風景と自然」と題した章があり、ここには安倍能成と李《イ》孝石《ヒョソク》の作品が多い。最後の第七章は「朝鮮を見て、日本をふり返る」と題した章で、ここにも安倍能成の作品が多い。

安倍能成の作品はこれ以外の章にもあって、十篇が彼の作品である。これは少しバランスに欠けた印象を与えるかもしれないが、戦前から戦後にかけての安倍の存在感やそのエッセイストとしての力を知るものには違和感がないはずである。本書に収録されているのは、その一九二六年から四〇年までの十五年間、京城帝国大学教授として過ごした時期のエッセイで、新しい任地に赴いた安倍は街をよく歩き、人間や自然や文化をよく観察し、想像力あるエッセイを多く残した。ヨーロッパを含めた三角測量的な視点も氏の魅力で、そんなエッセイを記した人間はそれ以前にも以後にもいない。

安倍能成に次いで多いのは金素雲《キムソウン》と李孝石《イヒョソク》の二人で、各五篇ずつである。金素雲は戦前日本に住んでいたこともあるし、朝鮮語から日本語への訳詩集を刊行し、戦後にはエッセイ集も刊行したから名前を記憶されている方もいるだろう。韓国語と日本語のバイリンガル（二重言語者）の達人で、その作品には金素雲ならではの気迫があり、ドラマがある。

もう一人の李孝石は一九〇七年江原道平昌《ピョンチャン》に生まれた人で、二〇一八年の冬季五輪はこの地で開催される。李は京城第一高等普通学校を経て京城帝国大学英文科に進学、卒業後しばらくして、平壌の大学の教員となり、早逝した人である。本書に収録したのはその平壌時代に日本語で書かれた作品で、李も新しい任地である平壌の街を歩き、人間や自然を観察し、詩的な想像力を働かせた。第六章にある「季節の落書」はそんな李の言葉と個性と気分がよく調和した作品で、「落葉を焚きながら」の題目で以前は韓国の高校教科書に掲載されていたが、日本語文との間には微妙な違いがある。なお本書に収録した李の作品はすべて一九三〇年代、当時京城で刊行されていた月刊誌『金融組合』に掲載されたもので、いくつかの作品はおよそ八十年ぶりに日の目を見るものである。その他、複数収録した例に、金史良《キムサリャン》、任文桓《イムムナン》、柳宗悦、日野啓三の作品がある。

四十三編の作品は二十一人の書き手からなるが、日本人が十六人に対し、韓国人五人である。日本人の作品に、子ども体験から大人体験まで多様なテーマがあるのに比べると、韓国人の作品に大人体験が欠けているのは不自然な印象を与えるかもしれない。日韓併合期のこの時代、海の向こうに、より情熱的であったのは朝鮮人のほうであり、彼らにはさまざまな冒険談があり、失敗談があり、一世の在日韓国人からそんな話を聞かせてもらったこともある。だが、私たちは彼らから話し言葉で冒険談を聞かせてもらうことはできても、書き言葉の世界でそれに触れることはなかなかできない。当時の朝鮮人の大人たちの多くは文字を知らない人びとであったからだ。なお四十三の作品のうち、旧字旧仮名づかいのものを新字新仮名づかいに改め、ルビを若干追加し、〔 〕の記号で編者註を加えたものがあることをお断りしておきたい。抜粋という形で収録した例も少なくない。

本書を読んでなにを感じ、考えるかは読者の自由だが、多くの読者が抱くのは、日韓併合期のこの時代が、今日私たちが考えるほど、良い時代でも悪い時代でもなかったのだという印象ではないだろうか。それでいいのだと思う。この時代についてよく語られるのは「搾取」や「収奪」といった暗い話だが、それはこの時代を構成する無数のお話の一部に過ぎないのであって、あたりまえの人間のあたりまえの日常が無視されている。本書はそういうあたりまえの日常を復権させる試みであると同時に、それ以上の鉱脈を見いだそうとするものでもある。私たちは、どのような時代やどのような社会に住んでいても、「良いひと」に出会い、「美しいもの」に出会うことができる。本書に収録されているいくつかの作品をとおして、あの時代には、今日の日本や韓国には失われた「良さ」や「美しさ」があったのだということに気づいてもよいのである。

第一章　子どもたちの朝鮮

運命の足音

五木寛之

私は昭和七年（一九三二年）に、九州の福岡県の地方の村で生まれました。母親は、福岡の女子師範《しはん》学校を卒業後、福岡県内の小学校の教師をしていて、私が小学五、六年になるころまでずっと仕事をつづけていました。つまり、私にとって母親のイメージというのは「働く女」だったわけです。

母親と離れている時間が多いと、子どもはどうしても早くから自立しなければいけません。そう考えると、やはり自分の母親が職業婦人だった、働く女だったというのは、運命的なことだったという気がします。

そんな母が、たまたま同じ小学校に赴任していた父と出会う。そこで二人は親しくなり、恋愛して結婚する。そして私が生まれる、ということになるわけです。

父は母よりひと足早く、当時の植民地だった朝鮮半島の学校へ赴任していました。

母はおそらく、自分の郷里である福岡県で私を産みたかったのでしょう。そのころは「内地」と呼ばれていたのですが、本土で出産してから、赤ん坊である私を連れて父の待つ朝鮮半島へ渡ったのです。

ですから、私は物心ついたとき、すでに朝鮮半島にいました。最初は論山《ノンサン》という地方都市で、母もそこの小学校に勤めていました。

論山という町も、いまでは一変してしまっていることでしょう。あのころは小さな町で、アカシアがたくさん繁っていました。私が学校へ通った道の両側にも、アカシアの巨木があったのをよくおぼえています。

初夏のころになると、アカシアの青白い花びらが散って、道の上が一面に花びらで敷きつめられたようになっていました。アカシアの花は、付け根の部分をなめると甘い蜜《みつ》の味がします。それで、よく次から次へと花を取ってなめていたものです。

また、そのころには私の下に弟が一人生まれていました。おそらく私が四歳か五歳か、それくらいのときだったのでしょう。

母が勤めていた小学校は、私たちが住む家から十分か二十分ぐらい離れたところにありました。当時の記憶のなかに残っている母というのは、朝、カバンをさげて、「じゃ、行ってきます」といって出かけていく姿です。

そんな母親のうしろ姿を見送ったあと、残された私は、朝鮮人の少女、おねえさんに子守りをしてもらう。そして、母親が帰ってくるまで、一日うちで遊んでいるわけです。スズメの巣に手を突っこんで卵を取ったり、飼っていた「チル」という名前の犬と走りまわったり、そんなふうに退屈もせずに機嫌よく遊びまわっていました。そして、夕方になると、母親が帰ってくるのを待つ。

ところが、ときどき母の帰りがいつもより遅い日があるのです。暮れがたになっても帰ってこない。どうしているんだろう、と気がかりになって、母の小学校まで迎えに行ってみることもありました。

すると、校舎のなかに明かりがついている。背伸びをしてそっと窓ぎわからのぞきこむと、職員会議が行われていて、まだずっとつづいているのです。そこで母親がなにかメモをとりながら、うなずいていたりする姿を見ることもある。

ふだんの日の昼間、遊びがてらにその小学校へ行くこともありました。そんなとき、母親は校庭でオルガンを弾きながら、子どもたちに歌をうたわせていたりする。

昔の先生というのは、いろいろなことを教えていました。ですから、母親がオルガンを弾く姿も見れば、体操を教えている姿も見ました。和裁とか裁縫も上手だったので、子どもたちによく教えていたようです。

母親が帰宅して食事が終わり、眠っていて夜中にふと起きあがると、まだ起きている母の姿を見ることがありました。そんなとき、母は部屋の片隅で夜なべで試験の採点をしていたり、通信簿をつけていたりする。なにか書類を広げて一所懸命にペンを走らせているのです。

このように、小さいときから私が見ている母親の姿は、働いている女性であり、スーツを着ていた人でした。当時、職業をもつ母親というのは、まだ少なかったのではないでしょうか。そのなかで、スーツを着て、踵《かかと》がそんなに高くない中ヒールの靴をはいて、カバンをさげて歩く母。タッ、タッ、タッ、と靴音を響かせて出かけていく姿や、カバンをさげて帰ってくる姿が、強く印象に残っています。

母はときどき丸形の眼鏡をかけることもありました。まさに、学校の先生、職業婦人といった感じで、いまならキャリアウーマン、ということになるのでしょう。

やはり、最初に出会った女性である母親が、家庭にいる専業主婦ではなくて、働く女性だったということは、私に大きな影響をあたえていると思います。

なにしろ、物心ついたときからずっと、女の人というのはそういうふうに働いているものだ、というイメージしかなかったのです。職業をもって働く母親の姿が、刷りこまれてしまっている。母親のふところに抱かれてべたべたと甘えたということも、ふだんはほとんどありませんでした。

当時、父は少し離れた別の町の小学校に勤めていました。おそらく、単身赴任のようにしていて、土日になると家に帰っていたのでしょう。

その論山《ノンサン》という町にいたとき、私のすぐ下の弟が重い病気にかかったのです。丹毒《たんどく》という病気だったようです。

そのときの母の様子はいまもおぼえています。熱をとるにはドジョウがよく効くと教えられて、母は一所懸命にあちこちからドジョウをたくさん集めてきました。その腹を割いて、弟の額に貼りつけては、何度も何度も取り替えるのです。なんとか熱を下げようとして、そうやってずっと手当てをしていた。しかし、その甲斐もなく弟は亡くなりました。

もうひとつ、当時のことではっきりおぼえていることがあります。うちで可愛がっていた飼い犬のチルに、私が指を咬《か》まれたのです。血が出るほど強く咬まれたのですが、その傷の痛さよりも、愛犬に咬まれたというショックのほうが大きかったような気がします。

周りの人たちは、これくらいなら大丈夫だろうと言ったようですが、母は、医者に診せてワクチンを打ってもらう、と一人でがんばりました。私が狂犬病にかかるのを恐れていたのでしょう。私を医者に連れていったのです。

結局、一回だけではなく、ずいぶん通ってワクチンを打ってもらいました。さいわいなんともなかったのですが、そのことはいまでもはっきりと記憶に残っています。犬に咬まれたから傷の手当てをする、ということだけではなくて、狂犬病というものがあるからワクチンを打つべきだ、と主張した母。そういうところには、やはり教育者の面影があるな、と思ったりもします。

「物語る」ことへの欲求の芽ばえ

その後、私が学齢期に達する少し前だったと思いますが、もっと辺鄙《へんぴ》な村に引っ越すことになりました。というのは、父親が、そこにある普通学校、つまり当時の朝鮮人だけの小学校に、校長として赴任することになったからです。

内地にいれば、まだ地方の小学校の一教師にすぎないだろう日本人も、当時、植民地へ行けば、若くても出世して校長になれる、ということがありました。

そのため、日本では報われない人たちが、新天地をもとめて植民地へきていたのです。前にも書きましたが、とくに私の父はノンキャリでしたし、卒業したのが新興の師範学校だったので、当時、内地にいたら、その学校を出ているぐらいでは、なかなか校長にはなれなかったのでしょう。

引っ越した先は、恐ろしいほどの寒村でした。私の家族を別にすると、日本人は村の駐在所の巡査夫婦だけでした。あとは、もちろん朝鮮の人たちばかりです。当時、日本政府は朝鮮の人たちに日本語を話すように強制していたのですが、そんな状況ですから、そこでは日本語を使う朝鮮人はほとんどいませんでした。

もちろん、周りに一緒に遊べる日本人の子どももいない。その代わりに、地元の子どもたちがよく遊びにきました。彼らは、私がもっている漫画の本を見せてほしい、とせがむわけです。それで、少し優越感をもって見せてやったりする。

いまなら、さしずめテレビゲームを一人だけもっているようなものでしょう。次第に彼らと仲良くなって、一緒に近くの池に魚釣りに行ったり、村のお祭りに顔を出したりしました。遊び相手は、同年配の朝鮮人の子どもたちだったのです。

そういうとき、私が使うのは日本語だけです。一方、彼らのほうは日本語をほとんど使わない。日本語を強制されてはいても、日本人がほとんど誰もいないのですから、当然、彼ら同士はいつも朝鮮語で話しているわけです。

しかし、一緒に遊んでいるうちに、私のほうも朝鮮語を片言で少しはおぼえますし、向こうも日本語を教えられているので、片言の日本語はわかります。コミュニケーシヨンにはさほど問題なかったような気がします。

そのころの話はよく書くのですが、ある老人の姿が記憶に焼きついています。夏、朝鮮松の赤い松林がずっとつづく街道があって、その白いほこりが立つ道端の日陰に、一人の老人がしゃがみこんでいる。朝鮮の白い着物を着て、帽子をかぶって、長い煙管《きせる》をもっているのです。

その老人の目の前には、古文書のような本が広げられていました。左右が五十センチもありそうな大きな本です。その本の上のほうには絵が描いてあり、下のほうには文章が書いてありました。それがハングルなのか、どういう文字なのかよくわかりませんが、日本語でないことはたしかでした。

その本のページを煙管でめくりながら、その老人は辻講釈師のように、うたうような口ぶりで物語を語っていくのです。たぶん、古い朝鮮の物語だったのでしょう。『春香伝《しゅんこうでん》』とかそういうものかもしれません。

老人が語っている前には、村のおじさんやおばさんたち、あるいは子どもも五、六人しゃがみこんでいる。犬も一緒に座りこんでいる。みんなが日陰に座って、その老人のゆったりした絵解きというか、物語を聴いているわけです。

そうしていると、途中で物売りの人もやってくる。「チゲ」と呼ばれていた背負子《しょいこ》のようなものの上に石油缶をのせて、冷たい水を張って、そのなかに豆腐をいれてある。

老人の語りを聴いている人たちは、その豆腐売りを呼びとめて、水で冷えた豆腐を買う。その冷たい豆腐をてのひらにのせて、端っこからかじっていく。そうしながら、またその老人の話を熱心に聴く。

そんなふうに牧歌的な光景が、いまでも強く印象に残っています。おそらく、日本で人気があった紙芝居みたいなものだったのでしょう。

物語の山場にくると、老人がその情景をいきいきと声で描きだす。そのたびに、お客さんたちは笑い声を立て、身を乗りだし、いったい次はどうなる、というふうにのぞきこんだりする。子どもも大人も、男も女も、みんながため息をついたり、おーっと手を打ったりしながら老人の物語に引きこまれている。

そして、最後に悪人がやっつけられると、みんなで、やったやった、と喜んだりするわけです。物語の名前はもう忘れてしまいましたが、あれは、たしかにその村での印象的な出来事でした。

老人の話を聴きながら、子どもながらにああいう仕事はいいな、おもしろいだろうな、と感じたことを記憶しています。

ひょっとすると、私の「物語」への欲求、あるいは「物語る」ということへの欲求が芽ばえたのは、あのときだったのかもしれません。

僕の昭和史

安岡章太郎

昭和時代は、その幕あきのしょっぱなから不吉なことが続いて起り、前途多難をおもわせるのであるが、それにしては僕自身、その頃のことを振りかえると、そんなに暗い感じはしない。むしろ僕たちの一家にとって、それは最も明るく、幸福な時代であったような気がするくらいだ。一つには、当時の京城という都会が大方の日本人にとって快適な街だったからだろう。

いまの京城、つまりソウルは、人口五百万とかの超過密都市で、東京と同様、或《ある》いはそれ以上に活気はあるけれど、自然環境の破壊も甚だしく、むかしの面影はまったくない。僕らのいた頃の京城は、人口はたぶん五十万ぐらい、小さいながら良くまとまって、ハイカラな感じの街だった。

僕らが住んでいたのは、本町（いまの忠武路《チユンムロ》）という目抜きの通りの直《す》ぐ裏手で、おもての通りには三越だの銀座の亀屋の支店だのが並んでいた。本町を南に行くと南大門の広場があり、そこには朝鮮銀行、その他、大きな会社の建物が集っており、また町をちょっと出はずれたところに南山という丘があって、そこに僕のかよった幼稚園や小学校がある。この南山は、いまはＫＣＩＡの本拠になっており、山の斜面一帯は新興資産家の住宅地になっていて、花崗岩《かこうがん》やレンガで囲った家がぎっしり立ち並んでいるが、僕らのいた頃は朝鮮には珍しい青々とした丘陵地帯だった。学校は斜面の中腹にあって、そこから少し奥に這入《はい》ると、深山幽谷のおもむきがあった。春先きなど、岩肌に張った氷の裂け目から奇麗な清水が湧《わ》き出しており、手をつけると千切れるほど冷たかったが、すくって飲むと体の中までスーッとするような、爽快《そうかい》な味がした。

空は、ほとんど一年じゅう晴れており、とくに冬になると青く澄んで、カーンと音がしそうな冴えた色をしていた。

無論、スモッグなんかは全然ない。ただ、僕らは自動車には割合によく乗った。他にこれといった交通機関がすくなかったせいでもあるが、何といっても僕ら日本人はここで特権階級だったからだ。父は「やっとこ中尉に、貧乏大尉」という大尉だったから、そんなに豊かな暮らしが出来るはずはなかったが、軍人は景気不景気には左右されない職業で、給料も外地手当がついていたし、住居は官舎で家賃もいらないから、経済的には内地勤務よりよほど楽だったはずである。僕は、ここへきて初めて、チョコレートだの、ハムだのソーセージだのというハイカラな菓子や食べものの味をおぼえた。父は長四角の青い鑵《かん》に入ったウェストミンスタアというタバコをふかし、母は髪をアイロンで縮らせて耳かくしという形に結っていた。

朝鮮の冬の空気はきびしく、零下十何度という日も珍しくはなかったが、とくに寒さというものは感じたことがない。どの家にも、床全面を暖めるオンドルがあったし、他の部屋には石炭ストーヴが真っ赤にもえていたから、日本内地の冬の生活よりはずっと温かかったろう。ただ、一と冬に何日か、とくに寒い朝には、本町通りの商店の軒下で寝ている朝鮮人の少年が凍死体で発見されたりした。そういうとき、日本人はなぜかひたすら怖れるのであった。

「朝鮮人はこわいわね」と、母も隣のおばさんと話していた。「こんな寒いときに、わざわざ裸にナンキン袋を着ただけで寝ているんですもの。あれじゃ、死なない方がフシギよ……」

「でもね、可哀相だとおもって、日本人がシャツだの服だのをやると、あの子たちは怒って、びりびりに引き裂いて、わざと寒いふりをして震るえて見せるんですってよ」

「そうですってね、だから朝鮮人はこわいっていうのよね」

本町は、前にいったように京城で目抜きの通りで、横浜や神戸の元町なんかにも似てシャレた店が多かった。しかし、このなかで朝鮮人のやっている店が一軒でもあっただろうか。店員も、客も、道を歩いている人も、日本人ばかりだったような気がする。そんななかでボロを着た朝鮮人の子供は、一番奇麗な店の明るいショーウインドウの前で、ごろりと寝そべって金をねだるのだ。通りがかりの人が、着るものや食べものをやっても、そんなものは受けとらない。彼等が狙《ねら》っているのは金だけだ。勿論、店としては迷惑だから、ときどき店員が出てきて追い払うが、少年たちはいくら追い払われても、店員が店の中にひっこむと、またもとのところで寝そべったり、うずくまったりする。また、店員が出てくる。しかし、少年は動こうとはしない。腹を立てた店員は、バケツで水をまいたり、少年の手や耳をひっぱって立たせようとしたりする。少年は大きな声で泣き叫ぶ。

「アイゴ！」

僕は、そんな光景を何度か見た。それは、たしかに怖ろしかった。しかし僕は、朝鮮人の子供のしぶとさに怖れをなすというより、あの子供が店の前で寝ていたいというのなら、なぜもっと寝かしておいてやらないのだろう、という素朴な疑問の方が強かった。

その頃、僕の家では蓄音機を買い入れた。勿論、電気蓄音機ではなく手廻しゼンマイ式のものだったが、箱の中から楽隊の音がきこえてくるというだけでも、驚くべきものであった。『砂漠に日は落ちて』、『君恋し』、そんな歌がはやっていたが、僕がとくに愛好したのは、二村定一の『笑い薬』という歌で、これはレコードがすり切れるほど聴いたから、メロディーも歌詞もよく覚えている。

なーんぼ何でも、世の中に
これほどバカげたことが、あるものか
こないだも、電車の車掌に
笑い薬を飲ませたら
「尾張町」アッハッハ……、「みなさん乗り換え」ワハハハハ
これでは車掌はつとまらない
　きょうから廃業、ワッハハッハッ

というのである。「なーんぼ何でも」という間のびのした声と、「ワハハハハ」とい

うけたたましい笑い声とが、何度くりかえしてきいても面白く、僕はひまさえあればそれをかけて、自分も笑いこけていた。

それにしても、手廻しの蓄音機が文明の利器で、一種のステータス・シンボルでもあったような当時の日本は、軍事的には五大強国の一つであっても、他の点では〝発展途上国〟であったというべきであろう。いまのように、学生が夏休みにアルバイトをして自動車が買えたり、各家庭に電気洗濯機や真空掃除機が行きわたるなどということは、考えられもしなかった。真空掃除機といえば、僕が初めてそれを見たのは、朝鮮へくる途中、大阪で伯父の家に泊ったときだ。この伯父は、大酒飲みの発明狂で、何でも銭湯の脱衣所で自分の着ているものを箱に入れると、その番号が浴場の富士山の絵の下にピカリと電気仕掛で光る、そして誰かがその箱に手をつっこむと、とたんに番号のついている電気がチカチカと明滅するので盗難予防になる、というそんなヘンな特許を百幾つも持っていることが自慢であった。また、この伯父は、珍しいものがあれば何でも買いこむくせがあり、電池のいらないダイナモつきの懐中電灯などを得意になって持ち歩いたりしていた。そのときも、「お前らは朝鮮へ行ったら、こんなウマい酒は飲めまい」と、さかんに父に酒を飲ませているうちに、自分が酔っぱらって、何か黒い物干し竿《ざお》のさきに小さな箱のついたようなものを持ち出してきて、僕

に、

「こりゃ坊主、これは何でも吸い取る機械やぞ。お前、ここで小便をやってみい、すぐ吸いとってやるぞ」

と、自慢してみせた。僕は、ほとんどそれを真に受けて、あわやその場で本当に小便をしようとしたところを、伯母と母とに叱られて止めた。つまり、それが真空掃除機であったわけだが、子供の僕はこれも伯父の発明にかかる神秘的な装置であろうか、と半ば本気で信じていた。

しかし、その頃、洗濯機や掃除機が普及しなかったのは、一つには人手がいくらでもあって、中流家庭では一人か二人、女中を雇っていないところはないぐらいだったからだ。京城でも、母は日本人の女中を置いていた。最初はハルという人がいて、これがやめるとユクという人がきた……。考えてみると、これは当時、いかに人手が安かったかというだけではなく、いかに多勢の日本人が朝鮮へ出掛けていたかということでもあるだろう。当時は日韓合併後、まだ二十年とたっていなかったはずだが、日本人は朝鮮のなかに完全に日本人だけの社会をつくり上げていた。南山幼稚園にも、南山小学校にも、朝鮮人の子供はたぶん一人もいなかったはずだ。そんなだから、僕は朝鮮に何年いても、朝鮮語というものは、二、三の単語を知っている程度で、まったく憶えようともしなかった。それどころか、日本は朝鮮人に朝鮮語をつかうことを禁じ、朝鮮人ばかりを集めた朝鮮の学校で日本語の教育を強制した。そして後には、朝鮮人の姓を取り上げて日本姓にあらためさせるようにした。

これは、僕ら日本人の差別心の特異な構造をあらわしているかもしれない。たとえばアメリカ人は、アフリカから連れてきた黒人に、ジムだのジョーだのと勝手な名前をつけて奴隷にしたが、家の中へ黒人を入れて、家事も黒人にまかせ、白人の赤ん坊は黒人の乳母の乳房を吸って成長したし、台所や給仕も全部黒人の仕事であった。だから、アメリカ南部の白人の味覚は、上流の家庭であればあるほど黒人化されてしまったといわれるくらいだ。僕らから見ると、こういうアメリカ南部の白人が、黒人と同じテーブルでは絶対に食事もせず、同じ便所もつかわせないほど、きびしく差別していたことは不思議である。しかしアメリカ人から見ると、われわれ日本人の朝鮮人に対する差別は、じつに奇妙で不合理なものに映ったにちがいない。

いや、日本人の朝鮮人差別は、不合理というより、無理な背のびというべきかもしれない。明治以来、わがくには、アジアのなかの〝名誉白人〟的な地位にのし上り、朝鮮を植民地にしたうえ、アメリカやイギリスと中国の市場を争うにいたった。しかし、せいぜい手廻しの蓄音機ぐらいが家庭のなかの唯一の文化的器具であった僕らは、ほとんどの家にT型フォードや新型のシヴォレーなどの自動車が行きわたっていたアメリカなどと、まともに争って勝てるわけがない。他民族を征服し差別するのだって、日本人と朝鮮人の差違は、アメリカの白人と黒人の文化的落差とは、較べようもないほど小さなものに過ぎない。だから、差別の問題を道徳的に問いなおすことはさて措《お》いて、僕らは能力からいって、アメリカ人やイギリス人のように、アジアで他民族を支配したり差別したりすることは不可能だったはずである。要するに、日本が〝名誉白人〟になれたのは、アジアで他の国よりも何年か先きに近代化のスタートを切ったというだけのことだ。しかも、その頃、アメリカでは資本主義経済の根幹をゆすぶるような大恐慌を迎えようとしていたのだから、日本がその影響をまともに受けないはずはない。

昭和三年の秋、新しい天皇の即位式があり、御大典ということで日本中がお祭り騒ぎになった。京城でも、本町通りを三越の鼓笛隊を先頭に、山車《だし》が何十台もつづいて繰り出し、僕は昂奮した。とくに京城ホテルの山車には、小学校で僕の隣の席にいる女の子が、お姫様の恰好をして乗りこんでおり、髪に花飾りをつけたその子の白い顔が、群衆の頭ごしに次第に遠ざかって行くのが見えたとき、僕は生れて初めて、甘い物悲しさに胸を絞めつけられるような気分を味わった。そのためかどうか、僕はこのとき大勢の人波に揉まれて、父や母とはぐれて迷い子になり、途中から一人で家へ帰ってきた。

品川女郎しゅは十文め

十文めの鉄砲玉……

という、この日おぼえたばかりの歌を、わけもわからず口ずさみながら。

ものの本によると、この御大典のお祭り騒ぎは、不況ムードを吹きとばすために、政府がそのように指導したものだという。子供ごころにも、それは普通のお祭と違って、騒ぎそのものが何となく冷いような、ヘンによそよそしい感じのするものだった。そして、それが終ると、街全体が急にしょぼんと淋しくなった。その年の夏、満州馬賊の王様、張作霖《ちょうさくりん》は乗っていた列車もろとも、爆破されて死んでしまったのだが、それは日本の軍人のしわざだという噂が、僕ら子供の間にまでひろがっていた。勿論《もちろん》、それがどういうことを意味する事件であるかは、わかるはずもなかったが「チョーサクリン」という名前を口にするたび、大人も子供も一様に、何かウシロメタイような薄笑いを浮かべたことは、たしかである。もっとも、これは僕が憲兵隊官舎という特殊な囲いの中でくらしていたせいかもしれないが……。

そういえば、あれは御大典が終って、どれぐらいたってからか、或る寒い晩に僕は、近所の人たちと一緒に、少し遠くの町へ映画を見に行った。活動写真館なら、官舎の直ぐそばにキラク館というのがあって、そこでは河部五郎、酒井米子、大河内《おおこうち》伝次郎など日活時代劇の写真をよく見に行ったが、その日の映画見物は特別のものだった。一般の客席とはなれた柵の中の椅子に小さなテーブルがついていて、坐ると誰かがコーヒーを持ってきてくれた。僕は、家で紅茶は飲んでいたが、コーヒーを飲んだのは、たぶんこれが初めてだった。その熱くて苦い飲み物は、おいしいとかマズいとかいうよりも、僕には不気味なものであった。しかし、不気味な印象はコーヒーよりも、そのときの映画のせいであるかもしれない。中村大尉と何とかという下士官が満州の何《ど》処《こ》かで惨殺されたという事件があり、スクリーンにはその顛末を追った血なまぐさい記録のフィルムがうつっていたからだ。なぜ、そんな映画をわざわざ子供に見せたのか、それは一般公開の興行ではなく、軍人の家族のための特別の催しであったのか、そういうことは一切、僕はおぼえていない。ただ、おぼえているのは、黒白のフィルムの残酷な写真と、嘔《は》き気のするような気味悪さと、それにコーヒーの苦い味とである。

そんなことがあって、間もなく、父の勤務先きが、京城の憲兵隊から青森県弘前《ひろさき》の騎兵第八連隊というのに変った。それで僕らは、朝鮮半島を南に下り、本州の西端から北の突《と》っぱなまで途中あちこちに寄りみちしながら、長い旅をすることになる。

私と朝鮮とのあいだ

田中明

私が朝鮮に渡りましたのは、一九三三年の二月のことで、それは、私が小学校へ入学するちょうど二カ月前でした。といっても、私の家が朝鮮へ引っ越した、というわけではなかったのです。少々私事にわたりますが、私の叔父の一人が、山田という家へ養子にいっておった。この山田の家が、たまたまソウル、当時の京城にあったわけです。ところが、どういう因縁か、山田という家は、いわば〝滅びゆく血統〟でありまして、叔父の代になっても子供ができなかった。そこで、私がまた二代目の養子になって、そこへ行くことになったのです。なにもわからぬままの子供が、まるで見も知らぬ土地に、それも突然にという感じでもっていかれたわけで、ですから私としては、非常に心細い気持ちでいました。それだけに、日本と朝鮮との間の生活環境の落差といったものを、子供心にもとても強く感じたことを覚えています。

まず、何を感じたかといいますと、寒さです。着いたのが厳冬の二月でしたので、ものすごく寒い。私は愛知県の平野部の人間なので、そうべらぼうな寒さは味わったことがありません。もちろん、朝鮮が寒いところだということは、前もって聞かされてはおりましたが、ああ、こんなに寒いのかと、びっくりしました。私が連れていかれた先は養家の祖父の家でしたが、見ると、窓がみんな二重窓になっている。これは寒さを防ぐため、そうなっているわけです。私はその二重窓が珍しいので、暖房のない廊下の内側の窓を開けてみますと、外側の窓ガラスには、三ミリぐらいの厚さの氷が一面にビッシリと張りつめている。手などでは、とてもかき落とせない。ヤットコみたいなものでゴシゴシやると、氷がバラバラと落ちてくる。珍しいしおもしろいので、窓の氷に絵や字を彫って遊んだりしました。もっとも、部屋のなかはストーブが焚かれ、オンドルもありましたから、日本よりはむしろ暖かいのですが……。

それから珍しかったのは、やはりオンドルですね。オンドルについては、皆さんもご存じだろうと思いますけれども、床下の焚き口から煙突のところまで迷路図のように石を並べ、熱風の流れる通路がつくってある。石と石とのつなぎは泥です。そして、上にも石板をかぶせ、その上に油紙を敷きつめて、煙が部屋のなかに入らないようになっているわけです。焚き口のところで火を燃やすと、熱気が流れこんで石を焼く。

石は一度焼きますと非常にさめにくいですから、夕方に火を焚けば、だいたい朝方まではポカポカしている。ですからオンドルがあれば、腰が冷えるようなことはありません。一般の朝鮮人の家庭に行きますと、オンドルは大変合理的につくられている。台所のカマドがある隣の部屋が、アンバン〔内房〕と呼ばれる主婦の居間になっていて、台所のカマドが同時に、オンドルの焚き口を兼ねるようになっていたりする。ですから、主婦が台所でご飯を炊いたり、お湯を沸かしたりしますと、そのカマドの熱気がオンドルにも利用されるわけです。燃料は、いまは練炭が使われているようですが、本来は何でもいいわけで、とても経済的な暖房装置です。

京城に着いてまもないある日のこと、漢江を見物に出かけました。漢江はソウルの南側を流れている川で、川幅は隅田川よりも広い。ただし、水の流れている部分は川幅の半分ぐらいですね。びっくりしたのは、この漢江の川面が全部凍っていて、その上を牛車が往来している。あんなに重たいものをのせてもビクともしないとは、いったい氷の厚さはどのくらいあるのだろうか、とたまげたことを覚えています。街を歩いていると、大型トランクのように長方形に切った氷を満載した牛車が目にとまります。たずねてみると、漢江から切り出してきた氷だという。冬のうちに切り出した氷を、地中深く掘った室《むろ》に貯蔵し、そこへモミガラをいっぱいに詰めこんでおく。そうして、夏季の冷凍用に使うのだということでした。日本からきたばかりの子供には、目を丸くするような風景でした。もっとも、いまは漢江が凍ることはなくなりました。全般的な気温の上昇と、工業廃水が混じってきたためのようです。

私はその後すぐに、京城公立三坂尋常小学校というところへ入学することになります。この小学校は、当時、京城にはすでに幾つもあった日本人子弟の通う学校でした。つまり、コロンの息子や娘たちが通う小学校だったわけです。六年間、通っている間に、朝鮮人は一人もいませんでした。中学校の場合は、日本人の学校でも、一学年に三、四人は朝鮮人の生徒がいましたが……。

前にも申しましたように、朝鮮の冬の寒さは非常にきびしいのですが、家のなかはオンドルやなにかで大変暖かい。したがって私たちの服装も、東京の小学生とだいたい同じ格好をしていました。サージの服を着て、半ズボンにストッキングというふうで。ただ、靴だけは防寒靴で、表面はゴム製ですが、内側にはウサギとかイヌの毛が詰まっていて、足が冷えないようにできている。余談になりますが、戦後になって一時、日本でも女の人の間で、これと似たような靴が流行したことがあり、私などは昔を思い出すようなふしがあって、懐かしい気がしましたね。この防寒靴をはいていますと、ソウルは雪はあまり降らないのですが、もし雪が降ってきても爪先は濡れないし、暖かい。着物は、夏のシャツの上に毛糸のセーターを着こんで、さらにサージの制服を着る。そして、表へ出かけるときには外套をはおるわけですが、下半身は半ズボンだけのスッパッパ……。それでも、慣れれば平気でした。寒がりの子は、日本では耳袋といっていいるんでしょうか、ウサギの毛などでできた耳かけというのをしたりしていましたが、男の高学年になると、気ばってそんなものは使わなかったですね。すごいやつは真冬にも、上衣の下は夏シャツ一枚というのもいました。

ソウルでは、冬の一番寒いときが零下二〇度ぐらい。一シーズンに二回か三回かは、そうした厳寒の日がありましたかね。その他は、零下一二度から一五度程度で、これが零下七、八度になったりすると、朝、学校へ行くときなど、「なんだか、きょうは暖かいなあ」と、そんな会話を同行の友だちと交わしたりしました。通学の際、なるべく近道をしようとして横道を抜けていく。そういう場所は、朝鮮人の住居が続いているところです。あの当時は、便所があまりちゃんとしていない。それで、便所の中身が道へ流れだしたりしています。無論、すべてが凍りついていますから、きたないという感じは薄れますが、それでも黄色・褐色の氷道は、いい感じではありません。そうした個所は坂道が多かったんですが、早く通り抜けようと急ぎ足で行きますから、滑ってスッテンコロリンと転んでしまう。凍っているとはいえ、文字通り糞尿の上でひっくりかえるわけで、「ヤァー、きたないぞ」などとワァーワァー騒ぎながら、小学校へ通ったものでした。

＊

街の風物として、子供の私に一番印象深かったのは、やはり先ほども話しました牛車ですね。日本ですと、あの時分ならば馬車が多かった。ところが、朝鮮では馬車の姿はなく、往き来しているのは、みんな牛車なんです。私たちは朝鮮牛と呼んでいましたが、茶色の毛をした牛が、実にノンビリと荷車を引いている。馬車であれば、ドウドウドウと威勢よく馬方が馬を駆るわけですが、そんな調子では全然ありません。ただ、ノッタリ、ノッタリと牛車が歩んでいく。この光景なども、あんがい私にとっては、朝鮮の原風景といったものになっているのかもしれません。どうして朝鮮では馬が少なくて牛ばかりだったのか、私にはよくわかりません。ただ、朝鮮の農民にとって、牛はなによりも大事な生活必需品だということはよく聞きました。たとえば、祭りが行なわれる際などに、朝鮮の農村でも相撲大会が開かれます。向こうの言葉でいいますと、これを「シルム」といいますけれども。その優勝者に贈られる賞品は、たいてい子牛一頭だということでした。

もう一つ、目についたものは何かといえば、朝鮮人の男たちが着ているパジ・チョゴリでした。皆さんもご存じのように、あれはズボン式の下着と、チョッキ式の上着とでできています。私は最初にこれを目にしたとき、非常にびっくりしたんです。というのは、日本で読んでいた絵本や、子供雑誌に出てくる昔話の登場人物――神武天皇や日本武尊《やまとたけるのみこと》の身なりと、目の前のパジ・チョゴリ姿とが、そっくり同じだったからです。ですから、そのときはごく自然に、日本人の祖先というのは、こっちから、つまり朝鮮から来たのかなあ……という想いを抱いた記憶があります。

このパジ・チョゴリに関連して、少々おもしろいエピソードがありますので、ちょっと触れておくことにしましょう。最近、歴史教科書の朝鮮に関する記述に対して、いろいろと批判がなされていますね。戦前の皇国史観が依然尾を引いているということが指摘され、朝鮮がいかに日本にその文化を伝えてきたかということなど、全然記述されていないではないか、といわれています。私は歴史教育の現場の具体的な事実を詳しくは知りませんが、私個人に即していえば、日本の文化というものは、みんな朝鮮から来たんだというふうに、子供の頃からずっと思ってきていました。なぜだかよくわかりませんが、いまいったパジ・チョゴリを見たときの印象、これなんぞもあんがい、有力な原因になっているのかもしれません。

それはともかく、これから申しあげるエピソードというのは、私の中学時代、国史の授業のときのことでした。ちょうど上代史をやっていたときで、朝鮮から日本への文化の流入について、先生がいろいろと例を引いて話していたときです。急に、ある生徒がすっとんきょうな声で、「なんだ、そうすると日本の文化というのは、全部、朝鮮から来たんじゃないか！」といいました。すると、先生いわく、「そう、その通りである。日本の文化は、みんな朝鮮から伝えられたのだ」――ところで、こういう話をしますと、あの軍国主義時代の植民地朝鮮に、なんと立派で進歩的な教師がいたものかと、そういうふうにとられる向きもあるかもしれませんが、これがまったく違うんですね。実はそのあとがありまして、先生さらに続けていわく、「しかし、朝鮮人はその後、勉強しなかったから、こんなありさまになってしまった。お前たちもしっかり勉強しないと、朝鮮人と同じようになってしまうんだぞ」――ですから、先生はいまいわれるところの進歩的教師などでは、けっしてなかったわけです。

私は、子供の頃のこのエピソードを思い出すたびに、ある民族が文化の先達であったことと、現在のその民族に対する尊敬とが、かならずしも一致しないことを思い、ぶぜんとします。ヨーロッパにおけるギリシャ人やイタリア人が、かならずしも尊敬されていないということは、滞欧経験者からよく聞くところです。かつての文化の先達が、現在では反対の境遇に陥ってしまっているということで、いわば〝二重否定〟の形をとる蔑視の方法もあるのだということですね。蔑視克服の焦点は、あくまで現代にあるんですね。

ともあれ、パジ・チョゴリを見て、びっくりさせられたのはそのとおりなんですが、だからといって、これがスマートなものだとは思えませんでした。けれども、女性のチマ・チョゴリの姿には、子供心にも、大変美しいという感じを強く持ちましたね。チマ・チョゴリは、日本人の女たちのなかにも、一枚ぐらいは作って着てみる人が多かったようです。

また、話が横道にはいりますが、いまの北朝鮮で出しているグラビアなどを見ますと、チマ・チョゴリ姿のはつらつとした女性たちの写真が載っています。しかし、チマの部分がスカート式になっている。膝の下あたりで、チマを短く切った形のものが多い。異論があるかもしれませんが、私など、ああいう短くされたチマは、魅力半減という気がします。私が子供心に感じとったチマの美しさは、胸のあたりから足先まで、まるで流れるような柔らかい線の美しさにありましたから。その線を朝鮮家屋の屋根の線とか、高麗青磁の柔和な曲線と相通ずるものがあるという韓国人がいます。スカート式チマには、その味がありません。

実は五年前、ソウルにおりましたとき、このスカート式チマについて、私の感想を韓国人の友人に話したことがありました。すると、彼が笑いながらいうことには、「お前はそんなことをいうけれども、日本時代だって同じことをやったではないか。新体制の頃、女性の活動力を高めよというスローガンのもとに、チマを短くせよと、やかましくいわれたことがあったじゃないか」と。うん、そういえば、そうだったなあと、私の方も遅まきながら思い出しました。私が覚えているのは、これは日本人だったのですが、私のところにいた女中さんの妹が、一度、スカート式の短いチマ姿で遊びにきたときのハイカラな姿です。あれは新聞などでも、スカート式チマがピーアールされているときだったなあ、といまにして思います。

いずれにしても、このチマの切りつめ問題は、解放後もしばしば生じているようです。いわゆる実務的観点に立つ人びとの間に、チマ・チョゴリは非活動的だとする意見があるわけですね。韓国人の話ですが、李承晩時代にもそれがあったし、朴政権のはじめの頃にも、やはりチマをスカート式にし、チョゴリのほうも袖を短く切って、活動的なチマ・チョゴリにしようという、新生活運動めいた動きがあったそうです。どうやら、国家総動員体制といった風潮が起こると、つねにあの韓国女性の優美な衣装が、目の仇にされるようですね。

脈絡のないままに、子供時代の話を続けますが……。私がソウルに着いたのは冬でしたから、凍った路上で子供たちが朝鮮ゴマを回しているのが、すぐに目につきました。日本のコマとは、ちょっと違った円錐形の木のコマで、ムチでバシン、バシンとたたいて回します。コマを中心にして、何人もの朝鮮人の子供たちがワァーワァーいいながら遊んでいる。普通の日本ゴマもなかったわけではありませんが、手軽に買えるのは朝鮮ゴマの方だったので、私たち日本人の子供もこれでよく遊びました。

＊

他に子供の遊びでは、チェーギというのがあります。私たち日本人は、これをなまってチョンギといっていましたが……。どういうものかというと、口で説明するのはちょっとむずかしいのですけれども、昔の穴あき銅銭を芯に使うんです。この銅銭を薄紙で短冊型に包んで、穴の部分を破って、そこに包んだ紙の端の部分を細く丸めて通します。そして、これをタテに裂くわけです。ちょうど、羽子板遊びの羽根みたいな形のものができあがる。これをポンポンと、足で蹴りあげて遊ぶんです。連続して何回蹴ることができるかで、勝負を争います。チェーギのブームが、一年に一、二度はかならずあり、子供たちはみんな夢中になってこれをやる。そうしますと、かならず小学校から禁止命令が出ます。材料の銅銭は、現在通用しているものではないのですが、やはりお金を足で蹴るのは不謹慎だということなのでしょうか。ともかく、品の悪い遊戯とみなされていたようです。私などでも、だんだんうまくなって、四〇回か五〇回ぐらいは蹴り続けることができるようになった。ただし、蹴り方にもいろいろあって、後ろ側に蹴って前に戻すとか、非常にむずかしい蹴り方がある。日本人の子供も大いに張りきってやったのですが、どうしても朝鮮人の子供にはかないませんでした。

先ほど朝鮮相撲のことに少し触れましたが、私はその正式なものは見ておりません。私たちがふだん、朝鮮相撲と称していたものは、みんなで手を組んで輪をつくる。そして、回りながら相手の足をかっぱらって倒すという遊びでした。倒された子供はつぎつぎと抜けていくので、輪はしだいにせまくなってくる。最後は二人でやるのですが、とにかく相手を倒すには、とことんまで足を使う。そんなわけで、足わざに限っていえば、朝鮮人は非常に強いし、かつうまいというのが子供世界の定評でした。サッカーなんかで、日本人が朝鮮人にかなわないのは、子供の頃からの足わざの錬磨が違うせいかもしれませんね。

それから、遊びではやっぱりタコですね。これも奴凧《やっこだこ》なんかではありません。四角い形で糸の張り方は同じなんですが、朝鮮ダコの方は真ん中に円い穴があけてあるんです。どういうためなのかは私にはわかりませんが、なかなかよく揚がりました。日本人が多く住むようになってからは、日本ダコも駄菓子屋で売られるようになりましたが、圧倒的に多かったのは朝鮮ダコでしたね。でも、買ってくることは少なくて、たいがいは自分で作ります。私は重心のとり方などタコ作りでおぼえました。タコ遊びは、ただ揚げるだけではなくて、空中戦に勝つのが男の子としての意気地でした。タコとタコの糸をぶつけあい、切りあうわけです。なんとかして相手に勝とうと思い、ずいぶん工夫をこらしたものです。五〇番線という、わりあい細くて丈夫な糸を買ってくる。これにビードロを引くんです。ビードロというのはガラスのことで、破片を拾ってきて、細かく砕いて粉にする。次に膠《にかわ》をグツグツ煮て、その中に糸を通す。その膠のついた糸に、さっきのガラス粉をくっつけてやる。こうしておくと、糸はヤスリのようになって、敵のタコと闘うときに、向こうの糸を切ることができるわけです。ビードロ引きの場合は、グループを構成してとりかかります。小学五、六年か中学一、二年ぐらいの者が、ボスになって指揮をとる。低学年の子供たちは兵隊で、糸のくり出し役、膠つけ役、ガラス粉のつけ役、糸の巻き取り役と、流れ作業の分担が決められ、一直線に並んで作業につく。ボスは進行状態を見ていて、「お前の方、もっと早くやれ！」といった命令を下す。まあ、一生懸命ワイワイがんばった記憶があります。私は小学校二、三年の頃までやりました。こうしたときには、日本人の子供も朝鮮人の子供も、一緒に協力してやったように覚えています。このビードロ・グループは、タコ揚げシーズン中は戦友的団結をしていましたね。

ところで、そのうちに事情が変わってきて、いつとはなしに、私たちは朝鮮人とは遊ばなくなってしまう。おそらく、私が小学校の五年生頃までだったでしょうか、朝鮮人の子供たちと仲良く遊んだのは……。なぜ、そうなったかといいますと、私の家の近所から、朝鮮人の居住者がだんだん立ちのいていったからでした。

私が当時、住んでいた場所は、これはいまでもありますが、孝昌園という広い公園の近くだったのです。その頃ですから、西洋式公園といった体裁のものではなく、小高い丘があって、そこに樹木が植えられ、小道がついている程度のものでしたが……。そこから先は、急に不便な地域になるという、いわば市街地の一番はずれといった場所だったのです。私の家はというと、崖の上に建っていて、その下には朝鮮人の居住地区があり、表通りをへだてた向こう側は、日本人の家と朝鮮人の家とが並んでいた。つまり、そういう両方が混在した地域だったので、私たちは近くの朝鮮人の子供たちと、しょっちゅう一緒に遊ぶことになったわけです。けれども、この地域にも日本人がしだいに進出してくる。そして社会が変わっていき、朝鮮人の生活基盤が失われていった。というより、奪われていったといえましょう。なにがしかの現金を積まれて、日本人に土地や家を売り渡していったのでしょうね。そこには、さまざまな社会的要因が宿されていたはずですが、子供だった私には、そうした事情は当然のことながらわかりませんでした。気がついてみると、私の家の周辺からは朝鮮人の住民が消え、一緒に遊んでいた朝鮮人の子供たちの姿も、どこかへいなくなってしまっていた、ということなんです。

孝昌園というのは、かなり広い場所でしたが、その二カ所に鉄条網を張りめぐらしたところがありました。無論、なかに入ることはできず、一カ所は両班《ヤンバン》のお墓だと聞いていましたが、あとで調べてみると、李朝二二代の王・正祖の長子である文孝世子の墓所でした。なだらかな丘が波立って続いているようで、いずれも手入れのいきとどいた芝生におおわれていました。ご存じのことと思いますが、朝鮮の墓は土饅頭なんですね。鉄条網のこちら側からでは、その土饅頭のところは、手前の小高い丘にさえぎられて見えませんでした。日本の墓ですと、たとえば仁徳陵にしても、木がうっそうと繋っているでしょう。朝鮮の墓は真ん中に土饅頭があって、周囲は芝生できれいにとりまかれている。だから、陽光のもとで眺める墓所は、清潔で明るい感じがします。朝鮮人の目からみると、木をやたらと繁らせた天皇陵など、もう少しはちゃんと手入れをしたらどうだ、という気になるでしょうね。鉄条網で囲われたもう一カ所は、なかに番小屋があり、ときたま管理人らしい人間が出入りしていましたが、何だったかわかりません。その地域は、全体がうっそうとした林になっていました。出入りが禁じられていたので、なんとなく神秘めいた感じがあり、記憶に残っています。

これは少し後日談になりますが、鉄条網のなかのお墓は、やがてつぶされてしまいます。太平洋戦争が始まり、いわゆる〝内鮮一体〟というスローガンが叫ばれ始める。そうしますと、学校教育の面でも、形式的な〝内鮮一体化〟が促進されるわけです。この当時にできた中学校は、みんな日本人と朝鮮人の生徒が半々で構成されるようになります。例の墓所には、淑明女子専門学校という日朝共学の女子専門学校が建設されました。この後身が現在の淑明女子大学で、韓国では、梨花女子大と並ぶ女子の名門校といわれています。

孝昌園付近の風物にかんしては、もう一つだけ忘れがたい記憶があります。公園のすぐ隣には小山がありましたが、私が朝鮮に渡った当時は、その頂上にまだ大砲が一門おかれていました。青銅色をしたこの大砲は、正午を知らせる号砲だったそうですが、もう使用されることはなく、砲架と砲身だけが残されていたのです。私たち子供は、勝手気ままに触ったり、またがったりできるこの本物の大砲に、誇らしい共有財産のような気持ちをもっていました。また、小山の頂上は赤禿の台地でしたが、筒先を南山の方角に向けて鎮座している大砲には、置き忘れられた歴史の哀感のようなものも感じられ、非常に印象深い眺めとして私の追憶のうちにあります。私がその後、向こうの文学をやっておりまして、羅稲香という作家の『啞の三龍』という小説を読んでいるとき、その冒頭に、いまいった号砲のことが出てきました。「あっ、あれだな!」と思った瞬間、失われた幼年期がゴーッと押し寄せてきたようで、頭がクラクラとしました。その大砲はいつのまにか取り除かれ、そのあたりには小学校や文化住宅が建ち並ぶようになりました。

そんなふうで、いろいろなことがあったのですが、要するに日本人の住宅地がどんどんふくれあがっていく。そして、昔から住んでいた朝鮮人の住民を追い出していく。そうした植民地下の京城の変遷過程というものが、私が暮らしていたところでも、同じように行なわれていたということになりましょう。

＊

ここで、あの時代に朝鮮にいた日本人は、いったいどんな様子だったかということを、私個人の見聞に即しながら、少し具体例を挙げて話してみたいと思います。

私が通学した小学校は、前に述べた三坂小学校だったのですが、この学校のあった場所は、京城駅から東南へ二キロほどのところにあり、龍山地域といわれていました。ご存じのように龍山には、朝鮮軍司令部と第二〇師団の師団司令部が置かれていました。歩兵が二個連隊、野砲連隊と工兵連隊が一個ずつでしたか。兵舎の横には、陸軍官舎がかなり広いスペースを占めて並んでいました。龍山駅は軍需物資をはじめとする貨物列車の集結地なので、駅の周辺には鉄道官舎がずっと続いていました。小学校のすぐ近所には、これは規模が小さいけれども、鮮銀社宅といって朝鮮銀行の職員たちが住む地区がありました。この一画は瀟洒《しょうしゃ》な文化住宅地域で、真ん中にテニス・コートがあり、桜並木の道路が延びているといった、非常にハイカラなところでした。三坂小学校には、だいたいそうした地区からの子供たちが通学してきていたんです。したがって、いわゆる〝カワイコちゃん〟がたくさんおりました。生徒のほとんどは、卒業後に上級学校へ進学します。貧しい家庭の子供たちは、あまり見かけませんでした。だれそれの家が夜逃げをしたといった話を、小学校の間にいっぺん聞きましたが、子供たちは想像のつかぬ大事件のようにしゃべっていました。だから、三坂小学校というのは、典型的なコロンの子供たちが通学する学校だったといえますね。朝鮮人の子供たちはどこで学んでいたかというと、普通学校というのがあって、彼らはそこへ通学していました。私の小学校生活というのは、そんなわけで、いわば日本人だけの社会でしたから、朝鮮を知るということは、ほとんどなかったといえましょう。朝鮮語も、大人を含めて知っている人はほとんどいなかったはずです。

ところで、私たちが朝鮮での定住者だとしますと、その逆の人たち、つまり流れ者の日本人も多数いました。この流れていった人たちのことが、私には強い印象として思い出されます。私の養祖父の家は、石材建築業を営んでいました。建築業ということで、多少は金があったのでしょう。そのためかどうかわかりませんが、私などの目からすると、まるでわけのわからん日本人が舞いこんでくることが多かったんです。

その一人は、立派なヒゲをはやしていて、自らは彫刻家だと称しておりました。人品いやしからぬ風采で、学校の校長先生と会っているような感じを与える人物でした。この男、しばらくは何もしないでブラブラしていたんですが、いつまでもタダメシを食っていちゃあ悪いとでも考えたのでしょうか、私の祖父の胸像をつくり始めました。一日に一時間ぐらい、祖父を椅子に坐らせて、粘土の塑像をこしらえている。あまり熱心にはやりません。ちょっと家に帰ってくるといっては一週間ほど外に出かけ、またフラッと戻ってきては、一カ月ぐらい逗留している。いまから考えると一種の高級居候で、タダメシの名目を立てるために、彫刻家を名乗っていたんじゃないかと思います。そのうち彫刻家は、私たちが西洋粘土といっていました、油精分を含んだ固くならない粘土で、祖父の胸像らしきものをつくりあげました。ところが、ある日、そのヒゲの先生は、家へ帰るとかいって出ていったまま、帰ってきませんでした。たぶん、祖父からは金でも借りていったのでしょう。そして、残された粘土像は、私たちの遊び道具になってしまいました。粘土ですから、ボカンと殴ると祖父の頭がへっこむ。おもしろいので、こっそりボカン、ボカンと殴ってはあとで元通りにふくらませて、そしらぬ顔をするという悪戯をよくしました。

一度、三河万歳をやる連中が訪れたことがあります。推測ですけれども、愛知県人会の会員名簿でも調べて、やってきたらしいんです。家の者たちは、迷惑そうな表情で応対していました。万歳師の方はというと、私の遠縁に当時は総督府の局長をやっていた人間がいたのですが、そういう高官や金持ちの名前をあげて、あそこのお宅へも行ってまいりました、とか話しているわけです。連中はそんなふうにして、一宿一飯と多少の稼ぎを得て、朝鮮や満州を遍歴していたようです。もっとも、万歳自体はなかなかの熱演で、おもしろかったのです。奥の座敷で演じていましたね。この三河万歳がやってきたときに、家で働いていた若い朝鮮人が、「なんだ、あいつら。三河のどん百姓めが」と、ひどいことをいっていました。家にきて一年ぐらいで、ついこの間まで日本語もよく知らなかった男が、「三河のどん百姓」などというので驚きましたが、これはおそらく日本人の誰かがいったに違いありません。万歳師への祝儀と自分の収入とをひき比べて、腹を立てたのかも……。

また、私がびっくりしたのは、ヤクザっぽい風体の男がある日、突然に奥庭まで入りこんできたことでした。そして祖父の姿を見つけると、やにわに仁義を切りだしたんです。私は本物の仁義というのは、あとにも先にもこれ一回きりしか見ていませんが、ちょいとしたものでした。こっちはチャンバラ映画の実演をまのあたりにしているようで、おっかなびっくりではありましたが、興味しんしんで眺めていました。やがて祖父が、「私はいたって不調法者で、そういうことはできません。どうか、あしからず」といったやりとりになって、その場は収まりました。祖父の態度がとても悠然としていたので、えらいんだなあと思いました。私はすぐ追っ払われてしまったので、あとがどうなったかはわかりませんが、結局、満州へ行くからワラジ銭をくれ、といったことだったようです。

他にもう一人、これはインテリふうの青年で、いかにも人の良さそうな、しかし、少し暗い感じのする男がやってきたことがあります。男が祖父と話しているのを聞くと、千葉県の園芸学校出身とかで、あなたのためにぜひ園芸をやってあげたいなどといっている。祖父は生返事をしていましたが、それじゃあ正業につくまでのつなぎに、何か作りなさいということになりました。先ほど話した例の大砲のある小山の途中に、祖父はいくらかの土地を持っていたので、そこに温室と、自称園芸家の住む小部屋も建てられました。園芸家は食事時になると、トコトコ降りてきて、わが家でメシを食い、ひとしきりしゃべっては、また温室へ帰るという生活をしていました。メシのときには、この園芸家さんが、さかんに横文字の花の名前をあげて、いろいろと講釈を家のものに聞かせていました。花のタネは、千葉の園芸学校のものでないとダメだが、それはかなり値段が張る。そんなことをいっては、金をせびっている様子でした。たまには、タネの袋をもってきたりするのですが、袋には横文字だけが記されているので、こちらにはなんだかわからないわけです。けれども、どうせインチキ仕事なので、スミレとか百日草とか、ありふれた草花しか咲かせられない。祖父の方でも、しまいにはサジを投げたらしく、「あんたが本物の園芸家だとは誰も信じていませんよ。そんなホラ話はやめにして、まともな職業をさがしなさい」とお説教をしておりました。そうこうするうちに、この男もある日、フッと消えてしまいました。それから、半年ぐらいしてからでしょうか。ある日、近くの善隣商業（作曲家の故古賀政男さんが卒業した学校）の校庭で私たちが野球をやっていると、木陰にヌッと立って見物している男がいる。見ると、姿を消した自称園芸家でした。こんにちはと私がいうと、ニコニコしながら、元気だね、などと答えていました。昼間から子供の遊ぶのを見物しているところからすると、失業中のように見うけられました。子供心にもかわいそうな気がしましたね。私がいまもダメ男をきらいになれないのは、こういう人を眺めてきたからかもしれません。

こんな話を続けていると、もう際限がありませんけれども……。あの当時の朝鮮や満州には、本土からアブレた人間たちが、しょっちゅう動きまわっていたような感じがしますね。いま話した人たちのほかにも、何日間か宿泊したり、ワラジ銭をもらっていったりする日本人が、くり返し現われ、また消えていきました。

＊

小学生時代、私が一緒に遊んだ仲間のうちに、非常に思い出ぶかい朝鮮人の李君兄弟がいました。兄貴の方は私より五つ年上で、体格のいいとてもハンサムな少年でした。ケンカはとても強いと聞いていましたが、ふだんはいたっておとなしい、いわゆる模範少年でした。その弟の方が私らの本当の遊び友だちで、年は向こうが一つか二つか上で、ちょっとガキ大将といったところがありました。日本人に対しては、よく対抗意識を燃やし、「オイ、日本人はケンカ弱いな」なんて挑発してくるわけです。こちらは、弱くなんかないというと、それじゃあやるか、ということになったりする。

ところが、一九三七年に蘆溝橋事件が起こって、日中戦争が始まります。龍山の第二〇師団からも兵隊たちが続々と出征していく。戦況を伝える号外が毎日のように出る。そうした雰囲気だったのですが、弟の朝鮮人少年は、号外や新聞の記事を一つも落とさずに熱心に読むんです。そしてそのたびに、私の名前は当時、養家の山田といってていたんですが、私を呼びつけて一席ぶつんです。「オイ、山田、本日の鯉登部隊のごときはな、何千の敵をけちらし、一日に何キロの道を進撃したんだぞ……」。鯉登部隊というのは、北京から南下して石家荘に進み、娘子関の激戦を勝ち抜いて、山西省の太原に突入した部隊だったと思いますが、その時分の新聞などで大いに勇猛をとどろかしていた部隊です。李君は、自分が部隊の参謀にでもなったかのように、誇らし気に戦況報告をまくしたてる。こんな調子で、戦争が開始されてから三週間ぐらいは、しょっちゅう彼の勇壮なる戦況報告を聞かされて、私の方がへきえきしてしまいました。と同時に、私には奇妙な気がしました。彼はいつも、日本人はけしからんといった態度をとっていた。そのけしからん同じ日本の軍隊が、いくら勝ちまくっているからといって、お前がそういばらなくてもいいじゃないか……。私は自分の疑問を、彼には何も伝えませんでした。しかし、そのときに私が味わった、何かわかるようなわからぬような、チグハグな感じというものは、ずっと私の内にしこりとなって持続されているような気がします。

一方、日本人の少年の方にも、奇妙な心理状態がありました。私が中学一年のときだったと思います。試験がすんだ日のことで、解放感から三、四人の仲間と、ワァーワァーしゃべりながら家に帰る途中のことです。話はいつのまにか、高等小学校のことになっていました。当時の京城には、従来、小学校に付設されていた高等科を一つに集めて、高等小学校の専門学校(?)がつくられていました。この学校には、日本人と朝鮮人が一緒に通学していたんです。日本人の場合ですと、中学校の入学試験にすべった連中が行くのが普通でしたが、朝鮮人の場合は、高等普通学校(日本人の場合の中学にあたる)に行ける人間は非常に数が限られていたはずで、したがって、優秀な生徒がずいぶん高小に行っていたと思います。この専門校が阿峴里にあったので、私たちは多少揶揄的に、そこを阿峴里大学と呼んでいました。その阿峴里大学の話をしているうち、誰かが、あそこで成績のいいのはみんな朝鮮人だそうだぞ、といいだしました。その頭のいい連中はみんな反日で、歴史の時間なんかには、日本人はけしからんといって、みんな教師に喰ってかかるんだそうだ——。私はその話を聞くと、思わず、それはそうだろうな、と相づちを打ちかけました。と、一瞬早く、側にいた友だちの一人が、それはそうだろうなあ、といったんです。自分が口を切ろうとしたまったく同じ言葉を、横合いから突然にいわれて、私はハッとしました。その友だちは、ふだんそんなことなど考えそうにもないタイプだったので、よけい私にはショックでした。ああ、あいつも、そう思っているのか……と。

いまから考えると、日本人のコロンの息子たちが、あのとき、どうして、頭のいい朝鮮人が反日に走るのは当然だと考えていたのか、いまだに私には明確な説明ができません。しいていえば、朝鮮人を差別してはいかんという大義名分論を、耳にタコができるほど私たちに聞かせていながら、それと反対のことをしている大人たちに対する反抗心からかもしれません。あるいは、自分たちにも浸透している朝鮮蔑視に対して、大義名分の方からチクチク刺されて、後ろめたさがあったからかもしれません。それはともかく、われらコロンの息子たちには、いまもって反日にひかれる癖があるようです。ジャーナリスティックな反日はいやですが……。

私はその後、一九四四年の一月に日本へ戻りましたので、解放前後の朝鮮については何も知らないわけです。ところで、いまお話ししたコロンの息子たちの複雑な感情……、それと関係があるかどうかわかりませんが、戦後、私は海軍から復員してきて郷里の名古屋に帰りました。名古屋には親戚が多くいます。やがて、米軍が進駐してくる。この米軍に対する感じ方が、私と親戚の人たちとの間で、微妙にズレているのに気づきました。私の方が平静でおれないところがある。どうしてだろうと考えていたのですが、一九六五年、解放後の韓国に初めて行って、韓国人といろいろ話しているうち、ハッと気がつきました。ああ、おれは朝鮮で育ったからなんだな……と。つまり、朝鮮人は日本人から、いろいろとやられてきた。そのときの腹立ちとか、反抗したい気持ち。さっきいった李君など、それをモロに体で示していたわけですが、そうしたものが、知らずしらずのうちに幼い肌を通して、こちらの身にもしみ通ってきているのではなかろうか。うまく説明できないのですが、あの頃の朝鮮人の気持ちが、逆の位相にあったコロンの息子へ投影されて、微妙な相互作用のごときものが働いていたのではないだろうか。そんな気がしています。

日本人学校と新付日本人学校

任文桓

日本人と新付《しんぷ》日本人（朝鮮人のこと。日韓併合の時代は朝鮮人も日本国民であった）との初等教育学校は厳格に分立されていた。前者は地方自治体である学校組合の経営に属し、組合長には居住日本人中の有力者の一人が任命された。後者は同じく学校費（朝鮮人が組合員でその教育費を支弁する地方団体）が経営し、郡守がその管理者であった。ともに経費のほとんど全額が国庫から補助された。当然のことながら、日本人生徒の一人にかける経費は新付日本人のそれの数倍にのぼった。しかし名称は、日本人のが尋常小学校、新付のが普通学校で、似たり寄ったりであった。強《し》いてあげ足を取るならば、小学校が中学への進学を当然予想しての名称であるのに反し、普通学校にはその着想が見当たらないぐらいのものであろう。

毎年春になると、普通学校の先生達は手分けして、入学勧誘のために子供のいる家に足を向けた。年齢については、数え年九つ以上でさえあれば、二〇歳を越した子供のある父親でも構わない。但し、ただ一つの難儀な入学条件があった。長く伸ばして、きれいに結わえた頭髪を坊主並みに、丸刈りにする作業である。

バウトク〔著者の幼名・岩の徳の意〕の家では、七つ年上の兄と、数え年九つになったばかりの彼が、飴玉を貰いながら先生に口説かれた。ところで兄は頭の毛を切り落とすのが嫌なばかりに、これを断わり、学校の門を出入りする機会を永久に失った。次の年には、入りたくても、入って弟の下級生になるのは、儒教律の序列を乱すことになる。こうして兄は一生を後悔した。

バウトクは、母のお針箱の中にある日本製ではあるが切れ味の悪い鋏《はさみ》で髪の毛を落としてもらったのだが、まるで鼠《ねずみ》が食い散らしたように不揃いであった。そして四月一日に日本学校へ上がった。校舎は昔の郡守客舎に手を加えたものであり、丸柱の直径は六〇センチもあった。授業料は月五銭、但し納めないと納めるまで何カ月でも待ってくれる。一年生から四年生までの四学級で、バウトクの一年生は六〇名、そのうち六人が女の子であり、生徒の年は九つから最高二四歳に及んだ。先生は日本人と新付日本人が約半々、帽子には金筋を巻き、腰には剣をぶら下げ、五つボタンの黒い制服に身を固めていた。ただ二人の例外は、いずれも新付日本人で、一人は女教師、いま一人は漢文を教える嘱託の老教師だった。

教課科目は国語（日本語）、朝鮮語、漢文、算術、習字、図画、唱歌、体操、それに修身で、一年生から四年生までを一貫し、歴史、地理は全くない。このうちでバウトクの苦手は唱歌、図画、習字の順であった。殊に唱歌に至っては、オタマジャクシの符号を鬼を見るがごとくに恐れ、これを解読する人に対しては今日に至るまで、たとえそれが小学生であっても無条件に尊敬する。後年中学生となり、これら苦手科目がなくなるにつれて、成績の平均点数が上がるのである。このように理論を伴わない科目に対する不得手は、彼の人生を決定する因子ともなる。中学四年になってからは、化学の亀の子方程式の暗記を嫌って、高等学校は文科を取った。さらに、大学に入ってからは、訴訟法の手続関係条文の無味乾燥さにあきれて、法科から政治学科へと籍を移すのである。

さて話を本筋に戻そう。「己れの意志如何にかかわらず新付日本人になったからには、日本語を知らないと生きて行くのに不利がある」と、入学を口説きに来た先生が言ったのには、バウトクも納得が行った。そこで彼は、まずもって新国語即ち日本語の勉学に取り組まねばならない。国語読本の表紙はお粗末なねずみ色であった。まずページを開けると、絵入りでメ、ハナ、クチ、ミミ、テ、アシ、等の単語から始まる。

単語の部分を済ませた所で最初の文章が現われた。ハルガキタ、ハルガキタ、ヤマニキタの歌詞である。ここまで習う間は、何もなかった。ところが、「タロウハ　イヌガ　スキデス」と書かれた文章を見るに及んで、バウトクは感激して、これはいけると思った。漢語では、「太郎好犬」で、韓国語の主語、目的語、動詞の順序がひっくり返り、主語、動詞、目的語の順に並ぶ。バウトクはすでに父から漢文を教わり、このひっくり返りの具合が発見出来ずに、何度も笞刑に処せられ、苦学を重ねて来た。これはバウトクには理解の行かない不思議であった。歴史上最も関係の深かった陸続きの西の国では、文章の構成がまるっきり違うのに、海をへだてた東の海上に同語系の言葉を使う国民がいたのである。それ以来彼は、日本語が好きになる。

一週間の時間割のなかには、国語と記入されたのが最も多く目についた。かくして、三年生になったときの担任が日本人の永田先生であったことから見ると、この辺から、一応は日本語が分かっていたものらしいのである。修身とは名ばかりで、一週一回のこの時間が来ると、日本の大昔の強い英雄達に関する話ばかり聞かされる。三年生になり、一応日本語が耳に入るようになってからは、林田校長先生が一人でこの時間を受け持った。なにしろ他の先生達は帽子の金筋が一本しかないのに、校長だけは一本半を付けているうえに、背が高く、色の黒い顔には濃いカイゼルひげが風に靡《なび》くといった具合に、なかなかの風格であった。校長は修身の時間になるとたいへんな熱演振りで、日本国体の世界に冠絶する実例を説いた。アマテラスオオミカミ、スサノオノミコト、三種の御神器などの話を繰り返し聞かされている間に、本当らしく思えるようになるのである。校長の熱演振りは腹に力を入れすぎて、我知らずときどき唉唾が床の上に飛び散るほどすごかった。名は修身でも、実は新付日本人を感激させるための、日本古代史講釈が演ぜられたわけである。

これと並行して、国語読本のなかには、桃太郎、浦島太郎、花咲か爺、二宮尊徳、勤王志士などの話が適当に織り込まれていた。両者相俟って、日本学校、日本国、日本人、日本語について、おぼろげながらバウトクの自意識を開発した事実は否めない。しかし、彼自身が所属する民族神話である檀君《タングン》建国物語を聞くときのような感激は湧かなかった。いくらきかされても、物知りの材料になるだけのとつ国の話であった。

ところで、バウトクの成績と先生方の授業振りはどうであったろうか。岩が授けてくれたからと言って、必ずしも石頭であるとはかぎらない。しかしバウトクが勉強を嫌うことだけは岩のように堅かった。四季それぞれの風趣に応じて、山野や町のなかを駆け回ることにかけては、ついにそのみちのボスになるほどの実力者になりもしたが、学業に関するかぎり、まことに芳しくなかった。鄭海潤《チョンヘユン》は、彼と同じくクラスの最年少者の一人でありながら、一〇年も年上の大人達を成績では完全に押さえていた。間違いなく一番を続けたのである。鄭の席がバウトクのすぐ前なので、試験のとき窮すると、たまにはその肩ごしに答案の一部をうつしてもみたが、やはり駄目であった。かくして彼の成績は、一年生六十余人のうち三七番、二年生五十余人のうち二六番、三年生四〇人足らずのうちの一八番、四年生二十数人のうちの一二番で、ついに卒業証書を手に入れた。生徒の数が上級生になるにつれて、学業をやめる者が続出し減って行った事実を知らない彼の父は、成績が年とともに上がっているから前途有望であるとほめてくれた。なにしろ彼が四年間、学校に通う間、彼の家族のうち学校へ来たものは一人もいなかった。これはなにもバウトクの家族にかぎったことではなく、おおかたの傾向に彼の家族も追随しただけのものである。

　バウトクが一年生のときの担任は権《クオン》先生であった。唱歌や漢文を除く全科目を、担任先生が一人で教えた。権先生は新付日本人を日本人化する門出を担当するのに相応する練達の士であり、殊に特殊な方法により生徒を従わせる名人でもあった。バウトクと同じ年齢の金大鳳《キムデボン》は、その名に反してクラスで一番体が小さかったが、いたずらにかけてはリスのようにすばしこい。権先生は或る日クラス全員の目の前で、女生徒のうちで一番大柄である金貞姫《キムジョンヒ》との角力《すもう》を大鳳に命じた。これは、男女七歳にして席を同じうせずの儒教律が生きていた時代として、一大革命である。それに、半人前の人権も認められていない女の子に負けることにでもなれば、その汚名は一生涯大鳳の身に付きまとうに決まっている。いっさいの男の子達から相手にされないだろうことも、目に見える。大鳳は思案の余り、いきなり教室のドアを開けて篠《しの》つく雨にずぶぬれになりながら己れの家に逃げ帰った。あくる日からの大鳳は、権先生の命令とあれば水火をも辞さない忠犬に変わっていた。

バウトクも一度やられたことがある。冬の凧《たこあ》揚げに熱中して、学校をさぼった。権先生は彼に凧揚げの姿勢を取るように命じ、それを授業中の五〇分間はクラス全員の目に、休みの一〇分間は全校生の目にさらさせた。しかしこれは、男の子ならば誰でも凧揚げは望むところなので、不名誉とはならない。したがってその後も野山を駆け回るバウトクのいたずらは依然として続く。

この項を閉じる前に、バウトクがまことに淋しく思っていることを一つだけ付け加えたい。彼が故郷にいた間に日本人の友人は一人も出来なかった。もちろんバウトクのほうで避けたわけでない。それに鮮人の普通学校と日本人の小学校との間には公私を問わず、些少な交渉もなかった。まるで何千里も離れた異国の学校のごとくにである。京都、岡山、東京を、バウトクは、たくさんの日本人友人と結び付けて、第二の故郷としてなつかしむのだが、錦山《クムサン》〔現在の韓国忠清南道の郡。朝鮮人参の産地として知られる〕にはそれがない。もし日本が朝鮮統治に失敗したとするならば、その責任は日本に住んだ日本人ではなく、朝鮮に住んだ日本人の負うべきものであろう。

回想の牧の島

金素雲

六十年前の釜山は、まるで下関の延長といった形で、街中の目ぼしい地点は殆ど日本人によって占められており、大池、迫間《はざま》、香椎といった富裕層がそれぞれに各自の王国を築いていた。私が生まれたのは対岸の絶影島《ジョリヨンド》で（いまでは「影島《ヨンド》」と、名も縮まっているが）当時、日本人たちは、ここを「牧の島」と呼んでいた。その昔、牧草地であったというような、何かそんないわれがあるのかも知れない。陸地の釜山市街とは、私のものごころついた頃は八噸《トン》のポンポン蒸気が往来したが、後にそれが二十五噸になり、五十噸になり、やがて開閉式の鉄橋となって今日に及んでいる（終戦後は開閉は廃止）。

牧の島にも日本人たちは大勢いたが、遊廓と貸座敷（待合いに似たもの）が何軒もあって殺風景な汐くさい島に一抹の艶っぽさを添えていた。銀杏《いちょう》返しに、抜き衣紋《えもん》を思いきり後に反《そ》らした芸妓の衿首《えりくび》や、雨降りの遊廓街から洩れて来る三味の爪弾きに、まだ七つ八つの幼い子供ながら、私は私なりの異国情緒のようなものを嗅ぎとった。

お盆の終りに日本人たちは灯籠《とうろう》流しをしたが、この異様な習俗が、とても私たちの興味を惹《ひ》いた。竹製の小さな灯籠がローソクを点《とも》して波間をゆらゆらと漂う情趣は、それが精霊とつながりを持つことで、いっそうわれわれの子供ごころをそそった。

朝早くからチゲ（しょいこ）に榊《さかき》の小束をいっぱい載せて「サカキアンサー」と声を張り上げながら売り歩く少年たち――、これは仏壇のお供えなどとは縁のないわれわれの同族少年であるが、買い手はモチロン日本人。ところでこの榊の売り声が変っていて「サカキ」は日本語、「アンサー」は「買わんけえ」「買わんかのう」といった意味の韓国語――、いかにも植民地風景らしいチャンポン語なのだが、それでいてちゃんと買い手には通じていた。一昔前の東京の納豆売りのように、毎朝日本人街を流して歩くこの榊売りの声は、妙な工合に私の幼い日の哀愁に繋がっていた。もっとも、榊とは限らず、日本人向けの売り声には「アンサー」と呼び立てるのが他にもあったように思う。

日本人の売り声にも印象に残るのが幾つかあって、いまでも時折り思い出すことがある。お多福豆を売りに来る中年の厚司《あつし》姿の男は、柄のついたさして大きくない朱塗りの手桶を、いかにも無雑作に肩にヒョイと載せて、元気な足どりでサッサと歩きながら「坊ちゃん、嬢ちゃん、ナントカのナントカ」と歌でも歌うように声を張り上げる。大正期の東京では金太郎豆の売子が「お顔が見たさに、会いたさに、甘アい金ちゃんまた来たよ」などと陽気に囃《はや》し立てたものだが、このお多福豆屋は、ニコリともせず、いつ来ても同じ声色、同じ抑揚で流しながら足早に通りすぎてゆく。二銭か三銭で私も何度かはそのお多福豆を買ったことがあるが、そんな小さな手桶では全部売れても知れたものだろうにと、よけいなシンパイまでしたのを覚えている。

いま一つの売り声——売るのではなくてこれは買う方だが、屑やさんの声である。屑やといっても今のわれわれの通念にあるそんな屑やではない。恰幅《かっぷく》のいい四十がらみの、前掛けに雪駄履き、手には空っぽの頭陀《ずだ》袋と竿秤《さおばかり》一本下げているだけといった出立《いでた》ちである。それが謡曲ばりの低い声で「おあらい……、おあらいっ……」と、間《ま》を置いては呟くようにいう——、ただそれだけの流し声である。

「おあらい」が「お払い」であることは後になって判ったが、ふしぎなことに、私はただの一度も、その頭陀袋に何か入っているのを見たことがない。一度でも私が彼の屑買いの現場か、いっぱいにふくらんでいる袋を見ていたらイメージも多分に違っていたに相違ないが、彼のその何とも渋い流し声は、私の幼年期の記憶に一つの幻想を織り込んでいる。

よく釜山あたりに来ている当時の日本人を「天秤棒一つで流れ込んだ食いつめ者」などといったものだが、さきのお多福豆屋といい、低音の魅力のお払い氏といい、どうしてどうして、ただの「渡り者」ではなかった。一かどの人品と貫禄を備えていながら、そうしたしがない渡世をしていたには、どんな曰《いわ》くがあったのだろうか? 六十年経ったいまでも、私にはそれが解けない謎である。

私の家とはものの二分もかからない近くの岸壁に、或る朝、日本娘の身投げ死体が流れ着いた。菰《こも》をかぶせていて死顔を見たわけではないが、十八になる娘で、袂《たもと》に大きな石を入れていたという。「なるほど、身を投げるときは石を重石《おもし》にするんだな」と、私はその思いつきに感心した。折角石を入れても、沈まずに流れて来たからには重石は役立たなかったわけだが、そんなことは勘定に入れなかったのだから、やはり子供である。牧の島から見て釜山の左端に近い富民洞《プミンドン》で身を投げたというが、そんな遠い（隅田川の川幅の五、六倍はある）ところからよくも沖の方へ外《そ》れずに、こっちの岸に流れ着いたものだと、またまた感心した。

継母という中年の女が、菰の傍でよよとばかり泣き崩れていた。訳合いは知らぬながら、子供ごころにもその日本人女が憎かったのを覚えている。継子いじめというごく有りふれた筋書きを頭の中で作り上げていたに違いない。

牧の島には日本人の床屋が二軒あって、その一つを池田理髪店といった。（島の西側のスバナにも日本人の床屋はあったらしいがハッキリしない。）池田の主人というのは、いままで言えばアラン・ドロン張りの男前で、まだ三十四、五という若い日本人である。池田理髪店の真向いに、通りを距てて中華料理屋があり、中国服を着たおやじが水キセルで煙草を吸っていたり、コークスが赤く燃えているカマドの上で料理をつくったりするのが表からでもよく見えた。

ある晩、私はお使いの帰りに池田理髪店の前を通りがかったが、急に床屋のガラス戸がガラリと開いてアラン・ドロン氏が飛び出したかと思うと、色白の顔を真っ青に引きつらせて中華さんの店の中へ駈け込んだ。何事だろうと無気味な思いで見ていると、ちょうどどうどんか何かを盛りかけていた丼を中華おやじの手から引ったくるなり、池田が自分の手でその丼を洗い直した。「何だ、そんなことだったのか……」私にもやっと事情が呑み込めた。池田が注文した料理を盛るのに、おやじは指先で丼の縁を抓《つま》んだのである。ガラス戸越しにそれを見ていた池田が「薄ぎたねえチャンコロめ！」とばかり中華さんの店に飛び込んだというわけだった。

それにしてもアラン・ドロン氏のその殺気立った形相《ぎようそう》——、キレイ好きも衛生観念も、もとより結構であるが、仮りにも毎日顔突き合わせる近所同士である。なんとか他に仕様もありそうなものを——、私は一瞬、身の竦《すく》む思いがしたが、幼い日、胸に焼きつけられたこの夜の記憶は、シミのように一生私に付き纏《まと》った。

「米常《よねつね》」という屋号の米屋は牧の島でも指折りの大店《おおだな》である。ある日ポンポン蒸気の中で、その米常の小僧と乗り合わせた。まだ二十になるかならぬ日本人店員で「米常商店」と染めぬいた法被《はっぴ》を着ていた。

その隣りに腰かけている白い周衣《ツルマキ》の男は島でも知識人に数えられる一人で、よく叔父のところに来てはソクラテスがどうの、ビスマークがどうのと議論をしていたのを私も知っている。私はこの白晳《はくせき》の青年に何かしら漠然とした憧憬のようなものを抱いていたらしい。

渡し船が桟橋を出て間もなく、急に米常の小僧が腰かけから立ち上ったかと思うと下駄履きの足で隣りにいた周衣の青年の膝のあたりを蹴りつけながら「キタナイジャナイカ、バカヤロウ！」と喚《わめ》き立てた。周衣の青年が片足を膝にのせた、その靴底が小僧氏の方へ向けられたというわけである。

瞬間私は、周衣の青年がこの不作法者を抓《つま》み上げて海に投げ込む場面を想像したが、これは、物ごころつかぬ子供の妄想であり、当の青年はもとよりのこと、渡し船に乗り合わせた同胞の誰一人、あらぬ方を向いたまま素知らぬ顔をしている。青年も心持ち顔を赤らめながら、蹴りつけられた片足を膝から下ろしただけだった。

私は米常の小僧を憎んだが、それにもまして同胞のその腑甲斐なさを憎んだ。――こうした歪《いびつ》な生活環境の中で、私は寛容の美徳を学ぶかわりに怒りと悲しみを教え込まれた。一人の、心ない日本人の仕業が、その後の永の年月、私の日本との繋がりに、どのように作用し、どのような比重を及ぼしたかは改めて書き加えるまでもない。

詩を書きはじめた頃

森崎和江

詩を書きはじめたのは子どものころなので、それはかつての植民地でのことになる。幼少年期にはだれでも、いくつかの詩や絵を書いていることだろう。この世がまだものめずらしくて、経験することは新鮮な驚きとなって心にとどく。感動をことばや形にあらわすことにためらいがない。

私の詩もそのようにしてはじまった。家の近くの土手に腰をおろし、手にたずさえていた紙にスケッチをしたり、文字を書きつけたりしていた時の、柔らかな草の感触がよみがえる。あるいは湯あがりの淡いシャボンの香が心をよぎる。宵闇の色が浮かぶ。いずれも何かしら詩の断片の如きものを書きとめた時の名残りである。少女雑誌にペンネームで投稿しはじめたのは十二、三歳のころである。どのような作品になっていたのか思い出せない。

ごく幼いころの住いは日本人ばかりの、それも陸軍の連隊長や将校だけが住んでいる丘の上に、数軒の民間人として加わっていた。裏の林のむこうへ下った所には、朝鮮人の町があるようであったが、行ったことはなかった。しかし、いつでも、自分のくらしのまわりには自分とは生活様式を異にする人びとが、それぞれ家族とともに生活を営んでいるのだという、異質な価値観との共存世界がこの世だとの思いがあった。朝陽がのぼるのも、夕陽がしずむのも、その異質な価値観を持つ人びとの集落のあたりであった。私は、陽がのぼるのを眺めるのも、西陽がしずむのを見送るのも好きだった。それは、太陽の一人旅ではなく、そのあたりをあかあかと染めて輝く美しさだった。そしてその太陽に染まっているものはみな、自分ではなく、朝鮮家屋のわら屋根であり、山河だった。

こうして朝鮮の風土や風物によって養われながら、そのことにすこしのためらいも持たず、私は育った。それでも、敗戦の前後を日本に来ていたので、やがて、支配民族の子どもとして植民地で感性を養ったことに苦悩することとなる。それはぬぐい去ることのできない原罪として私のなかに沈着していった。戦後はなばなしく動き出した帝国主義批判ふうの思潮にも、心をよせることはできなかった。なぜなら、私は政治的に朝鮮を侵略したのではなく、より深く侵していた。ことに新羅の古都・慶州に移ってからは、朝鮮への愛情は深くなり、はっきりと意識しつつその歴史の跡をたのしみ、その心情にもたれかかり、幼ない詩を書いて来たのである。

当時の詩はもとより、日誌をはじめ、すべての表現は彼の地に捨てられた。久しいあいだ、私は、原体験が自分の手にもどらぬことを、ちぎれた肉のように痛く思った。また、父や母や、弟や妹や、私をこの世にあらしめたかすかなつながりある者たちの、ちぎれた人生を、たえがたい痛みで心に抱いていた。これが他人のことならば、被支配民族を傷つけた者たちの、尊大な生活の跡など、批判の火で焼きつくせばいいと直線的に思ったにちがいない。たとえ、一市井人の唄であれ。しかし私ら家族は朝鮮が好きだった。その固有の文化の流れを、私の感性は吸いあげてしまっていたのだ。それはどれとは言い難いまま、背負ってくれた朝鮮人女性の肌のぬくもり、父母と朝鮮の遺跡や書院をたずねた日々の感動。草のかたち、風の動き、朝鮮人の会話の重なり、などなどが、溶けあったまま血肉ふかくしみとおっているのを知るのである。そのくせ、そのまま、私は日本人なのだった。なんということ……

日本に住みはじめた私は、日本の風土への嫌悪感に苦しんだ。自民族に自足している者の匂いは、太陽がのぼるところも、しずむところも、自分の情念の野面だと信じているので内にこもってしまうのである。異質の文化を認める力が弱々しいのである。

むしろそれを排斥するのである。

私はさみしかった。こんな風土が母国なのか。近隣諸民族を軽蔑するばかりではない、国の中で同質が寄りそってたがいに扉を閉ざしあう。これでは植民二世の私よりも劣っているではないか。

生きて行こうと思う私は、植民地体験に沈んでいる自分に向かって、ほんの少しでいい、母国の中の何かを誇りにしたかったのだ。それでもって自分を元気づけたかった。

そんなことが可能だと思えぬ日本だが、ともかく、生きて行こう生きて行こうと、一日一日這うように過ごしながら詩を書いた。どのような表情をしていたろうと、今になって思う。

ある日、入院先の療養所から一両日の外泊許可をもらって家に帰っていた。そのバスの窓から電柱に貼ってあるちいさなビラが見えた。「母音詩話会」としるしてあった。もう少し体がよくなったら行ってみよう、と思った。それまで詩を書いても、その時その場の知人たちの目にふれる程度で、散逸していた。詩とは本来そのようなものなのだと思っていたし、その思いは今も変わらない。ともあれ、より多くの友人が欲しくて、後日、『母音』編集発行者である詩人の丸山豊氏を自宅にたずねた。「和江さんは黒いドレスを着て髪に白いリボンをつけて、まあ楚々として、おとなしくて……」

つい最近、丸山夫人がその当時の私のことをそう話して笑われた。目の前の流木につかまるようにして、このくにでの生活がはじまるのを感じていたころのことである。

遠い憂愁

日野啓三

小さな町だった。だが、美しい町だった。そして幾分奇妙な構造の町だった。朝鮮半島の南東端に近く、釜山《プサン》市と大邱《テーグ》市とのほぼ中間にある密陽《ミリヤン》という町である。シナ事変の始まる少し前から、太平洋戦争勃発の翌春まで、小学校の六年間を、私はその町に住んだ。

そのあと中学校の三年半ほどを京城で過ごし敗戦で引き揚げてからは現在まで大体、東京に住んでいるが、東京はひとつの町と自然に実感するには余りに広すぎる。従って、私にとって最も長く住んだ〝私の町〟は、密陽ということになる。

朝鮮に渡る前、三、四歳のころの東京や、父の郷里の広島の田舎の記憶もないわけではない。だがそれらは切れ切れの断片的記憶にすぎない。朝鮮では最初に一年余り、大邱市に住んだが、市の全体像を記憶するには、幼すぎた。密陽で初めて私は、町を

“ひとつの世界”として感覚した。

ということは、私が世界を感覚する仕方のその根本のところで、その小さな町は私に深い影響を与えたにちがいない。いや、人間というものが、決して断片的な印象や知識の寄せ集めではなく、何らかの形で世界をひとつの全体と感ずるその仕組そのものでさえあるなら、密陽という町は私という人間の原型でさえあったというべきかもしれない。

峨々《がが》たる山間部でもなく、一望の平野でもない。朝鮮の山にしては木も多く比較的なだらかな山と林の連なる地帯のなかに、洛東江の支流が静かな流域をつくっている。支流といっても、広い川幅に豊かな水量が悠然と流れる大河だ。その川が彎曲する両岸に跨《また》がって、細長く町はできていた。

釜山＝京城間の幹線鉄道、京釜線の密陽駅は小山の蔭にある。駅前の地区は鉄道が通ってから新しくできたところで、日本人が多かった。小さな銀行の駅前支店長だった父の家もその駅前にあった。商店、旅館、住宅が、駅前から真直に西へと走る一本だけのバス道路の両側に並んでいる。

その道路を歩き、普段は干上がっているバイパスのような支流のまた支流の河原を越えて、彎曲部の内側の中洲にあった全校百余人ほどの小学校に、私は通った。

学校が終わると私はまたその一本道路を東の方へと戻ってくるのだが、道路そのものはさらに西にのびて、支流本流の彎曲部の外側に当たる旧市街に入るのだった。そして「城内」と呼ばれているその旧市街は、朝鮮人が密集して住んでいて、駅前地区とは別の町のような特殊な雰囲気が濃密にあった。

もちろん当時の日本人の子供として、私たちが朝鮮人に対して一般的に優越感を抱いていたことは事実だ。また駅は、釜山と大邱という都市、さらにその彼方に東京と京城という大都会に通じる文明への窓口でもあった。従って単に日本人が多いからというだけでなく、駅前地区はそれだけ近代的で文化的な場所なのだ、という意味の優越感もあったように思う。

だが、時折何かの用事があって「城内」に入るとき、私は単に後ろめたいという気持だけでなく、子供心にはよくわからないままに、強烈に悩ましい憂愁のような気分を覚えるのだった。「城内」への鉄筋の大橋を渡りながら、右手の川岸まで迫った小山の中腹に残っている古い朝鮮式の楼台の影が、悠々と流れる川面にうつるのを眺めるとき、とくにそうだった。

昔、この町がどれほど栄えたのかは知らないが、かつて都から赴任した地方官がその川に臨んだ楼上に、土地の両班《ヤンバン》（貴族）を招き、妓生《キーセン》を侍らせて、詩をつくり、楽を奏し、踊りを舞ったのだ、ということを、聞いたような気がする。多分そうだったのだろう。小山の中腹は庭園風に整地されて、ツツジの花が植えられ、高く壮麗な屋根瓦を支える楼の太い柱や欄干には、かつての極彩色のあとが残っていた。

亡び失われた優雅なものへのロマンチックな感傷だけではなかったと思う。また支配される者への同情だけでもなかった。いまは使われぬ廃墟に近い古い楼台に漂う古く高雅なものの残り香と、その小山の下にひろがる朝鮮人街で、道端にムシロをひろげて野菜を売る女や、大きな鉄のハサミを鳴らしながら車を引く飴売りの老人や、薪をチゲという背負い道具にのせて行く男たちの歩き方や咳払いの仕方や眼の動かし方の、貧しげながら悠容たる様とは、何か共通するものがあった。言ってみれば、不可解な本ものののものへの、怯えと裏腹の、遠い郷愁のようなものだった。

実際に、朝鮮人の子供になぐられたり、大人から意地悪な目にあったことの記憶は、全くない。私の記憶に間違いなければ、川岸の古い楼台が下の街の区々たる変化などは全く黙殺して堂々と聳《そび》えつづけていたように、その町の朝鮮の庶民たちは、駅前地区の日本人たちのハイカラさや僅かばかりの豊かさなど、少なくとも表面は無関心のように悠々と自分たちの生活のペースを生きていた。

中学校に上がって京城に移ってからも、私は日本人住宅街の丘の頂から、反対側の丘の斜面にひろがる朝鮮人街の夕餉の煙をのぞみながら、同じように悩ましく妖しい想いを濃く感じた記憶がある。

いまも私は、その子供心の憂愁の思いの内容を、よく分析できない。だが単に植民者の優越感の裏返しとしての感傷とは言い切れないものがあるような気がする。自分のものではない土地に怯えながら生きねばならなかった者の、土地に根ざして生きる者への憧れだったにちがいない。

実際は偶然の町の構造にすぎなかったのだが、「城内」は西の方角にあった。そして私は夕陽を背にして、漠とした光に包まれた「城内」を、川の向こう岸に眺めていた。京城のときも、朝鮮人街は夕陽に輝いていた。西の方ということで、西方浄土を意味しているのではない。

いま、ぼんやりと気付きかけているのは、それがアジア大陸の深部への方角だということだが、地図の上ではなく、私の心のなかで大陸——大いなる土地とは一体何なのだろうか。

ポプラ

日野啓三

五歳のとき家族とともに東京から「朝鮮」（現韓国）に渡った。汽車と連絡船を乗り継ぐ長く心細い旅だった。やっと着いた異郷の夜の暗さに、父の手に引かれながら世界の果てに来たように怯えて泣いた。

初め大邱市の郊外に住んだ。初めてポプラの樹を見た。細長くひっそりと一本ずつ空に向かって立っていた。私は絵を描くのが好きだった。小学校に上がってから、秋の暮れに黄ばみかけたポプラを、クレパスで写生した。教師がその絵を児童画の展覧会に出品した。子供の絵にしてはさびし過ぎるし、うま過ぎると言われて落選した。社会についてとても大切なことを学んだ――本当のことをいい気になって描いたり書きつけたりしてはいけないのだ、ということを。

小中学生の十年間、「朝鮮」の幾つもの町と都市を移り住んだが、どこにもポプラがあった。裏側が少し白っぽい小さな三角の葉が、いつも乾いた風に鳴っていた。

そして敗戦の年の晩秋、「京城」（現ソウル）から、持ち物のすべてを失いリュックと絶望だけを背負って、引揚げ列車で釜山港に向かった。十六歳だった。家畜の臭いのしみついた貨車の小窓から、夕暮の枯れ野の真ん中にポプラの大木が一本だけ、すっくと立っているのを見た。落葉した枝という枝が夕陽にきらめいて、金色の炎のようだった。カラスの群がそのまわりを叫び飛んでいた。

内地でポプラは滅多に見かけなかったが、こころ萎えるとき、しばしばあの荒野にひとり立つポプラを思った。あとになって外国に出るようになってから、ユーラシア大陸の幾つもの土地で、再びポプラに出会った。トルコの地方都市の郊外で、タクラマカン砂漠のオアシスの町で。こころの芯が静かに立った。

カルロス・カスタネダの本の中に、メキシコ・インディアンの呪術師が「死ぬとき戦士の魂は〝自分の力の場所〟に帰って、ひとり最後の踊りを踊る」と言ったと書いてある。

夕日に輝くポプラの下で「最後の踊り」を踊りたい。

第二章

朝鮮の少年たち、日本へ行く

こんな世界もあったのか

任文桓

下関で日本の汽車に初めて乗ったときのバウトクには、いよいよ海を越えて遥か西方に遠ざかった故郷の山河と、そこにいます父母兄弟が無性に恋しかった。彼は顔を上に向けて、長い間汽車の天井を見つめた。涙がこぼれそうになると、いつもこうして涙を眼の中で乾かすのが、彼の習慣である。ところで汽車の中の様子が、大田―釜山間のそれとはまるっきり変わっている。第一、バウトクの民族衣服を着ている人は一人として見当たらない。周囲の人達全部が、わずかばかりの洋服の人を除いては、悉く故郷の支配民族である日本人〝ねんかみさん〟〔おじさん〕達やそのおかみさん達と同じ服装に身を固めている。もとより予想していたことではあるが、こんなに多くの支配民族に取り囲まれてみると、おのずから二人の少年の心は不安になるのであった。二人は、仲間は俺達二人だけだということを切々と意識しながら、おしのごとく黙って、ひたすらに恐縮していた。新付《しんぷ》日本人の言葉で話し合っても、または下手な日本語で話し合うにしても、周囲の支配民族から「鮮人奴が」と、どなられるに決まっていると信じたからである。

いくら恐縮していても、お腹が空くのには勝てない。二人の少年は仕方なしに、開けてあった窓からプラットホームを売り歩いている駅弁を買い入れた。いくら仲間でも、代金の支払いはもちろん別々である。母の注意事項を忠実に守らねばならぬバウトクであったから、いかに仲間であっても、ズボンの内側に一五円の大金を縫いこんだ秘密を、チャンボクにも打ち明けるわけにはいかなかった。そこでチャンボクは、ポケットに入れて持って来た一五円が、バウトクの旅費の全部だと信じており、自分が父親から貰って来た旅費よりは、バウトクの分が、遥かに少ないと踏んでいた。さて買い込んだ弁当を喰う段になって、予期しなかった事件が持ち上がった。ふたを取った木箱の中には、白いお米の御飯が一杯詰めてあり、隅のほうにおかずが上品に盛られてあった。これくらいなら、いくら初めて見る日本の駅弁でも、十分に理解がいく。ところが、御飯の真ん中あたりに、杏に似た果物が一個詰め込まれており、形は杏より少々小さく、色は杏の黄色に反し、鮮やかな朱紅（くれない）である。一目見ただけで、ほれぼれするほど美味しそうだ。バウトクはいきなり、これを口の中に入れて、杏を食べた時と同じ要領で、奥歯でやんわりと噛んだ。まさにその瞬間、かつて味わったことのない酸味がバウトクの全身に突っ走り、体全体が激しく震えだした。極端に驚き慌てた彼は、走っている汽車の窓から外に向かってこれを吐き捨て、引き続き口の中の唾液が悉《ことごと》く乾くまで、つばを吐き続けた。ところが当時の三等車席は、片側に二人ずつ四人が向かい合って坐るように、座席が固定されていた。向う側に坐っていた支配民族のねんかみさんとおかみさんが、バウトクのこの慌て振りを見て笑いだした。それからバウトクが窓から首を引っ込めるのを待って、「どこからどこへ行くのか」と問うた。それをきっかけに、バウトクを驚かした梅干の説明から、彼の故郷の山河へと、話がはずんで行った。たどたどしい日本語でも、とにかく東京の標準語を勉強したのだから、相手に十分通じるようであった。そのうちに、バウトクは意外な事実に感動し始めるのである。

被統治民族である彼は、己れに対する軽蔑については、それがいかに微細なものであっても、余すところなくそれを感得できる動物的本能を身に着けていた。物心ついて以来、受け続けて来た日本人による差別取扱いが、彼の動物的本能を肥培成熟させたのである。それゆえに、対等の人間として無理を強いられることは何とも思わないのだが、支配民族の軽蔑のこもった視線に出会うと、たとえそれが微《かす》かであっても激して、必ず仕返しを誓う彼になっていた。死ぬ前に、いつかは復讐して見せる、と物言えぬ心に誓うのが、新付日本人である少年達の精一杯の反抗であったのだ。殊《こと》に大人のねんかみさん達に対しては、今けんかをすれば負けるに決まっているが、俺が大人になるときには、相手は年寄りになるから、そのときまで待ってから、勝負を吹っかければ勝つに決まっていると、胸の中で計算しながら、黙って蔑視をこらえ抜くのである。

ところが、三等席の向い側に坐っているねんかみさんとおかみさんの体からは、軽蔑らしい陰影すら見られない。バウトクが梅干の失敗を演じたときも、二人の日本人は目から涙がこぼれるほど笑いはしたけれども、本当に可笑《おか》しいので、腹をかかえて笑いころげている人間の純真さが、バウトク自身をすらその笑いの中に引き込むほど、貴いものであった。日本人に接したかぎりにおいて、過去には体験を絶した明朗なものである。それからの対話の中で、時々朝鮮なる用語が出るのだが、その広さは、自分の住んでいる町ぐらいだと考えているらしい。そして、そこに住んでいる人達が、新しく日本人となり、明治維新により廃藩置県を断行したあとの日本人のように、平等自由の原則のもとで、日本に住む日本人と同じ程度に幸福に暮らしていると、確信しているらしいのである。時がたつにつれて、車内にいる乗客全体が、向い側に坐っている二人の日本人と同じ人間であることがはっきりして来た。彼が小用のため通路を歩いて行っても、鮮人のくせに、生意気な、という眼光を投げかける人間など一人もいない。同じ日本人でありながら、錦山の町に流れついた日本人とは、まるで人種が違うかかと思えるほどであった。

一年三六五日を通じて、時々刻々に体験しながら生きて来た統治民族と被統治民族の対峙と違和が、この車内の世界には全くないのだ。これはバウトクにとっては驚くべき発見であり、幸福感がひしひしと胸に迫った。彼はまたもや顔を上に向けて、汽車の天井を長いこと見つめた。涙を乾かすための習慣であることは前に述べたとおりである。この車内で発見した驚くべきこの世界は、バウトクのその後においても、ほぼ真実であった。と言うのは、この後も彼が日本にいるかぎり、たまに体制の仕打ちにより鮮人であることを思い知らされる以外に、日本人個人によって刺戟されることは絶えて稀であった。しかし、ひとたび郷里に帰ると、自然を除いたあらゆるものが、鮮人意識を燃え上がらせる燃料となった。その中でも、執拗《しつよう》な追打ちをかけるのが、警察と称する体制と、長いこと朝鮮に住みついた日本人並びにその子孫どもであった。

さてこのようにして、各駅に全部停車しながら京都駅にたどりついたのは、八月二九日の早朝であった。人間何が身を助けるか、分かったものではない。これから約二年後、バウトクは同志社中学二年の編入試験を受けることになるのだが、地理科目の試験問題の中に下関から東京までの鉄道駅名を列記せよというのがあった。各駅停車の緩行列車に乗って来たお陰で、当時の記憶をたどり、京都までは通過した駅名を随分とたくさん書き並べることができたけれども、京都からは、お先まっくらなので、名古屋、横浜、東京と今の新幹線並みでちょんとなった。それでも落第を免れたところから判断すると、下関—京都間がたくさん書き込まれていたので、全体の数からは及第点となったものらしい。

京都駅を出た二人は、金宗柱と鄭海斗の所書きを示して道を問うた。ところが、ここでまた驚くべき事実を知った。相手は実に丁寧に説明しているらしいのだが、言葉が半分も聞き取れない。日本語は一応通じると自負していたのが、急に心細くなりだした。錦山に住む日本人達は、例外なく標準語を使った。それゆえに日本にも方言があろうなどとは、夢にも思っていなかった二人である。それでも、親切な相手が手でさし示した方向に向かい、ものすごく広くて電車の通っている大通りを真っ直ぐ歩いて行った。五分置きぐらいに誰彼構わずつかまえては道を問いながらである。ところが、誰一人として不親切であったり、まずい日本語のやりとりを軽蔑したりはしなかった。統治民族と被統治民族との差別対峙のない世界はまことに楽しい。三〇分ぐらい歩いた所で御所《ごしょ》の石垣につき当たった。そこを右に折れ、石垣の終わった所で左に折れて、お寺のある、静かで人もまばらな道を歩き続けた。朝の太陽の位置から判断するに、大体京の町を南の端から北のはずれに向かって、歩いているらしい。朝の空腹に加えて、京都盆地の八月二九日の太陽は激しく照りつけるので、相当にくたびれもしたが、それでも電車賃五銭也を節約したことを後悔するような二人ではなかった。

今出川を通り過ぎてなお二〇分ぐらいを北に向けて歩いて、やっと目的の家にたどりついた。表に二階建ての古びた木造家屋があり、中庭を隔てて平屋建ての母屋があった。その裏は畑であり、二階建ての下は納屋で、その上が金・鄭二人の間借り部屋である。二人は自炊した朝飯を済ませたところで、学校は夏休み中であり、朝寝坊の癖が身についているらしかった。両先輩は、まずせき込んで郷里の模様を問い、その問答が大体済んだところで、「手紙一本出さずに飛び込んで来て他人を慌てさせるようじゃ、将来出世できないぞ」と二人の少年をたしなめた。その夜になってから、バウトクは、またもや大事件に遭遇して極度に驚くことになるのである。

二階の窓から中庭のうす暗がりを何気なく見下ろしたところ、家主の若い夫人が庭の真ん中に引き出した風呂桶の中に、真裸でまさに入らんとしているではないか。朝鮮ではたとえ母親であっても、男の子をつれて風呂に入ることは許されていない。それにバウトクの故里には、銭湯なんか一軒もない。それゆえに彼には今まで、女体をかいま見る機会すらなかった。今目の前に見える女体は、バウトクの顔を真っ赤に恥じさせるに十分であった。しかも下の女体はバウトクを見上げながら、平然とお湯の中につかっているらしいのである。それから声がかかり、バウトクの顔をもっと赤くさせた。そのときは何とも確かには聞き取れなかったが、多分「あんたはんもあとで旅の垢《あか》を落としなはれ」で、あったことだろう。これは野蛮の国に来たらしいと、彼はその時そう思った。

このような調子で、京都の生活が案じたよりも順調にすべり出して三晩がたち、九月一日が来た。そろそろ東京へ乗り込まねばと思っていたところへ、突然木造の二階建てがきしきし音を立てながら上下左右に揺れだした。朝鮮には活火山もなければ地動（地震）もない。日本には地動があると話には聞き及んではいたが、こんなに早く体験できるとは夢にも思っていなかった。そこで、家主の奥さんが風呂にはいるのを初めて見たときには顔を真っ赤に染めて恥じ入ったバウトクが、今度の初体験には喜んでげらげら笑いだした。金宗柱はこんな彼を叱りとばし、引っ張るようにして狭い梯子段を駆け降りた。中庭に立っていると、今度は納屋に積んである石炭が地動につれて、少しずつ崩れ落ちた。これでバウトクの東京行きも、石炭と同じように崩れ去った。京都に寄らなかったら、恐らく失うべかりし生命を拾ったのである。それにあとで知ったことではあるが、家康の城下町東京よりも、秀吉びいきの京の町が、サルと呼ばれた時代の木下藤吉郎に似た貧乏少年を助けるゆとりも持っていた。宵越しのぜには持たないと豪語する江戸人は、その金で主として己れの楽しみにふける。京の町ではおなご衆、殊に祇園《ぎおん》の芸妓はん達に至るまで、バウトクを可愛がってくれた。その内容は追々と証言されていくことであろう。

図書館大学

金素雲

都新聞

正面に不忍池《しのばずのいけ》を見わたす位置に私の〈みせ〉があった。ふだん二銭三銭で売っている新聞が、朝のうちには七、八円ぐらい、ある時など十円以上売り上げがあがる時もあった。

その一帯は、降旗《ふりはた》というボスの縄張りである。一部幾らという利潤だが、売れ残った新聞を利潤から差引くという仕組みで、沢山売れる日でも、大した収入にはならなかった。その当時（大正十〜十一年）に「アサヒグラフ」が創刊され、続いて「週刊朝日」や「サンデー毎日」などがはじめて出たが、どれも創刊当時は、本文紙にそのまま表紙を印刷したタブロイド判だった。

ある日、私の新聞屋台の前を修学旅行から帰って来た中学生の一群が通り過ぎた。上野駅が近くにあるのでそんな事が時々あった。その日は雨の止んだあとで道はぬかっていたが、中学生たちはあたりかまわず脚をバタバタやって、店の前を通りすぎる最中に泥がはね、新聞をぐしゃぐしゃにしてしまった。仏教寺院が経営するその豊山中学校は、上野から二里ほど離れた護国寺の隣りにあった。

泥水で汚された新聞を一まとめに抱えて豊山中学校をたずねた。職員室で教務主任に面会はしたが、誠意のある答がない。いろいろな人が通り過ぎるところだから、豊山中学校の生徒の責任であるという確かな証拠がないというのだ。そのままとって返して、新聞に投書する一文をしたためた。現在の東京新聞の前身を〈都新聞〉といった。他の新聞とは異なる特色があって、経済欄と演芸欄が有名だった。待合や料亭などでは、新聞といえばまず〈みやこ〉を見る。値段も〈朝日〉、〈毎日〉が三銭していた時代に〈みやこ〉一紙だけは五銭——朝刊専門紙である。

後に大衆小説の鼻祖となった長谷川伸や、劇評で名高かった伊原青々園らは、みなこの〈都新聞〉出身である。

この新聞の第一面第一段に「読者と記者」という欄がある。読者の投書を一段全部に載せて、残りの記事は二段、三段に五、六行ずつ見出しをつけて版をつくる。投書に対する記者の答や意見がその後に続く。このような形式の読者相談欄は、後には別の新聞にも沢山出されたが、これほど長い投書文までも新聞の第一面の初段に載せるという例は、二度と見ない特殊な形式である。

私が送った投書は私の幼名に因《ちな》んだＫＹＦという匿名で二、三日後〈読者と記者欄〉に載った。私の書いた文章が新聞の活字に印刷されたのは、これが最初である。戦前戦後にわたって何度もこの新聞に文章を頼まれて原稿を書くたびに、若干の感慨がなくもなかった。

匿名にはしたが、「上野公園の下」と店の位置を書いたので、広告を出したのと変りがない。夜明けに、電灯のあかりの下で新聞をたたんでいた仲間が、その忙しさ中に何行か読みながら、「これ、お前の話だろ――」と言い当てたぐらいで、匿名の意味はなかった。

「……誰か好んで苦学するや。濁流に逆らいて櫓《ろ》を漕《こ》ぐ苦しみ。いつの日か、すべてを棄て、流れのままに流されたき誘惑とも戦わざるを得ず。父母の膝下《しっか》にあって安らかに学業を行う諸君に、ただ一日なりとて苦学の味を知らしめたし――」

こんな鬱憤《うっぷん》から学校当局の誠意のなさを問責した私の投書は、その日のうちに、予期しない所で意外な反響を引き起こした。

不忍池付近は、料亭や待合の集中地帯である。こうした花柳界の人々は、朝起きるのが遅く、新聞も遅く買いに来る。

店じまいする時分に、一人の芸者が来たが、「今日、〈みやこ〉に書いたのあんたね——。読んでて涙が出たわ」と言いながら、値三銭の新聞を一部買い、五円札を出してお釣りを受けとらなかった。

私はその芸者の後を追いかけて、ようやく釣り銭を返すことができた。つづいてまた一人来た。一緒に行って昼食をおごろうというのだ。そんな同情は受けたくないと何べん断っても、頑として聞かない。私が新聞をしまっておいた新聞籠をひったくらんばかりにして先に立っていくその女をおさえきれず、渋々私は女の後について鰻屋に入った。うなぎはいくらか高級の部類に属する。新聞紙を燃やして、鍋にうどんを煮て食べる身の上の者には、ちょいとお目にかかるのも難しい大ご馳走である。その女は、私がふくれっ面をして箸をあげるのを見ていたが、安心したように金を払って、先に出て行った。食べ終って私はもう一度その勘定を払った。お代はいただいたので結構ですと言うのを、とうとう金を押しつけて帰ってきた。次にあの人が来たら返してくれと言い残して――。

明くる日はいっそう人数が増えて、ジリジリさせられた。三日目になって、私は東京でも幾番と下らないという〈良い席〉を他の仲間に譲ってやり、そこよりもずっと落ちる東京帝大の近くへ移った。

心から尊敬できないそんな職業の女性の同情を受けることが、言いようもなく恥ずかしく、いやだった。しかし今になって、私は少年期の可愛げがなく偏屈《へんくつ》だった自分自身が憎らしい。あの時のあの女性たちに、もしも今逢ったなら百ぺんでも謝りたい、そんな心境である。

私立開成《かいせい》中学は東京でもかなり有名な中学である。中学はどこに通ったかと聞かれる時、私は開成中学だと答える。しかし私が通ったのは開成中学ではなく、開成中等学校だ。同じ学校であっても、夜間部を中等と呼んで区別する。帽章も中学は鷲鳥ペンだが、〈中等〉はそれにまた三日月を一つくっつける。

十四歳から三年間この開成中学校に学籍を置きはした。しかし私が三日月をつけた学帽をかぶった期間は一年に満たぬようである。勤労少年を相手にするこの中等学校は、欠席に対して寛大だった。職業が変るたびに、居所が変るたびに、学校をしばらくずつ休むのは、小学校の時から私の身についた習性である。そのかわり、昼には暇さえあれば図書館へ行く。学校の勉強とはおのずと異なるもう一つの世界がここにある。プーシキン——、トルストイ——、チェーホフ——、ホイットマン——、カーペンター——、キーツ——、ハイネ——、バイロン——、ヴェルレーヌ——、スコット——、テニスン——、ハウプトマン——。

明治中期以降の日本の作家、詩人群——岩野泡鳴《いわのほうめい》や、北村透谷《きたむらとうこく》や、国木田独歩《くにきだどっぽ》、島崎藤村《しまざきとうそん》、北原白秋《きたはらはくしゅう》、千家元麿《せんげもとまろ》、彼等の名前を知り、その作品に接したのもこの頃である。

学歴を尋ねる人に、きまって「図書館大学ですよ」と答えるのは、単なる言葉のたわむれではない。〈実際に〈図書館大学〉というものが別にあるというが、それは私が言うものとは意味が違う。〉

しかしこの時期は図書館大学の予科時代である。上野図書館、日比谷図書館へ、まめまめしく通いはしたけれど、私が意識して図書館で本を読むことに力を注いだのは、震災以後、東京、大阪、そしてソウルで過した幾年かの間だった。

〈図書館大学〉はこの予科時代を経て、その後ソウルで〈毎日申報〉学芸記者の仕事をした一九三〇年まで、断続的に五、六年続いた。関東大震災が起きて、開成中学校を卒業できないまま、折を見ては私立大学の二つ三つに入ってみたりもした。もちろんどの大学の名簿にも私の名前はない。ある時は聴講生、またある時は授業料一円も払わぬ幽霊学生——。授業料なしに一年ほど教室に出入りしても、誰ひとり文句を言う者もない、そんな時代だった。

震災が起きたその年の春、日暮里《にっぽり》の豆腐屋の二階に部屋を一つ借りた。立教大学英文科に通う吉川一郎と同居生活だが、吉川はやはり苦学生で、夜には人力車を引いていた。（彼は卒業後、〈大阪毎日〉に入り、〈大毎〉の気象台主任、図書室長を経て、三年前に停年で退社するまで四十余年、同じ新聞社で勤めとおした。）

吉原まで酔客を乗せて行けば五十銭——。こうして稼いだ金でバナナを買って来て先に寝ている私の口に皮をむいたそのバナナを差し込むのである。

やはり新聞に投書した一文が縁で、吉川が都筑男爵の家に書生として行くようになった後も、私は豆腐屋の二階の部屋にそのまま残った。

豆腐屋では、豆腐を作る元の汁を瓶に入れて、ソップ（スープ）という名で売る。ラムネビンよりはひとまわり小さいビン一つが二銭——、食パンにジャムを塗ったのが三きれに、このソップ一ビンが私のぜいたくな朝餉《あさげ》である。

昼食と夕食はソップなしの食パン三きれだけ——。パンは十日分を一どきに買いだめをする。金を持っていれば、無くなってしまうためだが、二日が過ぎ三日目ともなれば、固まって木切れのようになってしまう。金をパン屋にまず預けておいて、毎日毎日新しいパンを食べる方策もあったのだろうが、私の考えはそこまで及ばぬほどに未熟だった。生活術の欠如――一生を通じて尻についてまわるこの有難くない道連れは、早くもこの頃から私のなかに腰を据えていたようである。

木切れのような食パンにも飽きあきして、ある日の夕飯に、一大決心をして支那そば屋へ入った。手持ちの金が九銭しかないことを知らなかったわけではない。食べ終えて「支那そば十銭」と書きつけてある字を横目で見やりながら、私は銅銭九枚をテーブルの上に置いて素知らぬ顔で店を出た。

四、五日して、金がいくらかでき、もう一度その店へ行った。支那そば一杯を注文して食べ、この日は十一銭置いて出た。数日後に、そば屋の主人が私の住んでいる豆腐屋のおかみさんに会って、「あの、お宅にいる朝鮮人ねえ、見ていてごらん。大人物になるから――」そう言って、九銭十一銭と勘定を合わせた話をしていたという。

私は二度ともそば屋には気づかれないよう勘定を合わせていたつもりなのに、数字を超越したこんな危険な生理も、もうこの時分から私につきまとっていたのである。

兼職三冠王

任文桓

京の町の到る所に看板を出していた口入屋の世話で、バウトクが『朝日新聞』西陣配達店の配達夫になれたのは、今村精練所を辞めてからすぐであった。彼の配達区域は、新米が受け持つことに決まっていた西京郊外一帯で、一番広く、嵐山地区もその中に含まれていた。ところで、バウトクという男は、実に事件の多いほうで、それらの多くは政治から来るものであるが、たまには彼自身の軽率さから由来することもある。配達先の家々をやっとおぼえて、一人前の配達夫になってから三日目の晩、夕刊配達中にものすごい腹痛に襲われて人事不省に陥り、新築中の空家に転がり込んでそこらじゅうを汚物だらけにした。昼御飯にゆで蛸《だこ》のはいっている安弁当をたべたのが当たったらしい。うめき声を聞いた通行人が発見して、配達店に電話してくれたので、主人が人力車で迎えに来た。六日ほど、配達店の夜具を汚しながら寝込んだあと、買ったばかりの新しい運動靴を取り上げられたうえ、バウトクは追い出された。彼にしてみれば、大金を投じて買い入れた配達用運動靴を主人に取り上げられたのは残念ではあったが、彼のために主人も相当の損をしたのだから、仕方がないと諦めた。

こうして途方に暮れたバウトクは、またもや、郷里で見た学生芝居の助けを借りることにした。その主人公は、東京で人力車夫となり、苦学に成功したではないか。主人公の金泰殷が、人力車を引くまねをしながら舞台の上をくるくる駆け回っていた模様が、今でも頭の中に鮮やかに生きている。こうして彼は京の西の端から東の端へと向かった。鴨川にかかっている出町橋を渡ると、すぐそこから、雨の日にはすごい泥道になる細い道が、東の方向へ曲がりくねる。両側にはいっさいの古物が、店先と言っても、多くは道端の土の上に並ぶ。ここが、いわゆる京の特殊部落《ママ》で、トラホームの集団患者が住み、目の白味は例外なく赤く汚れている。そこを抜けきると、農家なども混った田中村（通称）になる。そこの道端にいつも五、六台の貸人力車が並べられている。バウトクはその近くの二階部屋を一間借りた。部屋代は京都市内でも一番安かった。それから銅製の鍋一つ、茶碗二つの古物を買い込み、自炊体制を整えた。ところで、ここでまたもや軽率さから来る事件にぶっつかることになる。人力車夫鑑札の下付試験を受けるべく、川端警察署に伺ったところ、係官は「おまえは年齢が足りんさかい、あかんのや」と宣告した。取りつく島もない厳格さである。しかし、こんなことでへこたれる彼ではない。「無鑑札《むかんさつ》で、やらはったら、監獄へ入れはりますやろか」と聞いた。係官はあきれた顔で彼を眺めたあと、「入れられんやろな、子供やさかい」と、しぶしぶ返事を返してくれた。これに勇気を得てバウトクは、即座に無鑑札営業を決心した。錦山で仮にもこんな決心を実行すれば、憲兵の固い靴で向うずねを蹴られ、ぶっ倒れると、尻や肩のあたりを引き続き蹴られるに決まっているけれども、京都にはそんなのは絶対にいないことを、彼はちゃんと知っているのである。

その夜、一一時に床を抜けて、一晩一〇銭で人力車一台を借り、一銭のろうそくで提灯に火を入れ、出町橋を渡って河原町を南下し、一二時頃には、祇園の料亭と遊廓に両側からかかえられている東山通りにたどり着いた。市が経営する電車は、夜一二時から朝の五時まで休む。自動車はたいそうな金持ちか見栄坊以外は乗らない。この五時間の交通手段は、人力車に限ることになる。

最初のお客さんは芸妓はんであった。車から降りるとき、「ほっぺたがりんごのようにかわいい車引きや、お年はいくつどす」と聞き、一円札一枚をくれた。これは思いも寄らぬ大金である。かくして、この少年車夫の月収は一〇円は確かであった。車の借賃一〇銭、ろうそく二本代二銭、夜食のうどん代五銭、合計一七銭の支出に対して、収入は平均五〇銭を下らなかった。芸妓さんには、五円札をくれたすばらしい姐さんまでいたのに反し、学生さんはけちだった。植物園の近くまで、一時間も走らせてから、「車代は月末に取りに来い」と言うのまであったくらいである。こんな目に会うと、バウトクは、すっかりのぼせ上がって、「学生の身分で遊廓へ行くのが悪い」と、食ってかかったりした。人力車夫として収入を上げるには三つの要領がたいせつだ。まず客から行先を聞くと、道順と距離を素早く計算して、適正な料金額を申し出ることである。高すぎると他の人力車にお客を取られるし、安すぎると自分が損をする。その次には、お客が車に乗ると、ひざの上に布（冬は毛布）をかけて、日本服の女人でも多少ひざを広げてくつろいでもいいようにするのだが、このかけ方如何が、チップの多寡を左右する。三番目は、出発と停まるときには、まるで赤子を扱うように、静かにかつ大事にしないと、客が後ろに引っくり返ったり、前にのめったりして、車の上からどなり散らす。

ともあれ、これでバウトクの宿食の問題は、最低ではあるが解決がついた。次は学校に入ることである。来春四月の新入学期が来れば、彼の年齢は一八になるのだ。中学五年を卒業してもよい年頃だ。それに、中学一年への入学試験資格は一七歳以下に限るという。されば中学二年への編入試験に挑戦せねばならない。普通学校を四年で

「卒業だよ」と放り出され、名ばかりの簡易農業学校で二年間、養蚕人夫を勤めただけのバウトクの学力では、まことに容易ならぬことである。そこで彼は、九月から、吉田のあたりにたくさんある予備学校にはいり、さし当たり中学一年の教科目を大急ぎで教わることにした。その入学金や授業料支出のために、彼の貯金は減る一方である。ところが、彼が夜中の営業を終わり、車を引いてのろのろと下宿に帰る時間になると、牛乳配達夫が威勢良く自転車で早朝の町をかけめぐるのである。そこで彼は、東山の谷間にある牧場の主人に、配達夫として採用することを頼みに出かけた。夜中に車を引き、それから牛乳を配ってから行っても、学校は十分に間に合うと計算したからである。しかし牧場主は、配達夫は空いた口がないからと、断わってから、その代り次のような提案をした。「自分で得意先を探して来れば、牛乳は一合につき五銭でおろしてやり、代金は月末の集金後でよい」と言うのである。当時配達牛乳一合代は八銭であり、この計算でゆくと、得意先を二〇軒だけ持てば月収一五円は確実ということになる。仮に二時間で配達が済むとすれば、一時間当りの収入歩合は人力車夫より遥かに良い。

彼はさっそく李寛求《イグァング》氏を訪ねて、これを相談した。李氏は京都帝国大学経済学部を卒業して、引き続き大学院で研究を続けており、温厚な人柄のために自然に京都の朝鮮人社会で尊敬を集めていた。何かの会合があった折、バウトクが初めて挨拶《あいさつ》をしたところ、何の取柄もない少年をたいせつに取り扱ってくれ、彼を感激させたことがあった。李氏は、バウトクの住む田中村からあまり遠くない吉田に、小さい二階建て一軒を借り、家族と同居していたが、最近奥さんと子供を国に帰らせ、一人暮しをしながら朝食だけはパンと牛乳で済ませていた。即座に自分の飲む分一合を承諾したうえに、知り合いの日本人五、六軒に対する紹介状まで書いてくれた。かくして次々にと飛び回った結果、一〇軒余りの得意先が決まるや、バウトクはさっそく大事な貯金をはたいて、ひどいボロ自転車一台を買い込んだ。それからというもの、のろのろ歩きだった人力車夫を終わったあとの帰りが、駆け足となり、下宿に帰りつくや否や、車夫のハッピだけを着がえて、東山の谷間へと南禅寺の前を自転車で走り去るのであった。余談ではあるが、韓国の古言に「餅屋が餅をたべるようでは、商売は駄目」というのがある。バウトクはこの古言にならって、牛乳様は絶対に口に近づけなかった。その習慣を今でも守っている彼である。

玄海灘密航

金史良

荒潮の渦巻く玄海灘を中心にして、南朝鮮、済州、対馬、北九州等の間には、昔から伝説にもあるように住民の漂流がしばしばあったと云われている。或は最初の文化的な交流というものは、概してこういう漂流民を通じてなされたのであろう。――だが面白いことには文明の今日においてさえ、漂流という形を借りたものが又想像以上にあるのである。それが密航である。

けれど密航と云っても、そうロマンチックなものではなく、それを思いたつまでには余程の勇気と度胸が要ることだろうと思う。玄海灘を挟んでの密航と云えば、旅行券〔渡航証明書のこと。日本へ渡航する朝鮮人はその提示を求められた〕のない朝鮮の百姓達が絶望的になって、お伽話のように景気のいいところと信じている内地へ渡ろうと、危かしい木船や蒸気船にも構わず乗り込むことを云うのだから、度胸云々どころではなく、全く命がけ以上の或は虚脱と云ったところであろう。何れにしても、この密航に関して私にははかない思い出が一つある。この間も朝鮮人の密航船が玄海灘で難破して、一行二三十名が藻屑《もくず》となったという報道を読んで、転《うた》た感深いものがあった。

その実私も釜山から一度密航を試みようとしたことがある。それは十八の時の十二月のことであるが、或る事情で堂々と連絡船には乗り込めないので、毎日のように埠頭に出て寒い海風に吹かれながら、どうしたらばこの海を渡って行けるだろうかとばかり思い焦っていた。何しろ若い年先であり、それに丁度中学からも追い出されたばかりなので、ゆっくりと形勢を見るとか智慧をめぐらすとかいうようなことは出来なかった。玄海灘の彼方というのは、私にはその幾日間かは全く天国のようにさえ思われていたのであろうか。

或る日も私は埠頭で、帆船や小汽船が波頭ににょきにょきと揺れている様を見ながら、じっと立っていた。それはみぞれの降る日だった。その時黒い縁の眼鏡をかけた内地人の男が、通りがかりに独言のように、海を渡りたければ明朝三時に××山の麓に来たらいいと云うのである。私は驚いて振り返って見た。だが男は吹き荒ぶみぞれの中に、どこかへ消え失せてしまった。さすがに私はその晩いろいろと苦しみ悶えたものである。丁度二三日前から、宿屋のボーイにも三十円程出せば密航させるからとしきりに誘われていた訳なので、よっぽど思い切ってやってみようかと考えた。だが何故となくおっかなかった。隣りの部屋に一人の客がやって来たが、言葉がどうも郷里の北朝鮮系である。私はその夜中に客の寝ている部屋へはいって行った。そして密航に対して意見を求めた。すると客はしげしげと私の顔を眺めてから、

「よしなせえ」と一言のもとに反対した。今も思い出すことが出来るが、彼は小さな口の上に黒い鼻髭のある三十男で、目をしょっちゅうしばたたいていた。その目をしばたたきながら、彼は一晩中密航に関していろいろな話をしてくれた。彼も内地へ行っていたが、渡る時はやはり旅行券がなくて密航をしたというのである。船は小さくて怒濤に呑まれんばかりに揺れるし、犬や豚のように船底に積み重ねられた男女三十余名の密航団は、船員達に踏んづけられ虫の息である。喰わず飲まず吐瀉《としゃ》や呻きの中で三日を過ぎ、真暗な夜中に荷物のように投げ出されたのが、又北九州沿岸の方角も名も知らない山際だったそうである。船の奴等は結局どこへでも船を着けて卸《おろ》してから、見付からぬ中に逃げればいい訳である。だから時には奴等は内地へ来たぞと云って、南朝鮮多島海の離れ小島にぞろぞろと卸して影をくらますことさえあるそうである。兎《と》に角《かく》内地へ渡って来たのは来たが、皆はひどい船酔いと餓えに殆《ほと》んど半死の有

様で、夜が明けるまでぶっ倒れていた。彼だけはしきりに気を立て直して、行先をさぐった。そして灯のまだらについている小さな町の方をさして、這うように山を越え逃げ込んだのだった。ぼろぼろでも洋服を着ていたからよかった。だが他の連中は白い着物を着たまま群をなして徨《さまよ》い歩く中に見付かって、再び送還されたのに違いない。私はとうとう密航を思い切らねばならなかった。

「じゃが今は内地も不景気でがして、屑屋も駄目じゃけん、内地さ行くなああきらめるがええ」と、彼は結んだ。

翌日の朝彼は郷里へ帰るといって、やはりぼろぼろの洋服で小さな包みを一つ抱え、釜山鎮という駅から発って行った。私は余りの心寂しさに、彼を親でも送るような気持で、遠くから手を振って見送ったが、この小さな鼻髭を持ったおじさんは今どこで何をしているのだろう。

その後私は北九州の或る高校に籍をおくようになったが、この地方の新聞には毎日のように朝鮮人密航団が発見されて挙《あが》ったという記事がのる。それを読んでいく時は、何とも云えない複雑な感情に捉われた。沿岸の住民がとても訓練を得て監視するために、稀の場合でなければ成功しないのである。あっちは命がけの冒険上陸とも云えるが、こちらは又こちらで必死になって上陸させまいと目を光らせている。僅か八つの小学生が学校へ行く途中、密航団を見付けて駐在所に告発したので表彰されたというでかでかした記事も稀ではなかった。それを読んでいると私は、自分までが来れない所へやって来て監視されているような、いやな気持になることがままあった。そのためでもなかろうが、私は九州時代有明海にしても、鹿児島海岸にしても、別府の太平洋にしても随分親しんだものだが、目と鼻の先の玄海灘の海辺には余り遊びに出掛けなかった。

それにしても卒業の年の初秋だったと思う、一度だけ郷里の或る学友と唐津へは行ったことがある。波の静かな夕暮で、海辺には破船だけが一つ二つ汀《みぎわ》に打ち上げられていたが、海の中へ遠く乗り出している松林には潮風がからんで爽やかに揺れていた。その時ふと私達の目には白い着物を着た婦《おんな》達が四五人、遠く砂浜を歩いて来るのが見えた。丁度夕焼頃となり、それが迚《とて》も美しく映えて見えるのだった。私はぎくりとして、さてはちりぢりになった密航団のかたわれではなかろうかと思った。ところが彼女達が近くやって来た所を見ると、近所の海辺に住んでる移住民の奥さん達のようだった。若い婦達が下駄を手に持って、時々腰を屈《かが》めて沙場の貝殻を拾っている様は美しい。その頃の高校の歌に、

「夕日や燃ゆれ、吉井浜、天の乙女がゆあみする」という句節があった。

私は滅多《めった》に歌など歌ったことがないが、その時はちょっとそういう文句を思い浮べた。

故郷を想う

金史良

内地へ来て以来かれこれ十年近くなるけれど、殆《ほと》んど毎年二三度は帰っている。高校から大学へと続く学生生活の時分は、休暇の始まる最初の日の中に大抵蒼惶《そうこう》として帰って行った。われながらおかしいと思う程、試験を終えると飛んで宿に帰り、急いで荷物を整えてはあたふたと駅へ向った。それも間に合う一番早い時間の汽車で帰ろうとするのである。

故郷はそれ程までにいいものだろうかと、時々不思議になることがある。成程郷里の平壌には愛する老母が殆んど独りきりで侘《わび》住居している。母はむろん、方々へ嫁いだ心美しい姉達や妹達、それから親族の人々も私の帰りを非常に悦んでくれる。庭は広くないが百坪程の前庭と裏庭がある。それが又老母の心遣いから、帰る度に新しい粧《よそおい》をして私を驚きの中に迎えるのだ。昨年の夏帰った時には、庭一杯に色とりどりの花が咲き乱れ、塀のぐるりには母の植えたという林檎《りんご》の苗木や山葡萄《モルグ》の蔓《つる》がひとしお可憐だった。それに玄関際の壁という壁にはこれから背伸びしようとするつたが這《は》い廻っていた。秋に入りかけ花盛りが過ぎ出した頃、コスモスをもう少し咲かせればよかったのに、それが気付かなかったのだと、母や妹は済まなそうに云っていた。私がそれ程の花好きというのでもないのに。母ももう年を取ったものだと思う。そして帰る度毎に、気力や精神が衰えているように思われて悲しい。六十をこえると老い方も一層早いのだろうか。

殊《こと》に昨年はコスモスの咲き出す頃、すぐ上の姉特実《トクシリ》が亡くなった。三十という若い身空《みそら》で、子供を三人も残してはどうしても死にきれないと云いながら、基督教聯合病院の静かな部屋で息を引取った。その死は今思うだに悲痛なものに感じられてならない。それを書くには今尚私の心の痛みがたえられそうもない気がする。彼女は私のはらからの中では一等器量がよくて、心も細やかであり明朗でもあった。父が母と違って絶壁のように保守的で頑固なために、幾度母に責め諫《いさ》められながらもついにあの姉を小学校にさえ出さなかった。女に新教育は許せないというのである。いくら泣き喚いても、それは無駄であった。でも彼女は無智の中にあきらめていようとはしないで、七八の頃から千字文で一通り漢字を習い、朝鮮仮名はもう既に自在に読み書きが出来、小学校へ上ったばかりの私を先生としてそれ以来ずっと諸学科の知識をかじり、それから雑誌を取り寄せ新聞を読むなどして、その識見や思慮は私が中学にはいった頃はもう尊敬すべき程だった。

こういうところからして、私と彼女の間に於る姉弟の情にも又特別なものがあったと云える。私が帰る頃を聞き知って真先に母の許へやって来て待ってくれたのもこの姉だった。そして私が林檎好きだと彼女は勝手にきめて、いつも国光に紅玉など水々しくて色のよい甘そうなのを一抱えずつ買って来てくれた。彼女の死が老母に与えた精神的な打撃というものは余りにひどい。正にその次は自分位であろうとひとりよがりに考えて、少しでも余計に悲しもうとする私である。その姉が今度帰ればもういないのだと思うと、丈夫な歯が抜けたように心の一隅が空ろである。

それでもやはり故郷への帰心は抑え難くはげしい。これは一体どうしたものだろうか。左程に故郷を恋しく思わない友人達を見る度に、私はむしろ羨《うらやま》しくなり又自分をはかなく思うのである。此頃も私の家では母と京城の専門学校から戻って来たばかりの妹が二人きりで侘しく暮していることであろう。先日の妹の手紙には、私の帰って来るという四月は平壌の花植時だからその時揃って庭いじりをしましょうと書いてあった。私は丁度その先便で母や妹宛に、今度帰って行くことにしたから、裏庭にはあきれる程までにトマトを植え、井戸の上には藤棚をしつらえ、私のささやかな書斎の前にはヘチマを上げるように、そして前庭には絵屏風となるまでに朝鮮朝顔をと書いて送ったのだ。私は悲しみに打ち沈んでいる老母を、そんな仕事からでも気をまぎらわせたかったからである。それで妹の返事を見て重ねて手紙を出したところ、つい五六日前の手紙には母が着々用意を整え、トマトの方もあきれる程までに沢山註文したし方々から花種も取寄せているということだった。その上この文を草している今日は又奇しくも母が愈々《いよいよ》掘り返しをはじめましたと云って来た。それがどれ位の出来栄えか、今度帰ったら殊更《ことさら》私も仰々しくそれをほめそやさねばなるまいと考えたりする。とはいうものの故郷に帰りたいという思いは、ひとえに母や姉や妹、それから親族の人々に会いたいという気持からだけではない。やはり私は自分を育んでくれた朝鮮が一等好きであり、そして憂鬱そうでありながら仲々にユーモラスで心のびやかな朝鮮の人達が好きでたまらないのだ。東京でいつもせせこましい窮屈な思いで暮している私は、故郷に帰れば人が変わったように困る程冗談を云う。友達にはむろん先輩にさえ、気がどうかしていると思われる位に実のない冗談を持ちかける。もともと人一倍そういったところが好きで、深刻そうに真面目ぶるのが苦手の性分でもあるが。だから帰れば家でも毎日を冗談と笑い話で暮しているようなものである。そういえば又思い出すが死んだ姉などは殊に私とは調子が合って、何事にも声を出して笑い、笑ってはついに腰が折れるまでに笑いこけたものだ。だが時々急にこの地で致し方ない程の郷愁にかられると、大概は神田の朝鮮食堂にでも行って元気な学生達の顔を嬉しそうに眺めたり、朝鮮歌謡の夕だとか野談や踊りの催しなどをさがしては出掛ける。それも今は少くなったが。――そこで移住同胞達の笑顔を見たりはしゃぐ声を聞いたりすると、時には思わず微笑ましくなり、又涙ぐましくも悦に入ったりするのだ。あの朝鮮語のふざけた弥次《やじ》を聞くのが又大好きと来ている。思わず吹き出してしまう。これはどうにか一種のセンチメンタリズムと云えたものかも知れない。

朝鮮の空は世界のどこにもないと云われる程、青くからりと澄んでいる。早くその下を歩きたいと此頃思い出したので、どうにもしようがなくなって来た。こうして私はいつも朝鮮と内地の間を渡鳥のように行ったり来たりすることになろう。何しろ母も年が年なので、あの澄み渡った青空の下、どこか好きな大同江の流れでも見下ろされる丘の上に住みたいものと心では考えている。

ノビル団子と籠抜け詐欺

全鎮植

運命というものは不思議なものである。みなもそう言うし私もそう思う。「不思議」ということは、わからない、ということであろう。すべて、過去形では語ることができても、運命を未来形で当てるのは不可能だ。しかも過去と未来の中間の、今現在というのは一瞬でしかない。まさにその一瞬のうちにも運命を見きわめるのは難しい。

自分の生まれた村しか知らない私たちにとって、日本は未知の世界であり、遠い遠い地の果ての国であった。どんなに領土的に大日本帝国の版図に入れられたところで、自分が日本人と考えたことは一度もない。その日本でこれからいろいろなことがくり広げられていくのだが、もしこれがこうでなかったら、あるいはああだったらどうなったか、というようなことは誰にもわからないことなのである。

渡日以来、北九州での転々とした生活が始まったのだが、九州を離れなければならない何かしらの事情があったのであろう。山口県に行くとか、とくに広島県に行くという話は、九分九厘もう決まっていたようなものであった。しかし結局は、父もまだ行ったことのない、川崎に行くことになるのである。父は何回も日本に来ているが、行ったことがあるのは九州、京都、大阪であって、京都以東に行ったのはこのときが初めてであった。もしもこれが川崎でなく、そのまま広島に行っていたら、またどんな運命が待っていたか、これもわからない。

さて、川崎に行くまでの九州の生活である。

小倉に来てようやく落ち着いたのは、たぶん三月も終わりごろであったと思う。もうすでに寝所《ねぐら》は何回もかわっていた。その名が緑町といっていたので、おそらく当時の小倉とすれば、山裾を開拓したところにちがいない。事実、赤土のむき出ただけのはしっこに、朝鮮人専用のバラックがへばりつくように建っていて、そのうちの一軒が一家の一応の落ち着き先であった。同じバラックではあったが、新築であった。それでも、今まで過ごした、いくつかの家とは比べものにならない。今でも忘れないが、日本に来て最初に泊まった家は、たぶん六帖の部屋が二間、その真ん中を仕切る壁の上に、二十燭《しょく》か五十燭の電灯が一つあって、両方の家、つまり二つの部屋を照らしていた。電気の光というものを知らない我々にとっても、それはやはり暗いという印象であった。

国を出るときに雨に見舞われたので荷物はみな濡れていた。布団も然り。人が担いでこられた程度の布団であるから、ほんとうにこれをせんべい布団というのであろう。荷物も行李に二つ詰めたぐらいのもので、これも高が知れている。しかしそれらがみな湿気を帯びて、布団を敷いても寝るに至らず、何かに着がえて身につけてもうっとうしかった。今でも、その肌ざわりの冷たさがよみがえってきそうな気がする。

なぜかこの家はすぐに引越して、そこよりも浜寄りの、ずっと低い所に移るのだが、やはりそこも貧乏人たちの長屋であった。

家の敷居をまたぐのに、まずドブを越さなければ部屋に入れないような家だったことを覚えている。ようやく春らしい日差しが続いて、何もすることがない。友達もいない私は、頬づえをついてそのドブを見ていた。天気のよいときにはゆっくりと水が流れ、生まれて初めて見る糸みみずが忙《せわ》しなく足を動かしていた。いや、足というよりも体《からだ》全体というべきか。何やら固まったマリのようなものが忙しなく動いているなあと思いながら、それを日がな一日眺めていたものである。しかしこのドブは雨が降るとたちまち溢れ出し、家は一面水浸しになった。なかなかのモノが、プワプワと浮いて流れていくのさえ見えたものである。きっと近所の子どもたちが、このドブの上流の方でイタしたものであろう。

ここもまたすぐに引越しをすることになって、この章の冒頭に書いた緑町の山裾の新築のバラックに来たのであるが、ここで川崎に行くまでの半年間ばかりを過ごすことになる。

あっという間にこのバラックもいっぱいになり、近所には子どもたちが大勢いた。一、二軒、日本人も住んでいたようであるが、どうも大半は我々と同じ運命の所帯のようである。

友達もできた。生活の苦しさや大人たちの深刻な事情には一向に関係なく、私はいつものように好奇心いっぱいのはずんだ気持ちで毎日近所を跳び回っていた。

このころのことを思い出すといつも不思議なのは言葉の問題である。日本に来てまだひと月になるかならないか、というころであるから、当然私には日本語などわかりようがない。しかしそれでは何語をしゃべっていたのかとなると、やはり日本語であったろうな、と思う。早いもので、もうそれから数カ月後には、おそらく相当流暢《りゅうちょう》になり、同じ速度で朝鮮語は忘れられていった。

どういうわけか、たちまち近所のガキ大将になってしまう。学校にあがる前も、あがってからも、この近辺ではずっとガキ大将であった。二つ三つ年嵩《かさ》の者などは問題にもしなかったらしい。朝鮮の村でごく普通にやっていたことが、ここでは大変ないたずらとしておとなたちの眉をひそめさせた。故郷の村では、通りすがりになすびの一個ぐらい、くいっとねじってそのまま頬ばってもなんてことはない。麦の時期になったら、さっと刈り取って焚き火をしてサラサラッと焦がしたと思ったら頬ばって、これもどうってことはない。稲だって同じことをやる。

しかしここでは、よその垣根にぶら下がってるものを、何か一つでももぎ取ろうものならこれは大変なことらしかった。しかし万事そうやって迷いながら、だんだんと生活環境に慣れていくのである。

そんな折に、初めて学校の仕度が整い、四月の新学期に入校することになった。学校の名前は日明《ひあかり》国民学校。名前もすでに尋常小学校ではなく、国民学校となっていた。私の名前も変わっていた。今までのジョン・ヂンシク、あるいは全鎮植《ぜんちんしょく》という名が、いつの間にか玉山鎮植となっているではないか。何回呼ばれても自分の名前とは到底思えなかった。

学校へは父でも母でも兄でもなく、近所のおじさんがつれていってくれた。何をどうしゃべったのか私にもわかりようがないが、いずれにしても頼んでいるおじさんの方は頭をペコペコ下げているし、頼まれた学校側の方は怪訝《けげん》な顔をしていた（当時の私にはそのやりとりの言葉などわかるはずもない）。

平穏なのはほんの数日、たちまちにして学校生活は修羅場へと変わっていく。

今思うと、やはり言葉が通じないので、互いに意志が伝えられなかったためだろう、と思う。しかしそれ以上に当時の環境というものがあったのも事実であった。私は学校でもなすこともなく、というと奇異に聞こえるかもしれないが、授業では先生の話がよくわからないし、休み時間になってもとくに友達もいないのでグラウンドの外をじっと見ているよりほかにないのである。当然子どものことだから、そのうちじっとしていられなくなり、走り回ることだけを考えていた。走り回れば早速にいたずらが始まる。あの当時の十分間の休憩時間というのは、朝鮮でもそうだったが、だいたいドッジボールでお互いに投げ合い、ワァワァと騒いで、時間になるとまたさっと教室へ入っていったものだ。今の子どもたちがどう過ごしているかはわからないが、少なくとも授業が終わって次の授業が始まるまでの休み時間に、教室に居残っているような子は、よほど軟弱な子か変わり者と見られていた。

朝鮮では見かけなかったゴム跳びというのが、ここでは非常に流行っていた。女の子たちのほとんどは、ゴムを張ってだんだんと上に高くなっていくこの遊びを、休み時間になると百パーセントといっていいほど好んでやっていた。

私はたちまちにしてこのゴムの間に割って入っていく。どちらかの子がすぐにゴムを放せばそれで用は済むようなものだけれど、しかしなかにはそうできないときがある。ゴムが切れる。抗議をされたり、泣かれたり、しかしそれがまた面白くて、どんどん両手を広げ、自分が飛行機にでもなったつもりで跳び回っていた。

そんなある日、といっても学校にあがってまだ数日しかたっていなかったと思う。男の子たちが私をやんややんやとはやしたてていた。私は私なりで、あいかわらず女の子のゴム跳びの中に割って入り、いたずらをしていた。女の子たちがキャアキャア騒ぐ。一人で人気者になったつもりで悦に入っていたのだが、男の子たちの様子がどうもおかしい。手を鼻にあててくさいくさいと言ってみたり、あるいはそのときは気がつかなかったけれども、この朝鮮人野郎、ぐらいのことは言ったのかもしれない。ようやくその意味がわかった私は、もちろん持ち前の気性でその連中たちをぶんなぐってやった。

しかし、帰りはそんなことでは済まなかった。大勢で待ちかまえていたのである。同級生だけではなく、たぶん五年生も六年生も加わっていたように思う。衆寡《しゅうか》敵せず、私は身体中をなぐられ、蹴っとばされて家に帰った。くやしくてしょうがない。こんなときに早速報復法を思い浮かべるのは、これまた私の特技なのかもしれない。

学校は一段高い丘の上にあり、その背もまた赤土がむき出しになっているところを補強がしてあり、その上にはまだもとの野原がそのまま残っていた。春の日をいっぱいに浴びて、故郷でよく見たのと同じような草が盛んに芽を出している。よもぎやたんぽぽ、それにノビルもいっぱい出ていた。このノビル、どうやら連中たちが大嫌いなはずのニンニクに匂いも味もそっくり、野生のニンニクともいえる野草である。いまごろ、故郷《くに》ではみなが草摘みにいってよもぎもたんぽぽも、そしてこのノビルも籠いっぱいに取っているんだろうなあ、と思うような悠長な場合ではない。そんなことが頭をよぎったのも事実だが、あくる日、早くに家を出てこの丘に登り、せっせとノビルをひっこ抜いた。グラウンドのはじのコンクリートの上で、たっぷりと石でついて餅状にした。いよいよ授業の始まる時間が近づいてきた。私は昨日、散々にやられた相手の中でも一番強そうなやつを選んだ。こいつのそばに行き、何も言わずにこのノビル団子を顔中にべったりとはりつけてやった。

さあ、騒動が起こったのはまちがいない。授業どころではなくなった。止めようとしたやつら何人にも私は団子を狂ったように塗りつけてやった。担任の先生は女の先生で、毎日着ていたかどうかは定かではないが、今思い浮かべて映る姿は袴《はかま》である。

紫色の袴のようだ。たぶん、そのときにはまだ十代の終わりか二十歳になったかならないかぐらいの年齢だったと思う。当然彼女の手に負えなくなって男の先生がとんで来た。どこでどう折檻《せっかん》されたのか、とにかく私はだいぶ痛い目にあった。けれどそれでもそれなりにその一日は終わる。ところが、帰りがけにまた強いやつらに待ち伏せをくった。今度は昨日どころではない。それこそメチャメチャにやられた。彼らにとっても容赦できない相手と見たのであろう。しかし私はそれにもこりず、あくる日にも、またしっかりとノビル団子を作って、今度は自分のクラスの子ではなく、上級生たちが登校してくるのをじっと待った。そして猛然とこの連中にノビル団子を浴びせたのである。彼らも、集団的にリンチを加えるのはともかくも、登校して来る一人、二人のときに狙われるというのにはさすがに意表をつかれたのであろう、逃げまどうのが精一杯であった。教室の中に逃げこんでいく。それを追いかける。その私の形相たるや、今自分で振り返ってもふきだしたくなるような、しかしかなりすさまじいものであったと思う。

今度は先生方をかなり怒らしたようだ。授業が終わって呼び出しを受け、そこでは男の先生が二、三人、私を見下ろしていた。一人がこづき始める。謝れ、ということであろうが、いつも言うことだが、私はどうも可愛気がない子どもである。にこっと笑ってとか、あるいは上手に甘えてへつらう、ということができない。

丸坊主で耳がロバのようにとんがったちっこいやつが、目を三角形にして睨みつけるだけである。ときには顎をつき出して敢然と睨みつけるのだ。

パシッと平手が来た。身体がすっ飛んだけれども、またもとのところに立って姿勢は変わらない。もうそうなったら、いくら教育者であっても先生方も多少は理性を失うのだろう、メチャメチャにやられた。耳をひっぱって前の黒板にガキッガキッと頭をぶつけられ、ひきずっていったと思ったら後ろの黒板にも頭を二、三回ぶつけ、また戻ってきたところを平手打ちをくった。さかんにまわりの先生たちが何か言っているところを見ると、謝れということらしい。何かわぁわぁとわめいているけれど、私にはさっぱり意味がわからない。たとえ意味がわかったとしてもわかろうとしない。大粒の涙がポロポロと流れたけれども、しかしグッと歯を食いしばって先生を睨みつけるだけだ。

担任の女の先生が何か助言をしてくれたのかもしれない。あるいはそばにいた男の先生が、これはちょっとひどすぎる、と考えたのかもしれない。とにもかくにも私は顔を洗ってもらって、しかしこの顔を洗ってくれるのすら、私はなんとなく拒否をして、自分で鼻をかみ、ずるずるっと顔をなぜたと思ったら、おそらくプイッと教室を出ていったことだろう。

謝る筋は一つもない。家に帰ったら親は驚いた。私には自分の顔が見えないのでよくわからなかったが、ものすごい形相になっていたようだ。家に鏡というものがあったかどうか、よくわからない。ただ、まぶたがはれて、少し上向きに顎をつき出さないとものが見えなかったことや、顔中、身体中がうっとうしかったようなことだけは覚えている。

アイゴ、誰がこんなことをしたんだ、先生がなぐったのか、学校に文句を言ってやる、わぁわぁと母の叫び声がしたけれども、しかしそんな言い分はおそらく通らないだろう。

あくる朝、父が今日は学校を休めと言ったような気がするが、それでも私は父の言葉も無視してさっさと出かけていった。夜のうちにはれあがった顔が、翌朝になってもっとひどくなっていたような感じだった。頭もクラクラしていた。しかしせっせとノビルをまた団子に作り、今やもう、顔を見ただけでも恐ろしいような形相の子が、早々と門の前につっ立っていた。

生徒たちが怯《おび》えるのは無理もないけれど、おとなたちも半分怯えたような顔をしていた。そのうちに誰かが私を教室につれてきた。どんなふうなことが起こったのか、そこらあたりのことはよくわからない。とにかくその日は戦闘らしい戦闘もなかったけれど、私はもう自分の勝ちを確信していた。爾来、四年生、五年生、六年生の上級生たちも、子どものことだからかなり体格も違うし力の格差はあっただろうけれど、この学校を離れるまで、私をいじめたやつは一人もいない。

ここから学んだ戦法といおうか、それはのちに他の学校を流れ流れていくときも、大きな戦略戦術としてずっと使われるようになっていくのである。

こうしてひと月もたたないうちに、自他ともに許すガキ大将になった。しかしどうもひとつ足りないものがある。ガキ大将というには、とにかく懐が軽い。朝鮮のときとは塩梅《あんばい》が違って、私の懐はいつも文無しである。当然、貢ぐやつが出てこなければ、ボスとしてのかたちがつかない。我が、このいたずらガキの集団も、なんとなくそういう様相を呈してきた。

ある日、近所の子どもが本を買いに行くという。そりゃしめた、いっしょに行こう、ということになった。小倉の駅前までは市電で二駅であるけれども、そんなものはもったいない、歩け歩けでみな行った。買物も楽しいのだが、なんといっても私にとって最大の魅力はエレベーターである。

小倉の駅前には玉屋という百貨店があった。五階建てぐらいだったろうか。暇さえあればここへ行ってエレベーターに乗る。これ以上はヤバいというぎりぎりのところまで昇っては降り、昇っては降りをくり返し、最後にはほとんどつまみ出されるようにしてデパートを出てきたものだった。その日も、五十銭という大金を手に持って、よし、本を買いに行くならみなで行こう、ということで、七、八人のジャリどもが、もつれあってこの百貨店に行くことになった。

小倉駅から市電に乗ると次の駅が大門である。この大門は、まっすぐ行くとわが家の日明《ひあかり》町を経て黒崎の方に行くのであるが、左に曲がると戸畑、折尾の方に行くことになる分かれ目だ。その辺りに来たときに、妙な男が我々の仲間に入りこんで来た。中学校の一、二年であろうか、とにかく小学生ではない。なかなか面白いことを言って、いつの間にか仲間になってしまった。面白おかしく行くうちに、小倉城の城址跡の、公園までやって来た。

この男が、私の着ている服を見て、さかんにとてもいいとほめる。それもそのはず、私は数日前に父につれられて黒崎の市場に行き、生まれて初めて霜降りの洋服を買ってもらったのである。少し大きめのようであったけれども伸び盛りということで着せたのだろう。何しろ嬉しくてしょうがない、自慢の服である。これをほめられたので、ほんとうに有頂天になってしまった。そのうちにこの男が、いやあそれを一回着させてくれ、と言う。いやあお兄ちゃん、これ小さくて着られないよ、ぐらいのことは言ったかもしれないが、何とはなしに言葉巧みに服を脱がされた。彼は、ちょいとこれを着がえるから、といって物陰に、といってもおそらく人家の中だったと思うが、そこに入ったっきり出てこない。いくら待っても出てこないのである。いやあ、恐ろしいものだ。後年、これが籠抜け詐欺という手口だろうかと、今でも苦笑いしている。この服は、多分五円前後ぐらいしたような気がする。五円かあるいは、七円か、自分としてもかなり高い物を買ってもらったな、という気がした品物だった。その服はもちろん大変に惜しい。しかしそれ以上に問題なのは、そのポケットの中に入っていた五十銭である。いうなれば私の舎弟分の五十銭が入っているのだ。

なんとも大変な事件になったものである。すぐに大騒ぎになり、あんなに忌み嫌っていた警察ではあったけれども、でもしかし警察というのはやはりこういうときに解決してくれるのだ、ということがわかったのであろうか、大門の、ちょうど線路ぎわにある交番にとびこんだ。

かくかくしかじかと説明をしたのであるが、さてどの程度まで通じたのであろう、なんのことはない、手帳に書きつけただけで、あとは帰れという。

それはさんさんと五月の太陽の降り注ぐ暖かい日ではあったが、パンツ一張とランニングの状態というのは、なんともみじめな姿であった。

しかしとにかく家の近所まで帰りついて、子どもたちはワーワー泣きながら家に行き、おとなたちには、とっくに事情が伝わっていたのであろう。一方私は、この部落からずっと離れた山の斜面に、すでにちゃちなものではあったけれども防空壕などというものが作られていて、その中に一人、やるせない気持ちですわっていた。それこそ行こか戻ろか、困り果て身の置き所もない。私がそこにいるということは当然みな知るところで、妹が来て、オッパ（お兄ちゃん）帰ろうよ、帰ろうよと手をひっぱる。何と返事をしたかはわからない。とにかく、なんの顔向けができて家に帰れるか、ぐらいの悲愴な気持ちであったかもしれない。またしばらくすると妹が来て、「もう日が暮れるよ、帰ろうよ」。

腹は空いてくるし、日は暮れてだんだんと冷えてくる。謝ろうにも謝れない、意地を張ろうにも張りきれない、なんとも情けない気持ちであった。結局父がやって来て、一言もいわずにぐいっと顎をしゃくったので、私は引かれ者のように首を垂れて父の後についていった。

それから何日間かたち、また騒動が起きた。どうやら五十銭を弁償しろということらしい。父は、それは当然のことだと弁償したのか、あるいはもともと弁償するつもりでいたのか。ところがそれから後がいけない。その五十銭の主の父親が私のことを詐欺だと言って、あらぬ疑いをかけたのである。詐欺とはなんだ、その言葉が気に入らないということになった。父にしてみれば自分の倅《せがれ》には落度がないということを言いたかったのだろう、父にはまったく珍しく、すごい剣幕で、まるで腕まくりをするがごとき勢いで相手をどやしつける姿を見た。

ほんとうにすまないなあと、私は身の縮む思いだった。ときどき父に銭湯につれていってもらうと、いつもは父が背中を流してくれるのだが、私はなんとなくテレながら、「お父さんも流してあげるよ」と言って、何か罪ほろぼしのような気持ちで一生懸命背中をこすったことが思い出される。

よるべない他国ではあったけれども、しかしいつも父や母、それに兄や姉、妹、そうした絆のなかで、乾いた吸い取り紙にインクがしみこむように、環境の慣れがどんどん私を変えていった。

数カ月もすると言葉もどちらのほうが堪能なのかわからなくなるほどに慣れきってしまったのだろう、先生からは、大変読み方がうまいとほめられたものだ。まるで嘘のようである。国定の教科書にどういう記録があるか調べたことはないが、なんでも

「磁石」という題で、おばあさんが縁側で針仕事をしていた。その針が廊下のすきまのどこかへ落ちて、眼鏡をかけたおばあさんはなかなか捜すことができない。孫である主人公の「ぼく」が磁石を持ってきてこの針を捜すという話だったと思う。それを読み方の時間にみんなで朗読をするのであるが、先生は私の読み方が一番だと、大変なほめ方であった。

母がお医者さんにいくことが何回かあったが、そのたびに私が通訳として連れられていったのだから、やはりもう十分に会話が通じあっていたのかもしれない。

言葉以外の理数科や体育などについては、それほどの苦労もせずにすみ、もう入校時のどうにもならない可愛気のない子どもではなく、クラス内からはもちろん外《よそ》からも多分に一目おかれる存在になっていた。

しかしその当時の友人の名を一人も記憶することなく、せいぜい学校の名前と、担任であった村上先生という、ほくろが印象的な袴の女先生のことだけがかすかに記憶に残るばかり、間もなく九州での暮らしに別れを告げ、川崎へと移っていくことになったのである。

第三章　こんな日本人がいた

衛生思想の普及

森安連吉

　私は、学窓を出てから東大青山内科の助手として在勤し、四十年〔明治四〇年。一九〇七年〕海外留学の途に上り、四十二年春帰朝したが、その後間もなく恩師青山博士から「大韓医院長の菊池君から、誰か学位を持った者を韓国〔大韓帝国〕に欲しいという話があるが、君あちらへ行かぬか」というお話があった。しかしながら、その職務上のことで、統監府側から牽制されるようなことでは、十分にその機能を発揮し難いので、私は桂公〔桂太郎。第二次桂内閣時に韓国併合が行なわれた〕に会ってそれ等のことを質した所、絶対にその虞《おそれ》なしとのことであった。仍《よっ》て私は意を決して、明治四十二年十一月に、大韓医院内科部長として、韓国に赴任したのである。

　それは、伊藤公〔伊藤博文〕が統監を辞して曾根副統監〔曾根荒助〕が、その後を襲がれて間もない頃であったが、私は韓国政府の経営に係る病院への就任の為に時の総理大臣李完用氏から補佐の辞令を貰ったのである。当時、この病院で学位を有する者としては院長の菊池富三郎氏と私の二人だけであって、その頃の朝鮮の医事衛生方面を回想すれば、全く感慨無量なるものがある。

仍って私は、当時逢遭した二三の事柄について、ここに断片的の追懐を試みることとする。私の赴任した翌四十三年の一月頃に、李完用首相が、明治町のフランス教会〔明洞聖堂のこと〕前において刺客に襲われた。いわゆる李完用氏の遭難事件が起った。その為に李氏は、直に大韓医院の外科に入院されたのであるが、その頃の外科部長は、軍医総監の菊池院長が之を兼ねて居られた。仍って外科では、李氏に対して、手の届く限りの治療を加えたのであるが、高熱が続いて、どうしてもそれが、下らなかった。

こういう状態であるために、この李氏の症状に不審を懐いて、一応内科の診断を必要として、私に見ろということであった。所が李氏の負傷は、前方から抱えるようにして、兇器をもって背中へ突き立てたのであるから、その傷は、肋膜まで達して居って、私の診断の結果、肋膜に多量の血と水が溜っている為に、之に基因して高熱が持続して下らなかったのである。

当時李完用氏の診断には、李允用、趙重応、宋秉畯諸氏等が立会、結局之をどうすればいいかという話であった。私は、この肋膜の水を取るには鍼《はり》を刺して取る外ないと述べた所、それでは痛いだろうということであったが、一時の苦痛を忍んでも、この方法に依って治療する外ないことを話し、遂に鍼を刺した、所が血液性の水が五合位出でそれに因って熱も下がり、漸次快方に向って、間もなく退院の運びとなった。私が、韓国政府から勲二等に叙せられたことは、恐らく斯《こ》んな関係でもあろうかと、想像された。

その当時の韓国における医事の実際は、外科方面においては、到底在来の韓国医術のおよぶべくもなく、従って、外科については、外国医師の治療が、大に歓迎せられつつあった。然るに内科は殆ど韓国の旧来の医師の診断投薬に依って済まされるという実情であった。然るにこの事あって以来、内科の診療も亦、大に我が医術に信頼するに至ったことは、まことに喜ぶべき現象であった。

その後、程経て李允用氏が病院に私を訪ねられて、その夫人が、非常に咳が出て、且《かつ》痰が出て困るから何か良い薬を呉《く》れという申出であったが、私は病状の診察もせずに投薬することが出来難い旨を述べて之をお断りした。所が、その翌日には、血の混った痰を持参して、之を見て薬を呉れということであった。正に血痰とは認めたが、原因不明のものに、患者について診断も行わず濫《みだ》りに薬はやれぬと拒絶した。然るにその翌日又々病院へ来られて、それではまことに已むを得ないから、薬は後にして兎《と》に角《かく》君が来て診察してくれという話であった。

仍て私は李允用氏邸に赴いて、夫人の診察に当ることとなった。その頃内房（アンバン。主婦の居室）へは男子の出入を許されなかったのであるが、斯様《かよう》な関係で李氏夫人に逢った所、雄弁滔々《とうとう》と、さまざまの経歴談苦心談等を、まくし立てられたのには、全く閉口して仕舞った。さて、いよいよ診察となると、衣服のまま見ろと主張して肯《き》かない。いろいろに説いて漸くに之を脱いだ所、薄衣一枚の上から診察してくれと頑張られたが、遂に之をも脱いで診察した。而してその診断の結果、その病因が肺ジストマであることを発見した。

この肺ジストマは、韓国における地方病として非常に患者が多かった。この伝染の経路は、患者が水中に痰を吐いた場合、その痰中にある病原虫の卵が水中で孵化して小虫となり、巻き貝がこの小虫を食べて、そこでその小虫は貝中で発育し、更に水中に出る。而して之が蟹《かに》に喰われて、蟹の中に袋を被った虫となって生存している。然るに韓国の人々は生蟹を食べる習慣がある為に、非常にこの肺ジストマ病に感染し易いのである。

韓国において、患者の診察上最も困難したことは、婦人患者の診療であった。日本と異なり、韓国の婦女子は、長らくの慣習上絶対に肌を表すことを嫌い、また腹部の診察を肯《がえん》じなかった。しかしながら着衣のままでの診断は、事実不可能である。故に再三押問答を重ねて之を脱いだのであるが、結局病苦には代え難く、遂に漸次日本人同様の診察が出来得るようになったことは、今日から顧みれば、著しい変遷である。

私は、その頃李太王〔高宗〕が、中風に罹《かか》られ、関節が腫《は》れて痛みが激しく御立ちになれないというので、之を拝診したこともあるが、当時の宮中には漢法医が勢力があって、私の差上げる薬を、その人々が、漢法薬と取換えて、李太王に進めるという遣り口であった。仍って私は、親しく李太王に若しも私の差上げる薬を、漢方医の人々が取り換えるようになれば、以後私は薬を差上げない趣きを申上げた所が、李太王はよくお判りになられて、私の承諾なしには漢法薬をお飲みにならないとまで言われたこともあった。斯様にして、進歩した近代医学が韓国宮廷にも次第に用いられるに至った。

併しながら、その当時の一般の傾向は、朝鮮人蔘をもって、最も功能顕著なる薬品と考えられて居った。即ち、医薬の効なく、命旦夕《めいたんせき》に迫った場合の唯一の手段として、この人蔘を服用せしめたのである。従ってその価も甚だ不廉《ふれん》のものである。私が、その頃相当の家庭の老婆を診察したことがあるが、その病症は萎縮腎であって、回復不可能である旨を告げた所、長白山で採取した人形の人蔘を、服用するという話であったので、その価を問えば三百円とのことであった。私は、斯かる物が格別の効能のないことを理解せしめたのであるが、韓国における相当の家庭において病人のある場合は、之に付込んでこういう高価の物を売り付けたのである。

其の頃内部大臣朴斉純氏が肺を患って、久しく大韓病院へ通って居られた。しかし、追々と衰弱せられて、お通いになるのも大儀であろうからと、私が病院の帰路往診することとした。所が或時朴氏は私に対して、何やら新聞紙包みを差出されて、之を収めて置いて呉れということであったが、それは、飲中八仙歌《いんちゅうはっせんか》であって、形見の為に私に贈られたのであった。曩《さき》に私が、朴氏に対して往診のことを話した時から、氏は既にその病の到底回復し難いことを語り、医師から見放されたものと思い、余命幾何《いくばく》もなきものとして、各方面に形見分けをしたということであった。

当時の韓国の大官連中趙重応、宋秉畯、朴泳孝諸氏その他をも大抵私は診察したのであるが、上流階級に於ても、風邪には葛根湯がいいとか、或は人蔘に松の実を煎じて服すとかいう有様であって、況んや下層階級においては、漢法医の所謂医生とか、又は普度慈航とかいうものがあって、これ等が診断投薬していた程度であった。

私の赴任後漸く日本人の医師が韓国の人達を診察するようになったのであろう。殊に婦人に対する診察は非常に困難であった。未だその頃は、婦人はかつぎの如きものをかぶって居り、途中で出遭えば、隠れて仕舞うというような時代であった為に、これ等の者に対しては医療を受けるように訓育して行くことがなかなか困難であった。しかしながら、外国人宣教師などは、相当心得たもので、医師の普及して居らない地方などには布教のかたわら丸薬を持って行って、病気を治療しつつ、一面布教に従事するという遣り方で、之が相当の効果を挙げたことと思われる。

私は、大韓医院内科部長と同時に、京城市内の伝染病患者のみを収容する、順化院の院長を兼職して居ったのであるが、或る年の如きはコレラが非常に流行して、患者続発の有様で、一時は、この順化院の収容患者数が百何十名かに達し、これ等の人々の吐瀉《としゃ》する汚物の危険を防ぐ為に、長靴をはいて診察に従事したほどであり、且伝染の媒介を為す所の蠅の多いことには、尠《すくな》からず悩まされた。

其の後発疹チブスの流行があって、一時に六十名の患者を収容した為、病室は三棟ほどあって、百名位の患者を容れる所へ、随分無理して多数を詰込んだのであるが、到底入り切らないため、病院の背後に在った何かの廟へも、患者を収容するというほどであった。大韓医院から総督府医院になってからも、常に百五六十名の患者があって、診察し切れないほどに多忙を極めたのである。

私の赴任当初は、患者の診察に当って、その容体を聞くにも、言葉が不通の為に、約半年位は通弁を要したほどで、まことに不便であった。しかし、彼是《かれこれ》する中に追々と判るようになった。その頃私の担任して居った京城医学専門学校の診断学の講義の如きも、最初は通弁を介して行ったのであるが、どうも思うように行かなかった。しかしながら、半年位の後からは日本語を以て講義する事が出来得るように学生自身が、日本語に熟達するに至った。

日韓の併合と同時に大韓医院が総督府医院となり、慈恵医院が各道に置かれて、その院長は軍医を以て之に充てられた。而して総督府医院においては、施療と入院料を徴する所謂収価の別は設けられて居ったけれど、どしどし施療患者を収容して、以て医学の有難さを彼等に示すこととした。この施療患者の中には、絶えず薬瓶を取りに来る者があったが、調べて見れば、それ等は病院から持って行った瓶を売り払って仕舞い、後から後から新しいのを要求して居たという嘘のような話もあった。

何分にも、医師と言えば漢法医の外、文明的医術の何ものたるを知らない人々を相手に、診察に従事することとて、あらゆる事柄で非常な困難に逢遭したことは勿論である。たとえば、漢法医の習慣の抜け切らぬ為に、冷やすことを嫌うという傾きがあった。即ち冷やせば病気が内攻するという風に考えたのである。婦人に対する診療の困難なることは前に述べた通りであるが、此等も漸次理解すると同時に、病苦には勝てず、遂には大英断を以て開腹手術までやるに至ったことは朝鮮における医事衛生上喜ぶべき事であった。

明治四十三年に支那におけるペスト流行の際、私は大連、奉天、長春方面まで、視察見学に赴いたことがある。当時到る所患者続出の有様で、その悲惨なる状況は、実に言語の外であった。私が長春の避病院〔後の伝染病院〕を視察しての帰り際に、消毒用の石炭酸を振りかけて呉れたものの何等の臭いを感じなかった為、不思議に思った。それもそのはず石炭酸購入の費用は、之を食って仕舞って、危険千万にも何等消毒用の役に立たない普通の水を注ぎかけられたという笑話だった。

このペスト予防会議が、総督府で開かれた際に、支那から来るジャンクが、朝鮮にペストの病菌を伝播せしむる虞《おそれ》ありとのことで、明石元二郎氏〔朝鮮総督府の初代警務総長〕は、斯様な危険を絶滅せしむる為に、支那のジャンク全部を総督府に買上げて仕舞えば、防疫上安全だろうという意見を述べられた事もあったが、山縣氏〔山縣有朋〕がそういう大仕掛の事も出来ないだろうということで、明石氏の主張もそのまとなったのであるが、ただ之だけから見ても、明石氏の半面が窺われるであろう。

斯様にして私は、日韓併合前の明治四十二年に大韓医院に赴任してから、引続き約十一ケ年間内科部長として朝鮮の医事衛生上微力を尽して、大正九年十一月にその職を退いたのであるが、私の在職中に比すれば、文化の向上と共に現在朝鮮の衛生思想の普及、医療機関の充実等は、非常なる変化を齎らされていることと想像されるのであるが今後朝鮮の開発進展と共に、更に一層の進歩発達を切望するものである。

救世軍育児ホーム

石島亀治郎

大正七年十二月の末、南大門通の洋服店丁字屋の主人小林源六氏が、店の前の塵芥《ごみ》箱《ばこ》の中に寝ている乞食の子を見て、此《こ》んな寒中、あんな所に寝て居ては、屹度《きっと》死ぬ者もあろうと可愛想に思い、せめて厳寒三箇月程の間だけでも、何処《どこ》か家の中に過させたなら、命拾いをするであろう、然し自分一個の手で其世話をするという事も出来ぬというので、これを救世軍の手で何とかならぬだろうかと相談せられたので、救世軍本営では快く引受け、小林氏の寄附金を基として早速其事業に取かかることとなったのである。

児童の出所

同年十二月の三十日、霜の酷い晩であった。救世軍士官学校の一部に室を用意し、ストーブを暖かに焚き飲食物、衣類を用意し一方には士官候補生の一隊が塵芥箱に寝ている児童達を探しに出た場所は主もに南大門市場で、野菜置場の穴の様な所に外米袋を被って寝ている者もあれば、魚の空箱に這入《はい》っているのもあり、甚しいのは一の芥箱の中に四人まで一緒に入って寝て居たのさえありました。尚引上げ様とした一隊は路傍に何か風呂敷包の様なものが転っているのを見て近所の電燈を見せて貰って調べると、これも乞食の子が丸くなって寝ていたのでした。若《も》し其晩に連帰らなかったなら恐らくは凍死したでありましょう。

所置

二十人程の子供は集まりました。連れ戻って見ると、髪は茫々と長く縺《もつ》れ、身体は触れば剝《む》ける程垢《あか》が積っている。着物（というより捲《まき》つけた布）は虱《しらみ》が行列していて、かなり離れて居ても悪臭に堪えぬ程でした。其場で頭を刈り、風呂に入れ、襤褸《ぼろ》は皆焼いてしまい、着物を着せましたら、連れて来た人さえ見違える様になりました。皆頭を撫で廻して温いストーブの傍にたかって談笑していました。其時分困ったのは野獣的な生活をして来た彼等が便所を用いる事を知らぬ事でした。

児童等の性質

彼等が話していた所で解ったのですが彼等は既に一人前の掻浚《かつさら》いであり、彼等の心を牽《ひ》くに足る、菓子や金や、どこの店は何があり、盗み易いかどうか、実に驚くべく精通しているのでした。而して彼等の多くは、何処で生れたかをよくは知らず自分に物心の付いた時には既に大人の乞食が其に付纏《つきまと》って居《お》って、若し其に従って乞食をするか、物を盗《と》るかしないならば痛い眼を見ねばならぬ運命の下にあったのでした。其故に彼等は如何にすれば大人の乞食の虐待に遇《あ》わずにすむか、其事に追われつつ今日まで過ぎて来たのでした。而して彼等の弱い力を以てしては、到底大人の乞食の厳重なる監視の下を脱れ出ることは不可能でした。

逃走

最初の冬に引取った三十余人の児童の中、只一人だけ其子の親だと名乗って取戻しに来たのがあり、遂に連て行って了《しま》いましたが、其他の者は勿論親はなく自分の名をさえ知らぬのもありました。厳寒の際路傍から連れて来られて暖かなストーブの傍で、風呂に入って誰からも追われる心配なしに寝た気持は生れてから始めてで、何とも言われぬ快さであった様です。彼等は大食を以て士官達を驚かせたりしました。此喜びも束の間で、彼等は一つの不満を感じました。其は極《きま》った場所に極った事をするというのが非常に窮屈なのと、甘い物の食えぬという事でした。彼等は彼所のキャラメルも、此処の飴玉も皆自分の物の如く、自由に盗って食っていたのに、育児ホームでは其が与えられませんでした。唯此一事の為に脱走した者さえもあります。

又一方には大人の乞食が、育児ホームの附近を徘徊して之を脅迫するという困難もありまして、彼等は屢々《しばしば》脱走しました。二階の窓から帯を繋ぎ合せて下りて逃げたのなどもありました。始の間は其を連戻るのに煩わされましたが其でも大抵彼等の居る場所は市場の附近と極っていました故、発見するのに大した困難はありませんでした。或時は三人組んで遁《に》げたのを其日は探し当てず、翌日其中の二人を見付《みつけ》て、他の一人はどうしたかと尋ねたら、昨夜の寒さに凍え死んだという事でした。今は四十二人居りますが、皆落付いて逃げ様とする者はなく、勿論大人の乞食の手も及びません。若し諸君が市場あたりで乞食の子供を御覧になるならば、これは悲しむべき事実でありますが、即ち大人の乞食が更に新らしき犠牲を何処からか捕えて来たのです。私共は或時はいくら引取っても後から此ういう犠牲が出来るのではないかと心配しましたが、其ういう事もない様に見受けます。

学業

収容すると直ぐに教え始めましたが、教師が一人ですから十分とは申されません。総ての児童が諺文《オンモン》〔ハングル〕だけは解ります。一番成績のよいのは普通学校国語読本巻四を習って居り、なかなかよく出来ます。大部分は巻二を習っています。記憶の悪い二三人は学課を好みませんが、他の児童は皆好んで勉強して居ます。歌をうたう事は大好きです、殊《こと》に楽隊をするのは非常に熱心です。体操など形を整えることは早く又喜んでします。精神的なことも、形から入って行く途があるでしょう。

作業

始は蓆《むしろ》や縄をやらせましたが、衛生上からも不結果に終りました。今は袋貼りだけです。小さな畑ですが、其に働く事は大抵厭《いや》がらずにやっています。小さな者まで草取などしています。自分から空地に花を植えている者もあります。

彼等の希望

軍人になりたいというのは街路で出会って威勢のよい所を見てでしょうか、大将にという者、中尉にという者があります。靴屋になりたいという者に理由を問えば利益があるからとの事で洋服屋にという者も其辺でしょうか。一人憲兵になりたいというのは京城に来る以前に田舎に居て、其権力の大きなのに感じていたのでしょう。救世軍士官になりたいというのは、平生眼の前に見て居るからで不思議はありません。

困難

建物が士官学校の一部を借りて居るので不自由なのが、何よりの困難ですが、其他の困難は追々取除かれて来ました。嘘を言ったりする事は敢て此処《ここ》の児童には限りません、言う事を聴かぬ様な子も、今は主任の西洋人士官、助手の鮮人士官にだけはよく従います。よく言ってきかせれば、泣いて本気にもなります。尤《もっと》も永続きせずに直《じ》きに忘れて了う者もあります。全体を通じて欠点を言えば、何事も有難い、と思う感謝の心が足らぬかと思う事です。

浅川巧さんを惜む

安倍能成

一

我々の仲では巧《たくみ》さんで通っていた。兄さんの伯教《のりたか》君と区別して。我々といっても私と巧さんとの交はまだ三年かそこいらであろう。けれども巧さんは私の最も尊敬する、そうして最も好愛する友人であった。少くとも私だけはそう思って居た。

巧さんは動《やや》もすればペシミスチックにおる私の朝鮮生活を賑やかにしてくれる、力づけてくれる、楽しくしてくれる、朗かにしてくれる尊い友人の一人であった。少くともそういう友人になってくれる、なってもらいたい人であった。この人が春の花の咲くのも待たずに死んでしまった。私は寂しい、私は悲しい。街頭を歩きながらこの人のことを思うと涙が出て来る。私は東京に居て、思いかけず巧さんが急性肺炎で危篤だという電報を受取った。そうしてその翌日の夜には、もうその訃報を受取ってしまった。それは四月二日であったが、その翌々日の晩には又同僚にして先輩なる島本教授の思いがけない訃報に接した。人間の生死ははかり知られぬとはいえ、これはまた余りにひどい。私は朝鮮に帰るのに力が抜けたような気がした。

よき夫である巧さんが奥さんに残された悲しみ、よき子を先だてられた母君の嘆き、またよき弟と同時によき友達を持つという最大の幸福を突如として奪われた兄君の伯教君の心を思う時、私は妻たり母たり兄たるこれ等の人々の為にも、巧さんの死を悲しまずにはおられない。けれども私は巧さんの死をただこれ等の人々の為にのみ悲しむのではない。巧さんのような正しい、義務を重んずる、人を畏《おそ》れずして神のみを畏れた、独立自由な、しかも頭脳のすぐれて鑑賞力に富んだ人は実に有り難き人である。巧さんは官位にも学歴にも権勢にも富貴にもよることなく、その人間の力だけで堂々と生きぬいて行った。こういう人は美《よ》い人というばかりでなくえらい人である。こういう人の存在は人間の生活を頼もしくする。殊に朝鮮のような人間生活の稀薄な所では一層そうである。こういう人の喪失が朝鮮の大なる損失であることは無論であるが、私は更に大きくこれを人類の損失だというに躊躇しない。人類にとって人間の道を正しく勇敢に踏んだ人の損失くらい、本当の損失はないからである。

二

巧さんは確かに一種の風格を具えていた人である。丈《たけ》は高くなく風采も揚らなかった。卒然としてこれに接すると、如何にもぶっきらぼうで無愛相らしく、わるくいえば一寸不逞鮮人らしい所もあった。しかし親しんでゆく中に、その天真な人のよさは直ちに感ぜられ、その無邪気なる笑とその巧まぬユーモアとは、求めずして一座を暖かにする所があった。

巧さんは生前よく人間は畏《おそろ》しくないといっておられたそうである。人間を畏れない巧さんは即ち自由に恵まれた人であった。そうしてこの自由の半面に、巧さんの類稀な誠実と強烈な義務心とがあった。巧さんは僅に四十二の厄年でなくなられたが、この自由とかの精刻との調和を具現し得た点において、珍しく出来た人であったと思える。

巧さんの自由な風格は又、その求める所貪《むさぼ》る所のない所から来て居る。巧さんは生前冗談の様に「俺は神様に金はためませんと誓った」といわれたそうである。しかしこの冗談の中にやはり巧さんの真骨頂がある。巧さんの生涯がこの詞を裏書きして居た事実は、決してそれが単なる虚栄心や附景気《つけげいき》からなされたのでないことを思わせる。私の考える所では、巧さんは恐らくそこに一種の宗教的な安心を得て、よく現在に応接して執する所なきを得たのであろう。

巧さんの行事を見ると、それは其自身の為になされてその他の目的の為に、報酬の為になされることを、極度に忌《い》まれた様に思う。巧さんの朝鮮語に達者なのは周知のことである。総督府の役人は朝鮮語の試験に通過すると手当がもらえる。巧さんの力を以てしてこんな試験に通過する位は朝飯前のことであったろう。しかし人がそれをすすめた時、巧さんは冷然としてこれを一笑に附し去ったそうである。これは決して負惜みではあるまい。私はそこに巧さんの奪う可からざる本質を見るのである。

巧さんは又右の手のしたことも左の手に知らしめぬという所があった。平生奥さんを戒めて、人に物をやったことを決していってはならない、いったらばしたことは何にもならない、といわれた。これも行為を行為そのもの以外の何物にも託すまいとする道徳的純潔から来たものであって、巧さんの為す所は期せずしてカントの道徳主義を実行したことになって居た。

巧さんの感情に細やかだったことに就ては、涙を催す挿話がある。巧さんは明治二十三年十一月に、甲州北巨摩郡八ヶ岳の南麓に当る甲村に生れられたが、この世の光を見られた時にはもう父君がなかった。小さな巧さんの父君に対する思慕のいたいけさは、兄君の伯教さんに父君の顔の記憶のあることを羨《うらや》み、母上に向って出入の杣《そま》をとうさんといってもよいかと聞き、兄君のその姉君に語って、もしお父さんの顔が見られたら眼が一つつぶれてもいいがなあ、というに至らしめたそうである。

伯教君と巧さんとの兄弟仲は、世にも羨むべきものである。伯教君は巧さんよりも六歳上の筈であるが、小さい時から巧さんは伯教君に兄事して、その意に反《そむ》くことがなかったと聞く。伯教君が甲府の師範に在学中、赤痢を病んで郷村に帰養して居られた時のことだそうだ。ちょうど夏の末で稲の花が水田に落ちて泥鰌《どじょう》の肥える頃だったという。巧さんは伯教君のために朝々早く生みたての卵を附近の農家に求め、又自分で裏の藪から竹を切って来て簗《やな》を作り、それを水田のはけ口にしつらえて、病後の伯教君のために泥鰌をとろうとしたそうである。聞くさえ涙ぐましい美《うる》わしい話である。

その後巧さんは山梨県立農林学校を卒業して、間もなく秋田県大館小林区署に赴任されたが、その時のことである。母君が餞別にとて下された十円の金を卒業したら世話はかけぬ約束だといってどうしても受取らず、それをひそかに仏壇において赴任されたそうである。母君はその時の巧さんをにくい奴だといわれたそうだ。この頑固、この独立心、そうしてあの細やかな温情、この二つは最後に至るまで巧さんの性格を形づくる本質的要素であったらしい。

三

巧さんの朝鮮に渡って総督府山林部に勤められたる様になったのは、大正三年五月、巧さん二十四歳の時であったという。それから後十八年の歳月は、巧さんを深く深く朝鮮と結びつけて、もう離れられぬものとしてしまった。しかもこの十八年の勤労を以てして、巧さんは死ぬる前、判任官の技手であり、月給は五級であった。五級といえば中等学校に初めて赴任する者のもらう俸給である。精励恪勤《せいれいかっきん》にして有能類少ない巧さんの様な人に対する待遇として誰がこれを十分だといおう。奸点な者、無能な者、怠惰な者、下劣な者の多くは、巧さんよりも遥かに高禄を喰《は》み、その中には朝鮮で最も幅のきく「長」を享楽している者もあろう。しかし我々からいえば、巧さんの如きは、如何に微禄でも卑官でも、その人によってその職を尊くする力ある人である。巧さんがこの位置にあってその人間力の尊さと強さとを存分に発揮し得たということは、人間の価値の商品化される当世において、如何《いか》に心強いことであったろう。私は巧さんの為にも世の為にも寧ろこの事を喜びたい。

兄さんの伯教君は、生前に何とかして最大の官途をはなれて自由に働かしてやりたかったと述懐せられたときいた。兄君の心として巧さんの才能と気質とを解する人として、この思いを誰が同感せぬものがあろう。けれども私をして大胆にいわさせれば、巧さんは恐らく自分の技手としての仕事の尊さに多大の愛着を持っておられたのであろう。そうでなければそれから足を洗う機会は必しもなくはなかったと聞いて居る。私は生前巧さんが林業試験場につとめておられたことを知っているだけで、そこでどういう仕事をしておられるかを知らなかった。死後になって、巧さんの仕事は種を蒔いて朝鮮の山を青くする仕事であったときいて「是《これ》ある哉《かな》」と思わざるを得なかった。それは実に朝鮮にとって最も根本的な仕事であった。なまじっかな教育や講義なんかするよりも、一粒の種を蒔《ま》き一本の樹を生《お》い立てた方が、どんなに有益な仕事か知れない。巧さんが、「種蒔く人」であったことは、外の如何なる役目よりも巧さんの様な人にとってふさわしくはないか。ミレーに「種蒔く人」の絵があった。そういえば、巧さんの背中を円《まる》くして手を前にふりふり歩く格好までが、その種蒔く人に似て居るらしくも思えて来る。

理学博士の中井猛之進氏の故人の霊に寄せられた手紙の中に、「あなたの功をして益々偉大ならしむる様、言いかえれば朝鮮の山を早く青くする様最善の道を尽すように致します」とあったが、恐らく故人の霊を最も慰めるものはこの詞であったであろう。

巧さんが芸術愛好者であったことはいうまでもないが、芸術愛好者の動《やや》もすれば陥る「玩物喪志」の弊はなかった。巧さんの一面には堅固なる道徳的性格の侵すべからざるものがあった。林業試験所の種樹の仕事には、巧さんの参画が実に多大であったと伝聞している。巧さんはその仕事で出張中に病を得られたが、なおそれを努めて役所に出勤し、三月二十四日に臥床されてからもなお床上で事務を見られたという。そうして病閑を利して、熱の高いのに、柳君〔柳宗悦〕から頼まれた雑誌『工芸』の原稿まで書かれたという。この原稿は伯教君の加筆によって『工芸』に出るそうであるが、私はここに至って巧さんの義務心の余りに強かったことを千秋の恨事《こんじ》とせざるを得ない。巧さんの死は軍人でいわば打死の様なものである。殆《ほと》んど悲壮といってよい。しかし私達の心持からいえば、そんな無理をせず平凡に休養して、も少し生きて居てもらいたかった。これも愚痴の言葉ではあろうが。

四

巧さんには林業方面の研究や工夫も多かったときくが、その方面のことは私は知らぬ所である。しかし、本職を忠実に勤勉にやる傍、朝鮮人の生活に親しみ、文化を研究し、殊にその工芸品に対する鑑賞と研究とに至っては、すでに世間周知のことである。この点において伯教君と巧さんとは、同行の友であって、しかも各《おのおの》異なった特色を持っておられたらしい。休日などに巧さんは渼芹洞の伯教君の所にふらりとやって来て、「兄さん居るかい」といっては、伯教君を引っぱり出して、一緒に骨董屋あさりなどをされた。母君はそれを見て「又清涼里の狐が誘い出しに来た」といわれたというようなことも、ほほえましい一の挿話である。

巧さんが大正十二年来、柳宗悦君や伯教君と協力して朝鮮民族美術館を建て、多くの価値ある工芸品を蒐集して、世間をして朝鮮工芸の価値を認識せしめた功労は、今更喋々するまでもない。この事業に対しても巧さんの態度は常に無私であった。尤《もっとも》品は皆これを美術館に寄せ、自分の持って居るものには、見所はあっても傷の多い欠けたものが多かった。こういう態度も今の世には殊に有難い態度であって、学んでも仲々到り得ない所であろう。

巧さんの著述として世に行われているのは昭和四年に出版された『朝鮮の膳』であるが、その外に美術工芸に関する論文の発表も数々あると聞いた。『朝鮮の膳』について感心することは、その知識が確実であり、豊富な経験を煎じつめて一つも空虚な処がなく、一々に実物に当ってそれを知りぬき味いぬいていることである。本文は僅に六十ページ足らずであるが、実に簡潔にして珍しく正味の豊かな書物である。そうしてその文章も又無駄のない好い文章である。殊に私の敬服するのは、この短い書物が、唯に巧さんの頭のよさと鑑賞の確かさとを示すのみでなく、そこにおのずからなる知慧——単なる知識でない——の流露して居ることである。朝鮮の文化を対象とする学者で、朝鮮の人間にも生活にも芸術にも一向興味のない人がある。精確な知識の書である上に愛と智慧との書である、この著述の様なものに対しては、世間の学者と称する者も自らそのおよばざる所を痛感してよい。いわゆる学術的論文の形式と考証らしい体裁とを備えただけで、その学術的価値が直に肯定せられると思うのは大きな間違である。

巧さんの遺著としては最近に世に出るべき『朝鮮陶磁名考』がある。去年十一月末、春めいた初冬の日曜日に今西〔龍〕さんと一緒に、巧さんの清涼里の居を訪うた時、この書物の原稿を見せてもらったが、それが生前に出版者の手に渡ったことはせめてもの幸であった。柳君がこの書を紹介して「この著書位自分において企てられ又成されたものは少ない。未だ何人も思いみず、試みず、又恐らく為し遂げ得ない仕事であると思う。故国の人たる朝鮮人にも望み難い著述である。（中略）同時にどんな日本人の手からもこの様な本を期待することは出来ない。なぜならば著者をおいてどこにも、朝鮮の陶器に対し、情愛と理解と知識と経験と語学とを兼ね備えた人は他にないからである」といっているのは、決して溢美《いつび》の言でも何でもない。この書一巻のみを以てしても巧さんは朝鮮において不朽の事業を遂げた人だといってよい。

巧さんは鑑賞に勝れていたばかりでなく、又手先の器用な人であった。休日の午後にでも試みたらしいその彫刻などには、誠に掬《きく》すべきものがある。こういう素質は巧さんの祖父君から伝えられたと聞いている。祖父君については、巧さんは『朝鮮の膳』をこの祖父君四友先生〔俳号。本名は小尾伝右衛門〕の霊に捧げて、

「敬愛する祖父よ、

生れし時すでに、父の亡かりし私は、あなたの慈愛と感化とを多分に受けしことを思う。

清貧に安んじ、働くことを喜び郷党を導くに温情を以てし、村事に当って公平無私なりその生涯は追慕するだに嬉し。

今年の夏村人挙って鎮守の森にその頌徳碑を建てしと聞けど、郷里を遥離れてすでに二十年、墓参すら意の如くならざる身のせんすべもなく、此貧しき書を供物に代う」

という心のこもった詞を巻頭に掲げて居られる。人は逝《ゆ》いて書は出でようとする今

日、この献詞を読んで感慨を禁ずることの出来ぬのは私ばかりではあるまい。

芸術を愛する巧さんは又自然を愛する人であった。十六歳の年に八ヶ岳に登った時、途中で杣などに逢うことが、自然に対する気持をかき乱すという嘆きを起しておられたという。巧さんが最後の地であった清涼里の官舎の近くは、京城附近にも稀な清らかな美しい一廓である。巧さんは夜如何に遅くなってもこの家に帰らぬことはなかったという。そうしてあの森の中の道を歩みつつ、自然との人交ぜない、ひそやかな会話をこの世に上なき楽とされたという。さもあろうと思われる。

五

骨董を愛玩する者は多い、しかし真に芸術を愛する者は少ないであろう。けれども芸術を愛するよりも更に六ケしいものは、実に人間を愛することである。人間は芸術よりも生々しくあくどく、動もすればいやな面を見せる。その関係は芸術とのその如く自由ではない。いやであっても離れられぬ、好きであっても一緒になれない。多くの芸術愛好者若くは愛好者と称する者は、多くは神経質な気まぐれな人間愛好者もしくは嫌悪者であり、我儘なエゴイストである。殊に内地人が朝鮮人を愛することは、内地人を愛するよりは一層困難である。感傷的な人道主義者も抽象的な自由主義者もこの実際問題の前には直ぐ落第してしまう。

芸術の愛好者であり、独立不羈の性格者であり、自分唯一人の境涯を楽しむすべをかほどまでも解して居た我が巧さんは、実に類稀な感情の暖かい同情の豊かな人であった。そうしてそれは実に朝鮮人に対して殊に深く現われたのであった。

巧さんは例によって人の為にしたことをめったに人には語られなかった。けれども薄給の中から巧さんの助力によって学資を与えられ、独立の生活を営み、相当の地位を得るに至ったものは実に数々あったということである。巧さんの死を聞いてやって来た之等の人々の慈父の死に対する様な心からの悲しみは、見る人を惻々と動かしたという。私も亦その一人を見た。彼は巧さんを本当におとうさんよりも懐しく思っていたといった。巧さんが常に彼に説かれたのは、何よりも正直であれということだったとも語った。彼の顔には掩《おお》われぬ誠心が見えた。巧さんは恐らくその真直な曇なき感覚で、多くの朝鮮人の中から善い朝鮮人を見出されたのであろう、或は人の気づかぬ朝鮮人のよさをも見出されたのであろう。何れにしても巧さんは多くの内地人のする如く、朝鮮人に対して自分が如何に尽してやったかを語り、次に朝鮮人が如何に忘恩であるかを語ることはなかった。巧さんの心は朝鮮人の心を把んでいた。その芸術の心を把んで居た如くに。

巧さんは朝鮮の色々な人々に知合を持っておられたらしい。昨年十二月の初旬の夕であった。私達は巧さんに引っぱられて、第一にソルランタン（牛の水だきの様なもの）をすい、次に餅湯をたべ、更に酒幕に入って薬酒をなめ、一品の肴を試み、終に巧さんの知合の妓生を抱えている家を訪うた興ある一夜を忘れ難い。こんな愉快な催しも巧さんがいなくなっては出来ない。呑気なことをいう様だが、これもさびしいことの一つである。

親族知人相集まって相談の結果、巧さんに白い朝鮮服をきせ、重さ四十貫もあったという二重の厚い棺におさめ、清涼里に近い里門里の朝鮮人共同墓地に土葬したことは奇をこのむ仕業でも何でもなく、実にこの人の為に最もふさわしい最後の心やりであった。里門里の村人の平生巧さんに親しんで居た者が三十人も棺をかつぐことを申出でたが、里長はその中から十人を選んだという。この人達が朝鮮流に歌をうたいつつ棺を埋めた光景は、誠に強いられざる内鮮融和の美談である。

考えて見れば、故人については、涙ぐましきこと、感心すること、敬服することばかりである。朝鮮にいる内地人もこういう人をこそ仲間の誇とすべきである。

巧さんの生涯はカントのいった様に、人間の価値が、実に人間にあり、それより多くでも少なくでもない事を実証した。私は心から人間浅川巧の前に頭を下げる。

ビリケン総督

藤田亮策

朝鮮の初代総督寺内大将はビリケン総督とよばれて、あの特徴のある禿頭と共に畏敬されていた。もちろん私は直接お目にかかったことがある訳でなし、寺内さんの二男が府立一中時代に同級で、その頃のことを聞いているにすぎない。ところが朝鮮総督府博物館につとめる頃になって、博物館の開設を始として、古建築の保存、古蹟遺物の調査と管理、李朝実録の保管、半島金石文の調査、高麗板大蔵経保存など、およそ古文化財の研究と保存に関しては、寺内総督自らの発案か命令によるもので、当時の日本本国でも見られない卓出した文化政治だったことを知ったのである。朝鮮の古い役人から聞く寺内さんは、謹厳そのもののまことにきびしい軍人で、金筋入の制服を着、金銀飾の帯剣を吊らされて登庁した役人を想像しただけでもわかる。剣を忘れたり釦《ぼたん》をはずしていて、直接総督から叱責された人の話も度々聞いた。京城で有名な骨董商の主人は、鉄道敷設の技手に過ぎなかったが、湖南線論山附近の工事中、著名の連山の三体仏を買取った廉《かど》で総督に面責され、その面前で辞表を書かされた。怖ろしくて手が震え、字が書けなかったと当の池内老人は時々語っていた。寺内さんはそんなにこわがられていたことも確かである。しかもそのビリケン総督の文化政治は、後の斎藤総督など及びもつかぬ位に徹底したもので、世界に誇るべき政治的手腕を持った人だったと敬畏して、私の知っている二三の事実を紹介して置きたい。

日本で最初に古代文化を紹介する為めの大図録出版は、「朝鮮古蹟図譜」だったと言っても過言ではない。勿論《もちろん》朝鮮半島内の楽浪・高句麗・百済・古新羅・任那以下の古蹟・古美術・古建築を時代別に網羅した堂々たる図録で、寺内総督の時五冊が出版された。後に編集者として関野貞博士は、フランスのアカデミから表彰され、朝鮮の古文化研究は一時に世界学界に知られるに至った。大正十一年春総督府博物館に赴任した私達が、一番驚いたのはあれ程著名の「古蹟図譜」が、博物館にも学務局にも備付以外に一冊も無いことであった。斎藤総督の秘書官藤原喜蔵氏によって、秘書官室の片隅に堆高《うずたか》く邪魔にされているのがこの書であることを知ったのは大分後のことである。

この事実によって知り得たことは、古蹟図譜の出版費用が総督の手から出ていることは勿論、その配布先も一々寺内さん自らの眼を通し、残余は秘書官室に大切に積んであった。内外の著名人や学者には、寺内さん自ら署名して贈ったという。第六冊、第七冊が続刊された時も、寺内総督の先蹤《せんしょう》にならい秘書官室に運ばれたのである。従って博物館員や学務局の係員には配られず、主として欧米各国人に贈呈され、第一冊から五冊までは和文の解説の外に、欧文解説のあることを知ったのである。

昭和の初めにヨーロッパの博物館行脚をやって田舎の博物館に行くと、同行の梅原博士の京都大学や私の居た京城大学の名は知らないことが多いが、大きな図録を出版した総督府博物館主任というと意外に歓迎してくれて、寺内総督のありがたさをつくづく感謝したことであった。

日本で考古学の調査報告書の大冊を最初に公刊したのも寺内総督の時である。大正五年度・六年度古蹟調査報告書がそれであって、後に金冠域・梁山・高句麗・楽浪等の大報告が国費で続々出来たのも、ビリケン総督の遺徳と言ってよい。

景福宮の博物館は大正四年の始政五年記念物産共進会の美術館であったもので、共進会終了後総督府博物館として常設となった。然しこれは寺内さんの命令で最初から計画されて居たもので、朝鮮ホテル設計の独乙《ドイツ》人技師により、景福宮宮殿保存計画と共にその東側に大きな博物館建築設計図ができ上っていた。共進会の美術館はその正面玄関として考えられていたに過ぎない。ところが歴代総督はこの寺内さんの大構想を継承する人物なく、遂には景福宮の真正面に巨大な総督府庁舎を建てて、折角の景福宮十二万坪のあの東洋風の大庭園と古建築を滅茶々々にしてしまった。これが西洋人により総督府の圧制政治の記念塔のように言われるに至ったことは、寺内さんも地下で慨嘆していることと思う。

博物館設立に関する議案書類が、ソウルの国立博物館に今も保管されていることと思う。この書類によると博物館の細目に亘《わた》り寺内さんの注文が青鉛筆で満面に記入され、係官の意見答書の貼紙に更に赤鉛筆で記入して、一博物館の創設に総督自らの関心の深いこと壮観である。その内でも寺内さんの真意は、「朝鮮の古文化財は悉《ことごと》く朝鮮内に留め、特に学術的に正しい調査研究の結果を実物によって一般に観覧させ、朝鮮の歴史を正確にし、古代の工芸美術の優秀のものを展観して、新らしい美術工芸の刺戟とし手本にすること」にあったことが諒解される。これだけの見識と学問に対する信頼とを持った政治家が、大正年間の日本に他にあったかと疑って見たい。入場料に関しては寺内さんは「無料にせよ」と記入している。無料では館内が遊場所となって整理できないとの係官の答書に対し、「然らば二銭にせよ」と青鉛筆で指令している。遊場所でよいから無料を主張したビリケンさんの考え方は実に進歩的ではないか。

然《しか》し入場料は結局五銭の原案にきまり、大正十一年頃もそのままであった。電車賃と同額の景福宮博物館に入場して、春は草摘みに秋は松葉拾いに来るものが多く、大きな風呂敷包を頭上に頂いて帰る朝鮮婦人の少くなかったことは、今思出してもほほ笑ましい光景であった。

古文化財の調査と保存の事業を、総督府博物館一本にまとめて一貫した仕事としたことも、日本に於いて最初の試みであるばかりでなく、世界に於いても珍らしいことであった。即ち年々計画的に全道を調査して、保存を要するものと然らざるものを表示し、その重要のものは直に保存工事を施し、発見遺物は博物館に陳列した。新羅旧都の石窟庵の大修理工事、浮石寺の保存修理、海印寺大蔵経の整理と補修並に印刷も寺内さんの直接命令であった。深山の三史庫にあった李朝実録と歴代記録を整理して奎章閣に蔵架し、全鮮の金石文を探索して金石総覧編纂の基礎を置いたのもこの頃である。

大正五年の初に「朝鮮古蹟保存規則」を発布して、あらゆる古建築・史蹟・古美術品・文書記録を調査すると共に重要のものを指定し、破壊・変更はもとより、朝鮮半島以外への搬出を禁止した。日本の古社寺保存法よりも遥かに広範囲であって、史蹟・遺物並に国宝に相当するものを併せて取扱い、発掘調査と共に保存の途を講じた。

博物館に技術員を養成して之に当らしめたことが特色で、今日の中国のやり方に似て小規模のものであった。大正六年に関東庁と台湾総督府が類似の法令を定め、日本では大正七年に始めて史跡名勝天然記念物保存法が実施されたのである。

釜山・仁川・元山・新義州の税関に指令して、保存法指定の物件は元より、貴重と思われる古代仏像・絵画・彫刻・工芸品は一切報告をさせ、総督府の指令が無いと移出輸出を許さなかった。これも寺内さんの「朝鮮のものは朝鮮に」の根本方針による政策の結果であって、昭和六年まで各税関はこの制令でなやまされたと聞く。「朝鮮のものは朝鮮」主義の徹底したことは、総督府博物館陳列品台帳を見るとよくわかる、博物館の陳列品の最初の部分は大半寺内総督自らの購入寄贈品で、児玉総務局長の名儀で寄贈してある。著名な金銅弥勒菩薩半跏像以下数千点がそれである。鮎貝房之進氏の最初の蒐集品の絵画書蹟もこれに含まれている。博物館所蔵の数百枚の高麗鏡につき、関野貞先生はこんな話をされたことがある。或る弁護士が死去して遺族が日本に引揚ぐるに際し、多年蒐集の高麗鏡を朝鮮に残したいとの寺内総督の希望で、関野先生は一枚一枚時価を参照して評価した。その総計を総督に提出したところ、もう少し高く買えぬかとの言葉である。稍《やや》高値に訂正して差出したところ、もう少し高くして欲しいとの希望で、止むなく二倍か三倍に増額評価して漸《ようや》く決定したという。

寺内さんは遺族の高麗鏡を朝鮮に残す為めに、相当額を謝金として贈る決心で、形式上関野先生に評価を依頼したのである。勿論この鏡も児玉局長の名で寄贈されている。

以上の外に、大谷光瑞師の中央亜細亜探検隊による世界的に著名の壁画その他の蒐集品は、寺内総督が久原房之助氏から寄贈をうけて京城に運んだものである。景福宮内の大理石造の玄妙塔は、早く大阪に移されて藤田男爵家の墓地の中央に据えてあったものを、寺内さんは自ら交渉して京城に持ち帰った。開城の敬天寺十三層大理石塔も、田中光顕伯爵が韓国皇帝に請うて東京に遷したものである。然るに当時帝室博物館に献納されていたものを、寺内総督は懇請の結果これを京城に運び、博物館内に再建の計画を立てたが遂に技術的に実現を見なかった。

寺内さんの武断的なやり方は日本人の間にも何かと批評はある。悉くが自らの発意か否かも疑われる。然し良く人の言を信じて断行したことと、他に見られぬ文化事業を積極的に押し進めた功績は、忘れてはならないと思うので、ここに思出のままを書き留めて見た。

朝鮮を憶う

宇垣一成

五年六ケ月の朝鮮生活

東北二つに分れてバルカンなどと言われていた朝鮮が、今不幸な内戦に突入した。しかしこれらのことについての見透しや、批判について、現在のわしはこれを論議するの自由を持たぬ。だから自然お話は昔の思い出だけになるが、その点諒とされたい。

わしが朝鮮へ総督として正式に赴任したのは、昭和六年六月十二日だ。だから恰度《ちょうど》満二十年になる。その前二・二六事件で仆《たお》れた斎藤実氏が朝鮮総督時代、同氏がゼネバで開かれた軍縮会議へ日本全権として派遣されたとき、私は陸軍大臣の現職のまま三ケ月代理総督として赴任していたので、それを合せると、昭和十一年八月の退任まで前後五年六ケ月在鮮という計算になる。

その間わしの一生を通じても、いろいろ楽しい思い出があるが、今尚《なお》深く印象に残っていることは、朝鮮の自然の美しいこと、温泉の豊富なこと、それにわしのやった仕事のうちで最も力を入れた農村振興運動の為に、全鮮の村々を地下足袋《たび》脚絆《きやはん》で行脚を試み、村の古老や青少年達と隔意なく、棉や羊や牛や穀物などのことを話し合い、この運動を充実して行ったことで、南北十三道の村々谷々まで一通りは歩いて居る。

言わば仕事をし乍ら、ハイキングをやっていたようなもので、昔水戸黄門が水隠梅《すいいんばい》里居士《りこじ》として、助さん格さんをお供にして、日本全国を歩き廻っていたのとよく似ていて、これは今その一つ一つを思い出しても仲々に楽しい。

それと関連して、今アメリカのトルーマン大統領が、再選以来の大政策として後進国の開拓、未開発地域の開発を提唱されて居るが、それを地でゆくというやり方で、電力の開発をまず前提とし、地下資源の発掘、工場地帯の新設、南棉北羊・北鮮開拓など、言わば無から有を産む産業開発政策を浸透させ、由来貧窶《ひんる》な朝鮮として経済的に全く見くびられていたこの後進地域の人々の、生活水準を少しずつ高め、楽に飯を喰わせる方向へ導き乍《なが》ら、相併行して文化水準を高めて行こうと努力したことは、それが毎日眼に見えていただけに、牧民官としての楽しみは仲々に大きかったものだ。

古背広を着た村夫子

こうした仕事をするために、わしが朝鮮へ赴任するときの心構えとして、今まで世間で余り話題にならなかった事柄中、わしの真意を知って貰いたいことが一つある。それは陸軍大将の現役がまだ七年残っていたのだが、それをあっさり返上して、予備役に編入して貰い、サーベルと軍服を捨て丸腰となり古背広を着、村夫子《そんぷうし》然として釜山埠頭に起《た》ったということだ。

当時の情勢は、台湾も朝鮮も総督は現役の陸海軍大将に復活すべしとの声が又起りかけたときであったが、（註。斎藤総督なども、予備から海軍大将として現役に復活して赴任して行った。）わしは自ら逆の行き方をとった。

由来朝鮮人というのは実に複雑な民族性をもって居る。往古以来歴史的には永いこと隣邦中国の為、隷属的立場に置かれ、二十世紀に入ってからは、清国と旧帝政ロシアと、そして当時の新興日本との勢力のバランスの上に、板挟みの状態となり、さらに李朝三百年の封建制度に災されて、人を信じ社会を信じ、国を信ずるといった人間的素直さを失っているものが多く、加うるに中国の影響をうけて永いこと儒教中心の道義社会を人生の目標としておるかと思えば、近世に入ってキリスト教も盛大に普及され、道教も勢を得るという有様であり、民衆生活の基盤である産業経済の方も、初期資本主義の勃興に立ち遅れ、大地主制度と高率小作料が温存され、大衆は依然として赤貧洗うがごとしという有様で、この複雑な民族社会に、平和な安居楽業の境地を拓くというのは容易な業ではない。

一部の日本人の悪い癖で、武力を背景とし、サーベルをガチャつかせ、複雑な異民族に強圧を加えて民政を掌《つかさど》るなどということは、全く矛盾も甚しいと感じ、朝鮮総督は須《すべか》らく平和的民主的な牧民官であってこそとの考えから、現役を離れ、軍服を脱ぎ、古背広の丸腰となって、釜山埠頭にその上陸の第一歩を印したわけだった。

御飯をたべましたかという挨拶

さてそれから何を第一にとりあげたものかと考えた。

赴任する前には、朝鮮はまず思想的に荒《すさ》んで居り物質的に貧弱で、全く日本の足手まといとなって居り、財政の援助、民間投資等いくら金を入れても、入れ甲斐のないところだと言う風に伝えられ、議会も行政補充金を打切ろうという情勢にあり、予算委員会などで、朝鮮放棄論などが飛び出してくる有様なので、中にはそんな厄介なところで重大な責任をもつのはやめたらどうかなどという忠告者がいた位だったのだ。

ところが着任して半年ばかりの間、じっくり研究をつづけて見ると、全体として思想的にも決してわるくない、中には悪いのも随分いるがそれは小部分である。何分当時も今日以上に思想混乱の甚しいときで、内地に於ても共産主義の潜行運動の激しいときであったから、朝鮮のような特殊な境地に置かれた地域では、赤化思想が猖獗《しょうけつ》を極めることは当然だが、朝鮮民族全体としては、素朴純情で、教うるに道を以《もっ》てし、導くに法を以てすれば、立派に仕上げることが出来る、我々が日本で聞き且予想していた様な、ひがみ荒んだ思想の持主ばかりでないということがわかって来た。また物質的にも朝鮮は貧弱どころか、実に豊かな宝庫であることが段々わかって来た。調査を進めるに従って、幾多開発すべき資源が存し、手のつけてあるものも今後大に伸ばして行けるものの多いことが明瞭になり、わしが予想して行ったのと、実地に調査して見た結果とは以上の如く全く異っていたのである。

そこでまず何よりも半島二千万民衆の生活安定させる為の具体的政策を中軸にしよう、つまり「楽に飯が喰える」様にするのが何よりだと考えたのだ。

朝鮮では昔から朝の挨拶に「お早ようございます」という代りに「御飯を喰べましたか」という。人の顔を見ると御飯を喰べましたかと挨拶することは、如何に飯が喰べづらかった世代を歴史的に経て来たかの証拠だと考えたから、まことに平凡なあたりまえのことで、何の奇もない行政方針だが、何よりも、楽に飯を喰わせる——これこそ総督の仕事としての根柢でなければならぬと思ったのだ。

農村振興運動

ところで当時二千万の人口中、その八割五分までが農民なのだ。従って民衆生活の安定を中心とする為には、何よりも農村の立直しが先決問題だと思い、前述のように草鞋脚絆姿で、農村の自力更生運動の陣頭に起ち上ったわけだ。

元来わしは岡山県赤盤郡潟瀬村で生れた百姓家の子供だ。少年時代田畑に出て家業の手伝いをした経験があるので、稲の植え方や、田の草のとり方など一通り心得て居る。又農民の心理というものも一応呑み込んでいたのが、これが総督としての施策浸透に仲々役に立った。学校だけ出た農林技師や、道知事や、農林局長と違って汗水垂らして働いた実作の経験をもって居たのは仕事を進めてゆく上に於いて仕合せであった。

だから当時も一部のお役人には少し嫌われたらしい。巡視をしても会議をやっても余り鋭敏で細かくわかりすぎる——というのだが、打明けたところ士官学校時代、鈍垣と綽名のついていたわしだ。鋭敏でも何でもないのだ。自分自身で鋤鍬《すきくわ》をとり、土にいどんだ少年時代の経験が物を言わせていたに過ぎなかったわけだ。

従って事、農業振興問題、自力更生の政策となると、お役所式上辷《うわすべ》りの指導や、掛声のみや、ペーパープラン式報告などは断じて許さなかった。「自我を超越して功名を争うな」「身を殺して仁を成せ」「縁の下の力持ちを進んでやれ」と上は局長から下は面（村）の書記まで重ね重ね訓令を浸透させて、その指導に当らせたが、その為古来よりの歴史的習性ともいうべき、民族的懶惰《らんだ》性が次第に修正されかけて、勤勉の風習がつきはじめ、婦人の屋外労作まで現われて来るという有様（註。朝鮮では昔から洗濯以外、女は決して屋外で働かなかった）生活の改善、消費の節約、営農方法の改良、副業の奨励隣保共助等々、隣邦中国で蔣介石が四億の民衆に向い一時躍起になって叫んでいた「新生活運動」が、朝鮮の村々では逸早く実践に移され、生活の安定から生れた余裕が、民族資本の結集にまで進んで行きかけたものだ。

だから赤貧洗うがごとき掘立小屋、あれでも人が住んでいるのかと不思議に思われる様な温突の一間、一家数名が辛うじて露命《ろめい》をつなぐ埴生《はにゅう》の宿から、一青年が起ち上って自覚発奮し、まず一家を修め、さらに貧窶な全村を豊かにしたなどという、朝鮮の二宮金次郎が各道の農山村にぽつぽつ出て来た。

これらの真面目な青年達が、その後どうしているであろう、その後の農村振興運動はどの点まで進んでいるであろうといつも心にかかっているのだが、何か機会があれば一番に会ってみたいのは、是等朝鮮の二宮金次郎達なのだ。

現在日本の新憲法で言うところの「健康で清潔な文化生活」を逸早く朝鮮で広く且《かつ》深く農村の隅々まで行き亘らせたい――というのが、そのころのわしの農村振興運動の狙いだった。

右の農民に物心両面の力をつける為の諸施策中副業奨励というのがある。その実践の一つが後にすっかり有名になった「南棉北羊」だ。つまり南鮮地方に米国種のイングインブルードという改良棉の種を蒔き、北鮮高原地帯にオーストラリヤからコリデール種という緬羊を輸入し、技術は世界的に発展してい乍らも、原料が皆無という日本の繊維産業のそのもとを作ろうという一面、農民達の現金収入を増して農村振興の実を挙げ、原棉、羊毛の輸入額を少しでも減らそうという一石三鳥を狙ったのだ。

これにはある篤志家夫妻が真剣な研究と、世界的な活動をした。のちに北鮮で増殖した羊の毛で、ホームスパンを作ることを先進地のスコットランドなどのものを研究し、いろいろの朝鮮の少女達に教えて、立派な製品がたくさん出来るようになり、昭和十三年頃右篤志家夫妻から時のアメリカ大使、斎藤博君を通じて、故ルーズベルト米大統領に献上などしたこともある。

工鉱併進

農村問題の進み方に大体見透しをつけておいて、次に工業を勃興させようと考えた。そのころは朝鮮の人口もドンドン殖えて来たので、只さえ零細耕作の朝鮮の営農をこれ以上細分することは出来ない。増加人口の吸収の為にも、又賦存する資源を活用する為にも、そして大衆の生活を幸福にする上に於て、ウンと工場を増加しようと考えたのだ。

工業を盛んにするのには、安い動力が必要になって来る。電気をキロ五厘位で売れるようにしたいと思ったものだから、それには電力の統制をやらねばならぬ。当時の日本内地のように、いろいろの会社が重り合って了った後では甚だやり悪い。幸いにして政務総監の今井田清徳君がもと大阪の電気局長をしていたので、その道の達人だ。彼に一任しておいたら立派にこれを成し遂げてまず工業朝鮮の基をつくってくれた。わしは朝鮮の経済政策では極力統制を避けた。然るに電力の上に於て逸早《いちはや》く之をやったのは、後年軍閥のやった統制好みとは全然内容的に異るものなので、資本の無駄、装備の重複、能率、速度を考え、そして日本一、否世界一に安価な動力給源を作って工鉱業併進の基を作ろうというわけであったので電力の統制だけには特に力を入れたのだ。目下日本経済再建の為に、新電源の開発や、国民の日常生活の上に於ても電力不足の問題がやかましいので敢《あ》えて一寸触れて見たわけだが、これらの方策を呼応して民間で立ち上ったのが、朝鮮を舞台として遂に日本の化学工業王として世界的に名を知られた野口遵君だ。

彼が北鮮で開発した電源は大変なもので、そのころ日本内地では全然実例のなかったスエーデン、ノルウエー式の貯水方式を採用し、(註。日本の水電は殆んど河川順流式) 赴《せ》戦江、長津江を堰き止めて、周囲三十里、五十里という大きい人造湖水を作り上げ、その水を十里近い隧道で日本海に落し、一ケ所で二十万キロ、三十万キロという纏《まとま》った電源開発をやってのけたのだった。

そして人口僅かに百人位の一漁村興南に、ドイツのメルゼゴルヒ工場に次ぐ世界第二の硫安工場を完成したり、それから人造石油や、その他いろいろの進歩した化学工業を次々起して行き、それに刺戟されて、高周波重工業や、日本製鉄その他の大工業が日本海側の無人の漁村や小さい町に発足し、人口二十万、三十万という様な工業都市を形成して行ったものだが、無から有を産んで行く政策が、一つ一つ実を結んでゆくのを見ているのは実に愉快なものだ。

敗戦後これらの工業都市は、殆《ほと》んど三十八度線以北に存在するので、今はどうなっているか分らないが、いつかアメリカからソ連への抗議の中に、これら工場の機械をとりはずしてシベリアに運んだというようなことが、新聞に載っていたが、果して真実か、どうか？

もしそれが事実とすれば、野口遵、今井田清徳の両君が、地下で寄り集って泣いていることだろう。

この二人はわしの友人の中でも実に立派な人物で、今尚追慕の情は深いものがある。今井田君は全く私心のない誠実な男で終始一貫朝鮮統治の為にも、わしにもよく尽してくれた。野口君は天才的企業家であり、勇気のある信念の強い、そして然諾《ぜんだく》を重んずること篤い紳士であった。今生きていて、南北両鮮のこの混乱を眼の前に見れば深刻な悲嘆に暮れるであろうから早く死んで却って幸福かも知れない。二人とも実に深く朝鮮の土地と人を愛していたからだ。

豊富で低廉な電力給源が出来たものだから、地下資源の開発も大規模に進んで行った。まず産金奨励から始まって、鉄石炭の増産、世界一の鉱床をもつマグネサイド、東洋一の品質と生産額をもったタングステン、黒鉛、蛍石やカーバイトの原料として無限の石灰石、さてはコバルト、リシューム、リヂジュームの如き稀有金属類、原爆の原料として貴重なウラニューム等まで出るという有様、後年鉱産物の生産は全日本の五〇%以上を占めるという有様にまで上昇したのだから、地下に眠っていた資源開発も一応成功したものと言えるだろう。

朝鮮の酒と米

さて酒の話だが、わしが酒を飲み始めたのは名古屋の聯隊長で大佐時代だ。例の怪文書事件の責任をいさぎよく受けて名古屋へ左遷されて行ったのではあったが、胸中甚だ面白くない。それまであまりやらなかった晩酌も始めるし、何かあると側近の従卒やその友達の兵隊などを集めて盃を挙げるという有様で、斗酒《と》尚辞《しゆなおじ》せずという有様となり、段々修業を積むに至ったので、言わば自棄酒から始まった凡人の酒修業だ。

ところで駐在武官として欧州へも行き、世界各国のいろいろな銘酒も飲んで見たが、酒のほんとうの味はやはり日本酒が世界一だ。

朝鮮には薬酒《ヤクチユ》と言ってやはり米を原料とした、少し酸味のある清酒があり、濁酒《マッカリ》という労働者の愛好する地酒もあるが、朝鮮料理とともにどうもまずい。ところが朝鮮米を使って日本式醸造によって作る日本酒には本場の灘の銘酒を凌ぐものがたくさんあった。わしが在任中ずっと愛用しつづけたのが論山の「朝の花」だが、その外釜山の「塞牡丹」、馬山の「濱鶴」、平壌の「銀千代」など仲々の優秀品であった。それはとりもなおさず朝鮮の米と水がよかったからに外ならない。

朝鮮米が日本一の品質をもち、日本のすし米の上等品は皆朝鮮白米の一等品であったことを知る人は少いようだ。

ただに品質がよかったのみならず、量も大変な収穫増となって、毎年平均約八百万石という白米が日本内地へ移入されていたので、七千万人の日本人口は主食の問題については全く安泰であった。朝鮮側もその米代金によって、繊維、雑貨、金物等の日常必需品を安価に且豊富に買入れることが出来ていたのだ。

何故こんなにたくさん上等の米が取れるようになったかと言えば、海の干潟を利用して水田の大拡張を海の中まで行ったり、既成田の耕地整理をやったり、肥料の充実、管理の進歩、乾燥調製の浸透等、あらゆる面に於て日本の米作技術がよく行き届いたためで、これはわしの前任者の斎藤実総督が実によくやってくれたお蔭だった。

いつか李承晩大統領が来朝して、日韓経済提携とともに技術者の招聘を希望していたのは、啻《ただ》に鉱工技術者のみならず、こうした面の農業技術者をも希望しているものと思われる。

金剛山と温泉郷

最後に朝鮮の風景と温泉を話して結論としよう。金剛山が世界有数の名山であることは今更説明の要はあるまい。ノルウエーのフイヨルドと、スイスのアルプスの奇峰とをよせ集め、それに大陸性を与えたようなのが、この名勝地の構想だ。規模の広大、奇岩水石の配置、千変万化の渓流、高い山嶺の上に立てば、全く俗界を超越した霊気を感じる。山中いくつかの禅寺があり、朱塗りの堂塔伽藍が、夏の頃など濃緑の高山植物に反映して得も言われぬ点景となるのだが、李朝のある時代に強烈な仏教弾圧をやったとき、その信仰を捨てず圧迫を逃れて全く交通杜絶のこの深山へ大堂宇を建設した僧侶、信者の信仰の力というものは大したものだと感心したことである。

わしが農村行脚中にふとした動機から発見して天下に紹介した、平安北道の奇勝凍龍窟〔蝀龍窟が正しい〕は、山口県にある鍾乳洞と同じようなものだが、しかしその規模と、変化に富んだ構想とは地下の龍宮と形容されるにふさわしいもので、地質学の上でも仲々参考になっていたようだ。

その他白頭山、妙香山、智異山、漢祭山などの山岳は、日本にも又中国大陸にも見ることの出来ない特異な山の性格をもっていて、四時山岳家が杖をひき、旅行家垂涎《すいぜん》の的であった。前述した野口遵君が電力開発のために作った人造湖水の湖畔、赴戦高原なども優れた景勝の一つであろう。

わしは中年の頃に神経痛をやったのだが、そのとき同郷の先輩であった犬養木堂氏が、神経痛の療法は温泉以外にはない、そして伊豆の長岡温泉が一番よく利く――とすすめられたのが動機で、今日長岡の村人になり、又温泉が好きになったわけだが、在鮮中も時々神経痛が起ったり、又村々へ農村振興運動に出かけたりしたついでに、温泉にはよく出かけた。わしの趣味は、乗馬と浴泉、読書と散歩に晩酌だ。とうとう八十余年の生涯こんな単純な道楽で終って了ったが、政務に疲れた僅かの余暇を、釜山の海雲台、忠清南道の儒城、黄海道の白川、その奥の信川や、江原道の外金剛、又ソ連の国境に近い咸鏡北道の朱乙等の温泉地で一風呂浴び、東京の友人達から送って来る新刊の書を繙くとき位ありがたいことはなかった。

朝鮮の温泉地は環境によっていろいろの変化があり、泉質も各種異った化学性をもっていて、大体が素朴で、日本のような歓楽地帯は少い。しかしどこでも湯が豊富で、食物などもその附近の土産物で間に合い、シーズンによっては林檎やメロンなど良質の果物が豊富で、外人なども北京、上海などから、朱乙温泉などへよく出かけて来たものだ。

もう一つ旅行者を喜ばしたのは、空気がつねに乾燥していて湿気が少いということだ。その点日本内地のように湿度が高くてジメジメしているのとはよほど違う。夏の温度は一時高くとも、夕方からはサラリとして浴衣の肌ざわりがよいとか、冬は零下十五度位まで下っても、無風快晴の四温日和がつづいて、肌を刺す様な風はなく、春や秋の好シーズンのとき、よく文人などから空気が甘いと聞いたものだが、これは皆、湿度が低くつねに空気が乾燥しているということなので、北欧の楽天地スエーデン、ノルウエーや、スイスなどの状態によく似た快適さがあるということだった。

朝鮮の自然、風物も又仲々に勝《すぐ》れたものがあり、夫々《それぞれ》忘れがたい思い出の種となる。

〔本稿は総督時代の宇垣一成の側近であった鎌田澤一郎が整理したものである〕

第四章　出会い八景

或る日の晩餐

安倍能成

この次にはソルランタン〔ソルロンタン〕を食って妓生《キーサン》の家を訪問しようじゃないかということを、或る時の会合にT君〔浅川巧〕が提議した。そうして私等はすぐそれに賛成した。私は京城へ来てから間もなく此等の人々と知合になったのである。それは朝鮮の工芸品特に朝鮮の陶器の鑑賞と研究とに精《くわ》しいH君〔浅川伯教〕を中心とする、五六人の友達仲間であった。彼等は色々な職業を持った色々な性格の人達であったが、彼等に通ずる所は正直で世間的野心を持たず、そうして親切なということであった。私は時々この仲間に加わって、一緒に食事をしたり遠足にいったりして居る中に、いつの間にか仲間の一人になってしまった。けれどもこの仲間の中でも、朝鮮語が出来て朝鮮人の中に友達があり、自由に朝鮮人と応酬の出来るのは、H君の弟のT君だけであった。彼はおよそ通人とか粋士とかいうたぐいからは最も縁遠い人種であったが、又一方に税吏《みつぎとり》や娼婦の友にもなり得る、自由な囚われぬ真の基督教徒らしい骨頭を具えた人物であった。この人に妓生の知合があるのは不思議のようで不思議でない。

それはもう十二月の七日であった。鐘路の人道には夕を急ぐ人影があわただしく、車道の所々には、田舎道から運んで来た温突《オンドル》用の松葉を売り残した男が、牛と共に寒そうにたたずんで居た。私達は先《ま》ず一軒の膳屋へ寄った。『朝鮮の膳』の著者であるT君は、官憲によって唯無思慮に日本式日本向へと指導（？）せられる朝鮮工芸の行先が、単に朝鮮の工芸を亡ぼすばかりでなく、工芸其物の本領を没却するものだ、との見解を平生から抱き、こういう工人を発見しては色々なものを作らせたりして居るらしい。人の好さそうな主翁は親しそうにT君を迎えて居た。

鐘路から横に折れた貫徹洞という町の、優美館という活動小屋の向うの貨泉屋という家の雪濃湯《ソルランタン》は、京城でも有名だということである。先ず店へはいると、そこに風呂桶位の鉄釜がぐらぐらと白い液を煮立たして居る。その中に牛の頭の毛皮の残ったままのが浮んで居るグロテスクな光景が、一番日本人を驚かすのであるが、その時は牛の頭は煮出されてふやけ且《かつ》しなびた姿でその脇に置かれて居た。我々は先ず食堂なる二階に上った。そこに粗末な潮風に吹き晒されたような長方形の卓と腰掛とが置かれて居る。卓の上には胡椒、唐辛子、塩、葱の薬味を別々に入れた鉢が置いてある。間もなくソルランタンを持って来る。容器はトゥッペキと呼ぶそうであるが、赤土に灰を入れて焼いたという厚い粗い鉢である。その汁は乳の如く白くて、中には堅い薄い、煮出されて味のない牛肉四五片と、米粒と素麵とがはいって居る。薬味を入れて湯気を吹き吹き、少しは恐れを抱きつつ、先ず汁を朝鮮流の柄の長い真鍮の匙ですくって試みると中々旨い。併し同行のW君〔渡部久吉〕がその時「うまい」と叫んだ大きな声には、少し附景気らしい哀調があった。一体今夜は総勢六人となるのが、一人は病気で来られず、今一人は平日からアルコールと脱脂綿とを欠かさない潔癖家だから、どうも故意に遅刻したのだろうという嫌疑が深かった。私は元来一つも悪物食ではなく、殊《こと》に子供の時から食わず嫌いが多く、大人になってからはそれ程でなくなったが、今も日本食で一番日本らしい味の深いといわれる沢庵漬は食わない。魚類は新鮮な味のよいものでないと食う気がせず、秋刀魚なども旨いとは思うが、先ず半分食えば沢山である。併《しか》し鳥獣の肉は大抵は好きで、牛の臓物なども一つも辟易《へきえき》しない。全体京城に長く住んで居る日本人は、日本からの御客のおもてなしに、時々明月館だとか食道園だとかいう朝鮮料理屋へ行き、妓生を呼んで朝鮮料理を食べる機会はあるが、その朝鮮料理なるものが、大分日本化し若しくは西洋料理化したもので、純朝鮮的な味はかなり稀薄である。朝鮮の人はよく郊外の寺へ遊びに行くらしく、京城近郊の、例えば清涼里あたりの尼寺などは、半分料理屋を兼ねて居るようである。小松の生えたふっくらした赤土山を負い、水のきれいなささやかな谷川に臨んだこういう寺の座敷に、妓生を拉《らっ》し来って遊ぶのは、たしかに一つの風流事であろう。私もその後一度招かれてこういう宴に列したことがある。料理の品々はよく覚えて居ないが、昆布の油で揚げたの、ぜんまい、海苔など、お寺だけに精進料理を主としたものであった。

話が横へ外れたが、私がソルランタンを試みたのは、無論その夜が初めてであった。T君を除いては、十年以上京城に居るW君もD君〔土井浜一〕も初めてらしい。ソルランタンは一言にしていえば牛のスープである。牛の頭も肉も骨も臓物も皆一緒にぶちこんでグツグツと煮出したものであるから、牛の持って居る色々な養分は悉《ことごと》く液中に溶けこんで居るわけである。こういう濃厚な液に醤油も味噌も加えず、唯塩だけで食うのは、如何にも純粋に滋味そのものを吸うような気がする。それにその味は私には存外さっぱりして居り、その熱さの為にか妙な脂臭《あぶらくさ》さがない。十銭の一鉢は分量が中々沢山である。私は今晩の後の御馳走の為に、その三分の一ばかりを割愛せざるを得なかった。

次に引っぱって行かれたのは平壌楼である。ここは前の処とは違って、温突に坐って食うようになって居る。電話などもあって大分高等らしい。ここで食ったのは餅湯《トック》即ち雑煮である。餅は粉餅である。旧正月など朝鮮町を歩くと、家の前の地面に四五寸も厚さのある長方形の大きな板を置き、その上でこれは日本と同じような杵で餅を搗《つ》いて居るのをよく見る。臼で搗くのを見慣れた眼にこの板が実に不思議に感ぜられるが、恐らくこの餅もそうして搗かれたものであろう。それは円い棒の形のを斜に輪切にしたものである。例によって牛肉がはいって居る。この雑煮も中々旨かった。店先ではこれも厚い板の上で牛肉を骨ごとたたき切って居る。庖丁は青龍刀の様に弓形になって居る。厚ぼったい、乱暴に使っても大丈夫らしい庖丁である。外に色々な庖丁もあるか知らぬが、或る所で主婦が漬物の野菜を切って居たのも、同じ形をして居た。日本流の薄刃だとか刺身庖丁や出刃庖丁だとかのようなものがあるかどうか。兎も角日本の庖丁は、大体刃は直線で上辺が弧形にふくらんで居る。家にしても軒は直線で屋根は直線か若しくは弧形にふくらんだのが多い。朝鮮の屋根も庖丁も共に上に反って居る。そこに何か意味があるかどうかは分らないが。

今度は酒幕《スリチビ》〔スルチプの表記の方が正確であるがこの時代にはこのように表記された〕である。それは即ち居酒屋で最も大衆的なものである。朝鮮町ではよくこの酒幕の前を通るが、中が薄暗くもあり、汚なそうでもあり、あまりよく覗いてみたこともない。

はいるのは勿論今夜が初めてである。入口の左側の方に風呂屋の番台のように高い売場があって、主婦が片膝を立てて坐って居る。T君の真似をして先ず薬酒《ヤクチュ》を試みる。主婦は大きな瓶から、約一合入程の真鍮匙にすくい出して、それを洗面器にうつす。主婦の前には熱湯のはいった鉄鍋がかかって居る。洗面器を子供が水遊びの時にするように湯の上で四五度くるくる廻して居る中に、お燗は出来たと見えて、それを白磁の鉢のような茶碗にうつしてくれる。色は黄金色である。私はそれを一口二口嘗めて見たが、少し酸ぱみを感じた外別にうまいともまずいとも思わなかった。これは私が酒客でないからであろう。薬酒は清酒であって、労働者の多く飲むのは濁酒だそうである。薬酒は一ぱい五銭で肴一品を食う権利がある。その肴は主婦の居るのと反対の側の一隅に並べてある。その品々は鮒、胡麻をまぶした牛肉、葱、焼いた豆腐、明太の膾《なます》、焼肉《サンジョク》〔散炙《サンジョク》とは牛肉・野菜の串焼のこと。つまり今日の焼肉とは別物である〕等である。夏は小さい章魚の膾もあるそうだ。私は串に刺した胡麻肉を火鉢の処で焼いて食って見た。店を見まわすと労働者らしい男が五六人居て、そこらに立ったり、たたずんだり、腰かけたりして、酒を口につけて居るのも、肉を噛んで居るのも、煙草をのんで居るのもある。店の壁の所々に粗末な彩色絵が張ってある。題材はよく陶器の模様などにある十長生の類らしく、鶴、五色雲、松、鹿、不老草、蝙蝠《こうもり》、亀等が描いてあり、その亀は霞のようなものを吹いて居る。日本でも新しく開業した肴屋などに、よく「何々さんへ」などと書いて、紅い鯛に笹を配した絵が壁にはりつけてあるが、この絵も先ずその程度のものである。併し開業祝の為ではなくて店のふだんの装飾らしい。

こういう処でも、一杯の酒に一品の肴という定めは、一種の道徳として守られて居るらしい。こんな処へまではいって見れば、日本人の気づかぬ良風美俗も存外にあるであろう。又こうした酒徒に交わって夜更けるまで濁酒を飲みつつ、彼等の語る話や彼等のうたう歌を聴くのも、面白いことかも知れない。実際又こういう人達には、日本でも同じことであろうが、外では見られぬ人情の美しさもあり、金がなくて飲めない仲間の為に、なけなしの財布をはたいて一ぱい奢ってやるなどのことは、常にあるそうである。

一晩にソルランタンと餅湯と薬酒とを卒業（?）して直ぐこういうことをいうのも口幅ったいようだが、私には食物の点に於いても日本人が朝鮮人から学ぶ点はないか、ということが問題になる。一体朝鮮料理はごく大ざっぱに云えば支那料理と日本料理との中間にあり、その点からは日本人の口に合いそうなものだが、私などは支那料理の方は思わず貪食《どんしょく》するのに、朝鮮料理の方はいつも努力して食うような所がある。外の人に聞いて見ても大抵そうである。それを無理して日鮮融和の為に義務的に食う必要はないが、少くとも朝鮮料理の材料、その材料を料理する原理を学び知って、これを在鮮の日本人の食物に利用することは、どこに住んでも不経済な生活の為に発展し得ない日本人に必要なことではないか。私は少くとも獣肉の利用に就いては、朝鮮人から学ぶ可き所がある、殊にソルランタンのような実に大ざっぱな、そのくせ要領のよい料理法は、日本人の大陸発展の為に大に学ぶに価すると思うがどうだろう。

又鐘路の通に出た。T君はそこの夜店で沢山林檎《りんご》や蜜柑《みかん》を仕入れた。これから尋ねてゆく家へのおみやげである。

それは安国洞の近くであった。朝鮮の家の構造はよく知らないし、又夜目には暗くてよく分らなかったが、長屋の真中が入口になり、その門は昔風の武家屋敷の小門のように、鎖に石を吊した装置によって中々あきにくい。門をはいると中庭である。ちょうど門の筋向うあたりの縁側から上って、鉤《かぎ》の手に曲った右側の方の一室に請ぜられた。ここの主人は養蜂の指導をやって居る人で、T君の知合らしい。主人か細君か誰だか知らないが、今妓生の候補生を養成して居ると見える。二人共平壌から来たという十六と十五との少女が居る。成××と朴××という名であった。十五の方のついこの間平壌から来たという方が、日本語も語り、容姿も一層可憐であった。部屋は二間続きになった狭い温突である。壁には色どったまずい絵がはってあり、又一方には一種のまじないだろうと思われる模様の下に、「成」という字を書いた紙もはってあった。後で聞くと和合符とかいって諸願成就の符だそうである。

十五の少女は我々の為に伽倻琴〔カヤグム〕を弾じて、かなり調子の激越な歌をうたってきかせた。それは私がかつて聞いた南道雑歌（南道は全羅道、慶尚道等南部地方である）というのに調子が似て居た。彼女の郷里の歌ならば西道雑歌（西道は黄海平安の西海岸地方）ででもあろうか。

外に又来客があったらしく、少女は自分達の方を辞して、又外の部屋で同じように琴と歌とをやって居るのが聞こえた。我々も間もなくその家を去った。

それから又小路を歩き廻ること暫くにして第二の家に達した。前と同じように真暗な門を潜ると、今まで聞こえて居たカラコロ、カラコロという砧《きぬた》の音が急に絶えた。T君と女主人公との問答の後、我々は今度は左側の彼等の居間へ請ぜられた。部屋の障子には花弁の形に穴を沢山あけて、一々に硝子を嵌め、来客を覗うようにしてあるのは、妓生の住居らしいといってよいだろう。我々を迎えたのは三十四五歳とも覚しい女主人公と、二十歳位のその抱えの妓生とである。その若い妓生が今まで砧を打って居たらしく、そこに硯の凹みをとって細長い二尺余りにした様な石製の砧と、打ちかけの白絹とが置かれて居た。

女主人公はかつて某顕官の愛妾であったというが、別に化粧もして居ず、口は大きい方であるが、上品で落着きがあり、而もどこか艶な所が十分残って居る。若い方は、顎が出て少ししゃくれて居るが、一寸意気な顔立である。彼女の方はいつ座敷へ呼ばれてもいいようにちゃんと化粧し、且衣裳を整えて居た。部屋の中には又まずい絵が飾られて居たが、その主な装飾は金具のきらびやかな朝鮮式の大きな箪笥数台であった。私達はそこで烹飯《ビビンパク》〔ビビンパプの表記の方が正確〕と呼ばれる五目飯のようなものを取ってもらって食べた。それは肴の油揚、豆のもやし、松の実、野菜に唐辛子をあしらったものであったが、余り旨いとは思わなかった。女主人公はT君がソルランタンを食べて来たという話に応じて、ソルランタンは夜の十二時頃が一番味が濃い、それを頼んで配達してもらって飲めば、肺病のようなものも大抵癒るという話をしたそうである。彼女は日本語を語らない。

我々は暫くしてそこを辞した。若き妓生（金××といった）はその狭い門から上半身をのぞかせて我々を送った。我々が彼女を見返ると、ちょうどその時円い大きな冬の月が低い門の後から面を出し、枯れた梢のくねりを冴え切った空に黒く彫り出した。私は、我々がその刹那如何にも風流才子らしい情景に置かれたことを苦笑せざるを得なかった。

附記　T君即ち浅川巧君はその翌年（昭和六年）春俄かになくなった。T君が死んでから、私達をこういう風に引っぱり廻してくれる人は居なくなり、私達もその後こういうアヴァンテュール（？）を試みる機会を得ない。

蕨

李孝石

よくある事かも知れない。

街はずれにやっと一軒の住宅を見付け、ほっとした。蔦の絡んだ赤煉瓦と、白い窓との調和が、気にいったからと云うよりは、むしろ、不便な思いをしておった長い下宿生活におさらばを告げ、まがりなりにも、ともかく自分だけの家に落着くことが出来たからである。不慣れな土地でのすまいほど屈託の多いものはない。

整理がほぼすむと、遅ればせながら旧任地への礼状を書いた。一括してその月並な書状を投函しに最寄の郵便所へと飛び込んだ。封筒の束を処分し、序《ついで》に為替を一枚きっていると、係の事務員は人なつこくまじまじと僕の顔を見詰めるのである。温和な、面皰《にきび》だらけのその若者は、どう見ても記憶にない。胡散《うさん》臭そうに見返してやる外《ほか》仕方もなかったが、先方からとうとう切り出した。

——失礼ですが、李先生では……。

頷くと、相手は満面微笑を湛えて、奇遇の悦びを述べ、久闊《きゆうかつ》を叙《じよ》し、甫《はじ》めて名のるのである。

名を聞き、僕も眼を瞠《みは》らないわけにはゆかなかった。はげしい成長に駭《おどろ》いたのである。あの時のあの少年が……と、嘘みたいな気にもなった。

……その頃、映画に熱中しての揚句、みんなして床屋の二階を借り、大仰な看板を懸げ、ごろごろしておった。研究生たちに初歩の手ほどきをしてやったり表情術を教えたりするのが日課であったがあわよく資本主でも見付かったら素晴らしい写真を一本製作に及ぼうと云う意気込であった。その二階を目がけて、仕事のない街の若者たちが、夏虫のようにふんだんに飛び込んで来た。夫々未来の名優を夢みてであったが、名ばかり堂々たるその研究所は、何のことはない、あぶれものの巣窟であり、ルンペンのたまりであったわけだ。雨の日も風の日も、連中は実によく「夢の家」に集っては、思い思いの唄を口吟んだり、口笛を吹いたり、十八番の隠し芸をしたり、敦圉《いきま》いたり、喧嘩をしたりすぐ仲直りをしたり、風のように街へ散ったり、と思う間にどっとしけ込んだりしたものだった。中に一人の可愛い少年がいた。どこと云って特徴はなかったが、難のない整った容貌に、これも華やかな未来のスターを夢みていたことに間違はない。レフを持たされるのは勿論、小使に走らされたり、細かい雑役を仰付かったが、唧っことなく真面目に働いた。スチル撮影の時ひと役配《あ》てられると、厚いメイキャップをして無性に喜んだものだ。運よく資本主が見付かって、愈々《いよいよ》撮影の段取となり、少年には少年の役がふりあてられて幾カットかに収められ、上映の時は大入の袋迄《まで》貰ったが、少年の満足と云ったら贅言《ぜいげん》を待つまでもなかった。全くいっぱしの映画人きどりである。僕は当時原作の一部を受持ち、研究生たちからは先生呼ばわりされ、少年からは特に敬愛されていたわけだが、それにしてもそんな浮わついた雰囲気を、僕は少年のために決して心から喜ぶものではなかった。あたら幼少の日を、うつろな夢に憑かれて実のない仕事のために浪費してしまうのを、むしろ悲しまなければならなかった。もっと正しい、まじめな道はないものかと思ってみたりした。唯一本のフィルムを見きりに、研究所は間もなく瓦解したが、若者《ばかもの》たちもそうなるとどこへどう走ったのか、夫々落葉の如く散ってしまって、杳として皆の消息は判らなくなってしまった。

その少年が今日の青年なのである。邂逅《かいこう》を奇とし、成長に驚くより外なかった。光輝のうすれた双眸《そうぼう》と、にきびでむくれた面貌に、昔の俤《おもかげ》はもはやない。可愛さは、寔《まこと》にうろこ雲のように脆《もろ》くも消えてしまった。成長は喜ぶべきことか、悲しむべきことかを知らない。それにしても、映画を断念《や》め、事務員になったことは、よかったかも知れない。正しいまじめな道をと念じていた僕だったから、それを実物で見せつけられては、一途《いちず》に嘉《よみ》するより外仕方もなかったが

——大分、老けられたようですね。

これはいつも痛いところである。おっかぶせるように、

——あれからもう、七年になるからね。

全くその通りではあったが、適当にその場をつくろい、今度は逆襲である。

——で、映画はやはり好きですか。

——未練がないわけではありませんが、なにしろ御覧のような毎日の天手古舞では……。

——成程ね。精々事務に勉励することですな。

暇の折の来遊を歓誘し、うっかりながくなったその場を辞して出たのだが、その日の偶然をかえすがえすも不思議に思った。

谷間の蕨は、可愛い拳を、もうぱっと開いた頃だろうか。

壺辺閑話

安倍能成

一

朝鮮へ来て始めたものの一つに「人もすなる」骨董買い――骨董あさりといわぬ理由は後でおのずから明かになろう――ということがある。勿論それは安物である上、その買いようも気紛れなものではあった。書画や焼物を見るのは昔から好きだったが、元来買物を面倒臭がるたちで、自分の仕事に関係のある書物でも、丸善へいって新来の書物に胸をときめかしたり、古本屋をあさって珍本を発見したりすることは、先ず全くないという程であり、偶然の機会ででもなければ骨董屋の店頭に立つこともなかった。こちらで少し焼物を買い始めたのも全くその偶然であった。

京城へ来て二年目くらいだったか、その頃いつも乗っていた大学病院前の電車停留場の近くに、いつの間にか一つの貧弱な汚い骨董屋が出来たのを見つけて、何気なしにはいってみた。そこの主人はまだ若くて眉目の整った上品な朝鮮人であり、その細君も明るく愛想のいい、日本人と変りない国語を語る婦人であった。それからは時々学校の帰りに立寄って、一円二円くらいの品物を買うようになった。

段々懇意になる内に、その男が北鮮の生れで、東京の東洋大学の文化学科にいたか、そこを出たかした人であり、またずぶの素人であり、値段などは、やはり東洋大学の出身で近くの耶蘇教学校に出て居り、私も当時一二回の面識のあったH君に指図してもらうというようなことまで知った。後には何か手に入ると私の官舎へかつぎこむという風になったが、彼の商売振りは、ある時大学の後の駱駝山から掘出された五百年前の李朝初期の青磁白磁を二十数個も信玄袋に入れて、少年にかつがせて持って来たのはいいけれども、開けて見るとその六七点を除いては皆めちゃめちゃに砕けていたというような乱暴なものであった。

何しろ彼には資本がないので、持って来たものはいくらかの現金にしてやらなければならぬ事情と、私自身が取引の長きに堪えぬ性分から念入の買物の出来ぬためとで、割合によく買ってやったが、向うも分らずこっちもよく分らないのだから、はっきり好ましいと感じて買ったものの外は、後からいやになったりするものも随分あった。

併《しか》しそれを返すことは彼にとって随分苦痛だということを知っていたために、そんな時には代りの品を取ってやったりした。

彼から買ったものは、前にいった彼と私との無知のためにいくらか高過ぎたものも少しはあるが、併しその多数は安かった、それを今の市価などに比べることは到底出来ぬくらい安かった。その中には相当の上品も二三点はあり、上品でなくても私の好みからは面白く、今なお買ったことを悔いないものも数々あり、友達にやったものの中には、今は品が少なくて手に入りにくいということもあり、時には「こいつは君にやらなかったらよかった」などといって、相手を苦笑させるものもある。併し何といっても一番多いのはガラクタである。私はそういうものを座辺におくのがいやになり、もらってくれる人にはやったり、また友人が処分する時に一緒に処分してもらったりはしたが、今なおそういう煩わしい代物が残らぬというわけにはゆかない。

その李午性といった男夫婦の間にはやがて子供が出来たが、それから三四年もして彼の顔色は次第に悪くなり、力のない咳をするようになった。山寺に転地して帰ってから、近所の日当りの好い家に引越したが、間もなく彼は死んだ。以前看護婦であった彼の妻は、私の知人の世話で地方の病院に勤めるようになったけれども、その後の消息は知らない。

二

私をして安焼物を買わしめたものは李午性の外に今一人ある。私は時々用事があって南鮮の大邱へ行くが、ここは新羅の古都慶州を控えて新羅の遺物の沢山出る所である。ここに長くいるS君は、楽浪美術にも新羅美術にも委しい人であるが、私が行くと必ず私にふさわしい安直な品物を沢山並べた店へつれて行ってくれ、私の欲する品を思い切り値切っては私に買わせてくれた。私がここで初めて新羅や任那の遺物に接した時、先ず千有余年の歳月を土中に埋もれていたこれ等の品々に向って、よくもこわれずに無事でいてくれたと挨拶したいような気持が、私に起った。

朝鮮の焼物で先ず日本人に賞翫《しょうがん》されたのは高麗であり、それに次では李朝である。大ざっぱにいえば高麗はより多く貴族的であり、李朝はより多く平民的であり、彼は上手として華麗なのが多く、これは下手として親しみ易いのが多い。新羅や三国統一時代のものは、金銀、珠玉、仏像等は珍重されているが、焼物は素焼に近いためでもあるか、概して珍重されず、従ってその頃は価も安かった。

しかし、そういう鼠色または赤土色の食器、飲器、甕《かめ》の類は、私には如何《いか》にも素樸《そぼく》な面白味を感ぜしめた。昔の杯かと思う今の大コーヒー碗くらいの大きさの器の、把《とっ》手《て》としては片側に慈姑《くわい》の芽（?）のような形のものが着いているのも面白い。またそういう把手を両側に持った甕には、馬蹄鉄《ばていてつ》見たようなのが赤くくっついて離れぬのもあった。また小さな壺で把手が口の所からじかに両側についていて、西域出土の壺の把手との類似を思わしめるものもあった。殆どそこいらの赤土をかためたままのような生々しい色と粗い肌とをしたものも、その形の古拙《こせつ》にいにしえびとの篦《へら》の跡をまざまざと見得る喜びがあった。こんなわけで私は大邱へ行くたびに、S君の東道によって、新羅焼のガラクタを京城の仮寓へ幾度か担ぎこむようになった。

三

私が李午性と相知るのと前後して、私は朝鮮陶器に詳しくて、自分自身また陶器の製作者である浅川伯教君を知る幸福を得た。それと共に浅川君に師事して、朝鮮陶器の愛好者であり、鑑賞家でもあり、また蒐集者でもあるD君や前掲のH君とも知り、H君の二階には二年あまりおいてもらうという縁をも結んだ。私は彼等と会うたびに朝鮮の焼物に関する知識やそれを見る眼を養われて、いくらかその点に進歩を見たが、私は到底彼等の如き熱心な、また浅川君の如き専門家的な態度は取れなかった。

殊に浅川君からは陶器製造の過程に就いて、窯中の熱度やその焔の化学的性質による釉薬《ゆうやく》の変色などの話を聞かされ、また李朝の官窯であった南漢山辺の分院の窯跡などへ連れて行かれたけれども、そういう話や探索は私の興味を引くには至らなかった。けれどもそんな関係で、たまには浅川君達と一緒に市中の骨董店を訪《おとな》うこともあった。そういう時に浅川君の助言によって買ったものは、さすがに私の所有の中でも優品であって、長き愛玩に堪え得るものである。しかしこの二三年私は殆どそういう機会にも逢わず、またそれを求めもせず、焼物を買うことも全くなかった。ところがこの一箇月くらい前から、偶然の機会がまた私に焼物を買わせるようになった。それは私の部屋をおとずれる一人の訪問者のせいであった。

四

私達の学校が始まって以来、いつとなく毎日のように出入している朴某という男がある。彼は古本を主として時には書画骨董の類をもどこからか持って来ては、我々の仲間に買ってもらっていること既に久しく、亡くなられた朝鮮史の今西龍博士などは大分ひいきにして居られた。私の部屋へも今まで時々は来たが、私の朝鮮に関する知識はそういう古本を滋養にする程まとまって居らぬために、彼からそれを買ったことは殆どなかった。彼の持ち込む書画骨董に至っては、今までの所先ず一顧に価するものはなかった。

しかるに朝鮮人仲間の購買力が殊に増大して、品物が全く払底といわれているこの頃になって、彼の持って来る物の中には、見所があってしかも今の市価よりは遥かに安いらしいものが二三あった。やはりこうして持って来られて、物が面白く価が買い易い程のものであれば、私もつい手を出さずには居られない。それやこれやで三四度買ってやる内に、彼は殆ど毎日のように私の部屋をおとずれるようになった。これは一つは私が学校に毎日来て長くいるせいでもある。

夕方になって校中に人が絶えてしーんとして来た頃、とぼとぼとやって来て戸をたたくものがあると思うと、近頃はいつも彼である。彼は毎日私を煩わすのを恐縮するように鄭重にお辞儀をして、私の前に風呂敷包を開いて見せるのである。私は彼の言い値で買ってやることも稀にはあるが、大体四分の一くらいを、ほしくない時には三分の一くらいを値切るのである。彼は多くの場合それに応じて品物をおいてゆく。そうして釣銭を出す時には、直接に手渡ししないで、必ずそこいらにある本か新聞紙かに載せて、恭しく私に捧げるのである。若し彼の言い値でいつでも買ってやられたらば、取引が簡単で私にも最も便利なのだが、彼に向って口銭の多さを僥倖する気をなくしろと望むのは無理であろう。彼は髪も髭も黒いが五十は越えていよう。好人物らしいが利口とは見えず、且骨董に就いての鑑識も知識もないらしい。素性も悪くない人だと聞いたが、実際人間の感じは愚鈍らしいという外にはいやでもない。若し彼に多少の商才があるとしたら、骨董の相場の馬鹿馬鹿しく上っている今日此頃に、毎日毎日同じ学校の中をうろついているようなことはあるまい。恐らく我々のようなものを相手にするのが、彼の手腕にはちょうどふさわしいのであろう。

彼は恐らくその日に困る昔の家柄の家などから品物を持って来るのであろう。だから委託者にとっても被委託者たる彼にとっても、現金を手にすることが何より必要らしい。この頃彼から買い続けるようになってから気づいたのであるが。講義に出かける途中など、テニスコートの側の「あめりかとねりこ」の緑蔭に、彼を囲んで二三の男が風呂敷包を解いて何やら相談していることも、彼が一人ぽかんと立っていることも、またそこいらのベンチに風呂敷包を持った男が腰かけて、悠然とタバコをふかしていることもある。

第一の場合は値段の協定をしているのであろう。第二の場合は彼が品物を持って来る男を待っているのであろう。第三の場合は品物の持参者が彼の出場を待つのであろう。こうした光景を見ると、売る人も恐らく日々の生計に困じてのことであり、間に立って口銭《こうせん》を取る彼も、たしかに手から口への生活をしているに拘《かかわ》らず、何か長閑《のどか》な一世紀も前の世の中に帰ったような気がして、おのずからほほえまれて来る。

しかし考えて見ると、私のこの感じには、彼等が白衣の朝鮮服を著ていることも、大分影響しているようである。実際彼等の白衣が、彼等の緑蔭に於ける取引を絵画化する効果を持っていることも確かであるが、この感じはまた私自身が白衣の著用者でないことからも来ているか知れない。

五

一時多少焼物蒐集熱が出て来た時も、一方にはそれを厄介に思う心持があった。そうして結局自分は蒐集に凝り得る柄ではないという断案に達した。

先ず学問的に朝鮮の陶器を研究するとすれば、ガラクタや破片といえども、そのシステムの一部を形造るものとして有意味になって来る。けれどもそれを新羅時代から李朝の末まで集め、しかも地方的にあらゆる種類を尽くすなどということになれば、それは専門的の研究によらねば出来はしない。その内の一時代、その時代の中のある特殊な時期、特殊な地方、更に進んでは特殊な品目、たとえば水滴というような小部門を研究するだけでも、決して容易のことではあるまいし、また今までにそういう研究も極めて少ない。

二三年前浅川伯教君が日本橋白木屋楼上で、破片の地方分布を示す展覧会を催し、それに添えて朝鮮陶器製造の工程を示した興味ある二十数枚の絵を展し、更に茶碗のカーヴの時代的相違を図示したのは、非常に興味が深かった。実際浅川君のように朝鮮全道の窯跡を調べて、誰よりも朝鮮陶器に明るい人に、そのまとまった記録の発表のないのは惜むべきであるが、陶器の創作者であってものを書くことに懶《ものぐさ》い浅川君に、このことを望むのは無理であろう。それにつけても伯教君の弟の巧君が生きていてくれて、阿兄《あけい》の助力者としてそういう仕事をしてくれたらばと思う者は、独り私ばかりでないであろう。

私がガラクタを役立たせ命づける研究をするわけには行かず、ガラクタを持て余しつつ考えたことは、もう平凡な安物を買うことは止めて、年に一度くらいこれはと思う優品を買おうかということであった。しかしこれも平素から骨董店をあさって、そういう品を絶えず求めていなければ出来ることでなく、私としては偶然そういう品に邂逅して、その時の私の条件がそれを買うに足りる時を待つより外はない。

多くの工芸品の内破砕という点を除けば、陶器は木工、竹工、紙器、金器または漆器等のあらゆる種類にまさって、その原型原色の最も多く保存され得るものである。その上それは乾湿冷熱に堪えて手入を要することの最も少ないものだともいえよう。

併しそうはいっても、茶碗のような特別なものは固より、陶器もよく使って手入をするに越したことはない。そこで私の如きものには、比較的側《そば》に置いて眺められる壺が一番親しみがある。私がそれを手元によせてその塵を拭いてやることは、一月に一度もないけれども、朝夕に眺めて眼を楽ませることは随分多い。特に少し酔って宿に帰った時など、電灯の光の下で、さまざまのニュアンスにかがやく壺を見ると、その一つ一つが子供のような気がして、ものをいいかけたり愛撫したりしてやりたくさえなるのである。別にすぐれた品でなくても、李朝の白磁は殊に私に親しい感じがある。それは支那の宋窯などに見る温潤含蓄の複雑な味はないが、自然で素直な明るい色に於いて、優に取柄を持っている。

私の焼物道楽はかくして、そこに幾分かの煩悶を経て、極めて自由な楽易なものになって来た。私は商売人の中概して最も多く骨董屋を好まず、また骨董集家の掘出し物にいやしいまで熱中する態度をも好まない。私はたまたま私に与えられる気に入ったものを買い、その外は人の珍蔵を賞し得ることを楽しみとしたい。けれどもひるがえって現実の問題としての朴某の毎日の訪問に就いては、私はいささか困惑を感ずると共に、またそれを楽しみにしていることをも告白せねばならぬ。

恩讐三十年

金素雲

真新しい名刺

震災で東京の下宿を焼け出された私は、親戚をたよって半年ばかりを大阪で過ごした。

どこから手に入れたのか単衣《ひとえ》の朝鮮服があったのを着用に及んで、ある朝、玉造からアベノ橋行きの市電に乗った。ほかに着るものがなかったわけではない。震災のドサクサに、根も葉もない流言が原因して、六千人の朝鮮人が竹槍の犠牲になったその直後である。わざと朝鮮服を着て日本人の中を歩き回るような、客気と反発意識が私にあったとしても、それは見逃してもらえると思う。

電車が混んでいたので私は中へ入れずに後ろの車掌台のところに立っていた。すると、車掌が「さあさ、中へ入って……」といいながら、穢《きたな》いものでもつまむように二本の指先で私の袖を引っぱった。朝鮮服ながら洗い立ての真白で、車掌の袖口からのぞいている薄よごれたシャツなどよりは遥かに清潔な筈なのだが、彼の何気ないその指の動作から私は血の逆流するほどの憤りを覚えた。

「なんだ、その手つきは……口では言えんのか！」

険しい目つきをして私はその車掌を睨《にら》み返した。

「なんやと……キサマ、生意気なやっちゃ！」

朝鮮人野郎のクセに――という言外の侮蔑をこめて、車掌も負けずに食ってかかった。

「キサマ？　キサマたあなんだ。大阪の電気局はお客さんにそういう口を利けと教えたのか、おい！　も一ぺんいってみろ！」

乗客たちの視線が一斉にこちらを向いている。私の思いがけない剣幕や、朝鮮服とは釣合わぬリュウチョウな日本語に、敵さんはいささか上がり気味で、

「なんべんでもいうたる……。貴《とうと》い様と書くんや、キサマがなんがわるい……」と来た。

「そうか、貴い様のつもりか。そんなら土下座をして手をついて言うもんだ。昔なら

手討ちもんだぞ、バカ野郎！」

売り言葉に買い言葉――、その間にも電車は走りつづけて、細工谷、桃谷を過ぎた。

手出しこそしないが、私も二十前《はたち》の生意気ざかり、――日本人の、いわれなき優越感に、虫ずの走る思いで大いにレジスタンスを燃やしていた矢先だから一言半句あとへは退《ひ》かない。悪タレのつき合いをやりながら、いつか電車は終点のアベノ橋に着いた。

「どした、どした、――話だけはつけろ！」

終点に屯《たむろ》していた運転手や車掌に取りまかれたまま、半ば曳き立てられる格好で私は乗務員たちの詰所へ連れ込まれた。ほぼ二、三十人――、殺気立った連中が「やっちまえ、やっちまえ、生意気な野郎だ！」と喚《わめ》きながら、ぐるりと私の周りを取り囲んだ。

電車の中ではイキのいい啖呵《たんか》を切った私も、こうなると多勢に無勢、あわれな捕虜である。いずれはタダですまないと観念のホゾをきめたその時、雷のような大声が私のすぐ後ろでした。

「待て！　馬鹿者ども！」

振り返ると四十がらみの、背の低い中年の紳士が、満面〈朱を注いだ〉形容そのままの表情で車掌たちを睨《にら》み据えている。

「この恥知らずども！　その人をどうしようというのだ。指一本触ってみろ、このわしが相手になってやる！」

地獄で仏とはこのこと、それよりも私が感動に胸を衝かれたのは、その人の、怒りに燃えた眼に、うっすらと涙が滲《にじ》んでいるのを見た瞬間である。歯切れのよい言葉の調子や顔つきは、まぎれもない日本人で、多分私と同じ電車に乗合わせていた一人に違いない。

その人は幾分声を和らげながら、呆っ気にとられて突っ立っている制服の連中を見回した。

「——事の起りをわしはこの目で見ている。ゴミや虫ケラじゃあるまいし、金を払って乗ってる客を二本の指先でつまんだら、誰だって腹を立てるのは当り前じゃないか。悪かったら悪かったとなぜ素直に謝れんのだ。きみたちは一体、どれほど立派な人間のつもりだ。海山越えて遠い他国へ来た人たちを、いたわり助けは出来ないまでも、多勢をたのんで力ずくでカタをつけようという、それじゃまるで追剝ぎか山賊じゃないか。そんな了見で、そんな根性で、きみたちは日本人でございと威張っているのか……」

殺気にみなぎっていた詰所が、しーんとして声一つ立てる者もない。いままで歯ぎしりしていた私も、有難いのを通り越して、何か相済まない気持、謝りたい気持で一杯である。

その人は大通りの電車道まで私を連れて出ると、手をとりながらしみじみ言った。

「どうか許してやってくれたまえ、きょうのことは私が代ってお詫びをする。これから先、またどんなイヤな思いをするかも知れんが、それが日本人の全部じゃないんだからね。腹の立つときはこの私を想い出してくれたまえ……」

子供をなだめるようにそういいながら、その人は私の手に一枚の名刺を握らせて立ち去った。――「日曜世界社長　西阪保治」

それから三十年――、『聖書大辞典』の発行者である西阪氏のお名前は、今年になってからも何かの新聞の寄稿でお見かけした。もう白髪の老人になられたに違いない。しかし、その時の一枚の名刺は少しも汚れずに、いまも私の記憶の中に、真新しいままで保存されている。

水晶蟲《すいしようちゆう》

時折り断続はあったが、大正九年以後、終戦までを私は日本に暮らした。〈暮らした〉などといえるようなまともなものではない、その日その日が綱渡りのような不思議な生活であったが、その短からぬ年月を通じて、忘れ難いなつかしい名が幾つかある。池正路もその一人である。

よくしたもので、時が経つと悪いことは大抵忘れてしまう。付加税のように、二年に一度、三年に一度、長期の留置場暮らしもさせられたが、私はよくよく腑抜けに出来てると見え、鬼か蛇《じや》のように憎まねばならない特高の刑事や、留置場の看守の中で、いまも許し難く思うのは、十七、八年前、大森署にいたKという老看守一人くらいのものである。

恩怨二つながら早く忘れ去りたいが、時と共に怨みは忘れても、恩の方はなかなかそうはゆかない。昭和四年の春、山田耕筰氏に採譜していただいた朝鮮民謡の譜面を手にして、私は大森でピアノのある家を探した。ユクチャベギ（南道民謡）の本場である全羅道《ジヨルラド》出身の青年が一人、馬込で寿司屋の出前持ちをしているのを見つけ、その男を連れて新橋の山田氏の事務所へ一週間も通いつづけた揚句に出来上った採譜である。

朝鮮民謡の律調には半音が多いためにピアノのような楽器にはなかなか乗りにくい。山田先生を疑うわけではないが、実際の効果を確かめないうちは安心が出来ないので、どこかピアノのある家はないかと探していたわけである。

それらしい家をやっと見つけた。〈佐藤哲〉という標札——。用向きをお願いしたところ、快く承知してくれた——。こんな厚かましいキッカケから、昔、フェリスで相馬黒光夫人を教えた古いピアニストの佐藤夫人を知り、ちょうど春休みで京都の三高から帰省していた次男坊の池正路君を知った。

鴨居につかえるほどのノッポで、度の強い近眼鏡をかけたこの男は、初対面のあいさつにも眼はよそを向いているといった按配《あんばい》で、味もそっけもない印象であったが、それでもどこが気に入ったのか、よく間借り先の私を訪ねてくれた。

秋になって、ツェッペリン号がはじめて東京の空を訪れた日に、私は白秋先生の肝入りで分不相応な出版記念会を開いてもらった。夏休みで帰っていた池が、義兄の背広を持ち出してくれて、私はそれを着て大阪ビル前のレストラン・ツクバへ出かけた。

日本詩壇のベストメンバーが一堂に会する賑わいで、京都の新村出先生からは「今年は朝鮮文化にとって記念すべき年だ」と祝辞が寄せられた。前途は洋々、世界は私のためにあると思われたが、如何せん、印税代りに貰った二百部の本を毎日一、二冊ずつ古本屋へ運ばねばならぬ始末——。ある日、知らない遠方の本屋にそれを持って行ったら「あちこちに大分出まわっているから」といって二円五十銭の定価を、ただの五十銭に値をつけた。私はその足で帰って来ると、残りの全部を庭に持ち出して火をつけた。

矢も楯もたまらず故国が恋しくなり、大阪までの切符をどうにか工面して東京を発った。京都で池に会い、一泊して翌《あく》る日大阪に着いたが、目当ての人に行き会えず、京城までの旅費の工面がつかないまま、終電の大軌に乗って奈良に向った。東京の三越本店の美術部にいる久保という友人から、奈良の大軌前に薬局を出している寺田という人を紹介されていた。寺田氏の副業の喫茶店のデザインを久保がしたということで、出来たら奈良に立寄ってデザインの出来ばえを見てくれとのことだった。東京を発つとき、久保は私の手帳に寺田氏へ宛てた紹介状を書いてくれた。

だが、私が奈良へ向かうのは久保のデザインを見に行くわけではない。一面識のない人に旅費の借用をたのむためである。「友人でもない人をこの際は無理にも友人に仕立てねばならない。相手の都合お構いなしに友情を強要するのだから、いわば一種の強盗のようなものだ——」道々そんなことを考えながら、夜中の一時過ぎ、奈良の終点に着いた。

なるほど駅の正面に寺田薬局がある。若い細君——久保から聞いていた女専出のその細君が、まだ戸を立てない店先で、縁台に子供をあやしながら涼んでいる。

「東京の久保から紹介を受けた者です。寺田さんはいらっしゃいますか？」

「はあ、生憎《あいにく》大阪へ出ましてまだ戻りませんが……、天王寺公会堂に〈藤原義江〉を聴きに行ったのですけど……」

さあ困った。

「すると、もう電車はありませんから、今夜は戻りませんね」

「いいえ、うちの車で行ったんですから、遅くなっても戻ります」

自家用車のある人と聞いて私は少し安心した。遅く帰る人を夜中につかまえて話も出来ない。硯《すずり》を借りて、一冊だけ残っていた自分の本に先方の名を書いたついでに、同じ筆で「私は友情の強盗です。いずれ明朝お目にかかって……」と名刺にしたためた。本と、名刺と、それに久保の紹介状を手帳からちぎって細君に渡し、私は教えてもらった大黒屋という安宿を訪ねて行った。

ものの三十分も経った頃、宿屋の階段がミシリ、ミシリと軋《きし》んだかと思うと、ガラッと襖が開いて、尻からげの男が三人飛込んで来た。まだ寝つかれずにいた私は有無をいわさず曳《ひ》き立てられて、表に待機していた自転車組に後先を護られながら、強盗候補生の資格で奈良警察署に連行された。寝静まった真夜中の大通りを刑事たちと歩きながら「古《いにしえ》の奈良の都の八重桜——なるほど、ここがその昔の都大路だな……」そんなことを考えた。

宿直の警部補と二、三問答をくり返すうちに私の嫌疑は晴れた。刑事部室の新聞の綴じ込みには、私の本の新刊評などが出ていた。

「それにしても乱暴ですなあ、友情の強盗だなんて……、そんなハイカラな文句は、こんな田舎じゃ通用しませんよ」

警部補は笑いながら、自分の寝床と並べて私のために毛布を敷いてくれた。どこの国に紹介状を携えた強盗があろう。〈強盗〉の二字に顔色変えて交番へ駆け込んだというその寺田夫人に、私は腹を立てる気にもなれなかった。それでも明くる朝、警察を出ると、念のため寺田薬局へ電話をかけて「主人は帰ったか」と聞いてみた。暫く待たされた上で、

「帰ったが、頭がわるくて寝ている」という、女中らしい人の返事であった。

「なるほど、それはそれは……。奥さんばかりじゃない、御主人も頭がわるいのですね」

女中にその皮肉が通じたか、どうか――、私は「大歓迎をするよ」と久保に保証されたその寺田氏に会うことを諦めて、路を京都にとり、日暮れ近く、池の下宿に辿り着いた。

京城に帰った筈の私が三日目にまた舞い戻ったのを見ても、池は別に驚いた風もなかった。夜、京都の街をブラついたあとで、十二時頃下宿へ帰り、三畳間の、一つしか敷いてない池の寝床へ腹這いになって二人で並んだ。

「どうしたんだい。大阪じゃ、うまくいかなかったのかい?」

池がポソリと聞いた。それまで池は何も聞かず、私もいわずにいた。

腹這いになったままで煙草に火をつけながら私はあらましの話をした。「へえー」とか「ふーん」とか相槌を打っていた池の返事が、刑事に踏み込まれるあたりから聞こえなくなった。

「その警部補というのが変わっててね、色紙や扇子に、記念だというんで字など書かされたよ」

かまわず独りでしゃべっていたが、池があまり静かなので「寝入ったのかな」と思った。池の方へ私は首を曲げた。

度の強い眼鏡の玉に涙の滴が一ぱい溜ったまま、池は獣のように息をひそめていた。

「なんだい、バカな奴だな……」

私は笑いながらそういったが、胸には慟哭《どうこく》がこみ上げた。私より三つ年下のこの男を、その瞬間、私は生涯の死友と決めた。

京城で新聞社勤めを二年で辞めて、口伝民謡の採集原稿をミカン箱に三つほど詰め込んで、また私は東京へ出て来た。

柳田国男先生を訪ねた。学士院を訪ねた。茗渓会《めいけいかい》を訪ねた。——どこでも返事は同じだった。

「惜しい資料だが、予算がなくてねえ……」

一字も日本文字のない原文のままの本を日本で出版しようというのだから話は簡単でない。京城でも目ぼしい出版社に一通り当って見た上でのことだった。電灯のない一間きりの六畳に、分類原稿を拡げると寝床を敷くところがなくなる。原稿の上に床をソッと敷き、ソッとたたむという生活がつづいた。

民族学会の雑誌《ドルメン》に文章を書いたのが機縁で、ある日、京都の土田杏《きょう》村《そん》氏から封書がとどいた。土田氏も読める筈のないその原稿の一部が京都へ送られた。新村出《しんむらいずる》、土田杏村、お二方の口添えで、第一書房からその本は、翌々年（昭和八年）

一月、〈三段組み、菊判六八七ページ、五百部限定、定価五円〉という体裁で発行された。

字母をつくり、つくり、仮名文字一字入らぬその原文の本を組み上げるのに、まる一年かかった。第一書房の長谷川氏から御苦労賃に五十円を頂戴した。勿論、長谷川氏も損を覚悟の犠牲出版である。印税など、初めからアテにしていなかった。

「序文だけでも日本語で書いたらどうです?」——長谷川さんにそういわれたが、私は朝鮮の出版社どもに意地を立てるのだと言い張って、わがままを通した。

東京へ来た目的だけはこれで通ったが、生活は暗澹たるものだった。安原稿の売りこみ、ラジオの放送、看板屋の臨時雇い、——なんでもやったが追いつかなかった。マーケットで売る〈試食米〉の一升袋を買えた日は大尽の気になれた。

年の瀬が迫っていよいよ動きがとれなくなり、一面識のない森下雨村氏を訪ねて小石川戸崎町にある博文館に行った。帰りの電車賃もないという文字通り背水の陣である。森下氏は快く会ってくれた上、持ち込みの原稿を《朝日》と《少女世界》に採ってくれた。朝鮮の鎮海で海軍少佐だった川田功氏が、このときの少女雑誌の編集を受持っていた。

森下氏が、あまりすらすらと注文を聞いてくれたので、かえって私は勇気が挫けた。

図に乗るようで、さすがにその場で「原稿料を……」とは言いかねた。

戸崎町から歩いて数寄屋橋まで来たところでパッタリ池に出会った。池は東大の仏文をやっていた。

年取ったお母さんがピアノを教えて学資を出していた。兄さんの譲《ゆずる》君がウィーンに往けたのもそのお母さんのピアノのお蔭だった。裕福な筈はないのだが、池の財布に小銭の二、三円は、いつもあることを知っていた。

「天佑《てんゆう》だね、君にここで会えるとは……、じつは腹ペコの上に、電車賃もないと来ている」

私はすっかり安心して、はしゃぎながらそういった。

「ふーん」

池は仏頂面をしたまま、ノッソリと自分の行先へ足を向けて立去ってしまった。

「コンちくしょう！」

あまりの仕打ちに顔から血の気のひく思いがした。どう考えても池のその態度が腑に落ちない。夕方、それでも無事に大森へたどり着いて、沢田の踏み切りを距てて池の家と向い合わせにある間借り先へ帰って来た。

米が一斗とどいていた。出先から池が米屋へ電話をかけたという――。留守の者からそれを聞くと、私はもう一度唸った。「コンちきしょう!」——涙があふれそうで困った。

明くる朝、池が来て帰ったあと、座ぶとんの下に池の懐中時計のあるのに気がついた。東大へ入学のとき、義兄から入学祝いに贈られたロンジンである。正月の半ば過ぎに博文館の原稿料が届いた。早速、池の時計を質屋から出して、私も黙って池の部屋の机の上に「置き忘れ」て帰った。

私は池から、友情の勘どころを教わった。

白秋城

金素雲

北原白秋先生

私が住んでいた大井町蛇窪から徒歩で十分のところに緑ケ丘があり、その坂道の一角、人家を遠く見おろす場所に、人がたわむれに白秋城と呼んでいた詩人、北原白秋先生の邸宅があった。

詩人と邸宅――何だかそぐわない語感だが、この白秋宅はなるほど城という言葉がおかしくないほどに豪勢だった。大蔵省のある高級官吏が定年退職後に余生を送ろうと建てた家だが、竣工して間もなく世を去り、その後に白秋先生が月ぎめで借りるようになった、というのは後で聞いた話だ。

ある風の冷たい日、夜九時近くに私はその白秋城の裏門を叩いた。表門はもう閉って、近所には家一軒ない真暗な坂の上には、星の光だけがきらきらとまたたいていた。一面識もない方をこんなに夜遅く訪ねて行くのは失礼だと思いながらも、明日を待てない切迫した心境だったらしい。

お手伝いの若い娘が出てきて、どんなご用ですかと尋ねる。

「白秋先生にお目にかかりに参りました。先生にぜひ見ていただかねばならない原稿がございます」

私の言葉を聞いて一度奥に引込んで再び出てきた娘は、先生は風邪で体の具合がすぐれず寝ていらっしゃいますと言って、三、四日後にもう一度いらっしゃいという言葉を私に伝えた。

「今日どうしてもお目にかからねばならないのです。横になっていらっしゃる所で五分だけで結構です。もう一度お願いしてみて下さい」

娘は私のたっての願いを拒めずもう一度奥に入ると、今度は二十七、八歳になる青年が娘のかわりに出てきた。

同じことを言いに何度か行きつ戻りつして、それならその原稿をちょっと見せてくれと言って「朝鮮民謡集」の草稿の束を受け取り、青年は奥に入っていった。

どれくらい時が経ったろうか。まだ五、六分にもならぬようにも思え、二、三十分も待ったようにも思えた。

一度消してあった電灯をあちこち点《とも》して家の中に人の動く気配がし、青年が再び出てきて私に表門から入れと言う。夜遅くやって来たわずらわしい客に対して、その態度はどこまでも鄭重《ていちょう》だった。

表門から私が玄関に入ると、二階から男女四、五人の助けを借りながら白秋先生が降りてくる。その階段は、外国映画でよく見る下の階のホールから高架橋のようにまっすぐ二階に連なる長い階段だ。ホールには真紅の絨緞《じゅうたん》が敷いてある。

先に階段を降りてきたその青年が「お客さまにはご無礼でもこれをお召しになって――」と言いながら、白秋先生に何かマントのようなものをかけてあげた。「ご無礼」とは目上の人の前でだけ使う敬語だ。私のような身なりもみすぼらしい年下の者を、ひとかどの賓客として待遇してくれたということである。

(その青年は白秋の門下で、中央公論の若手編集者として名のあった人だが、三十前に惜しくも世を去った。端正でキビキビした彼の印象は、あの夜のあの「ご無礼」というひと言に重なって、今でも忘れられぬ思い出である。)

後日、詩人鄭芝溶《チヨンジヨン》が私に語った言葉がある。

「レオナルド・ダ・ビンチになれといわれたら、どうにか真似できそうだが、しかし、北原白秋の真似はできそうにない」

芝溶は白秋先生と直接面識はないが、私より二、三年前、同志社大学時代に白秋主宰の詩文誌「近代風景」に数編の詩を発表したことがあった。その詩を白秋先生は自分の一番弟子の作品よりもはるかに優遇して、既成の大家と同じ待遇で掲載した。

日本語に新たないのち、新たな息づかいを吹きこんだ詩人――、日本の子供の情緒に新紀元を画した詩人――、貴《き》賤《せん》貧《ひん》富《ぷ》を問わず日本国民の誰ひとりといえども、北原白秋の間接的な恩恵をこうむらない人は恐らくいないだろう。詩であれ短歌であれ、民謡、童謡であれ、いかなる分野でも常に第一人者だった北原白秋は、何世紀に一人出るか出ないかの稀に見る一民族の宝とも思われた。

ダ・ビンチよりも真似しにくいと言った芝溶の言葉も、そんな意味で私の耳には讃め過ぎに聞えなかった。

応接室で初めて白秋先生に対面した時、彼の口から発せられた最初の言葉が、

「こんな素晴らしい詩心が朝鮮にあったとはねえ!」

という感嘆の一言だった。夜遅く訪ねて行った――、そのうえ病床にある人を強い

て面会しようとした無礼な訪問者に、先生は不快な気配を少しも見せず、長いこと待っていた知己にでも対するように暖く、讃め言葉と激励とを惜しまなかった。蛇窪《へびくぼ》という名前のとおり、陽のささない路地裏で失意と不安をかみしめていた私に、あの晩の先生の温情は生き抜く新たな力を与えてくれた。

使いの者が私に一通の手紙を持ってきて、私が再び白秋先生のお宅を訪ねたのは、その何日か後である。門前にはもう人力車が二台待機していた。（タクシーというものはまだ無かった時代である。）そこから大森駅まで二台の人力車が先生と私を乗せて行った。

白秋先生が私を連れていったのは、日本橋にある紅玉堂という出版社だった。名のある詩人や歌人たちの本が幾つもここから出されていたことは、私も知っていた。紅玉堂の主人という人はその昔、白秋先生の処女詩集『邪宗門』を出版した東雲堂書店で店員をしていて、白秋先生の所に校正の使いに通った少年だったという。白秋先生はここに『朝鮮民謡集』の出版をまかせるお考えだった。電話か紹介状でも充分だったろうに、わざわざ一緒に行って下さった先生の誠意がひたすらおそれ多く有難かった。

出版社の財政的理由から、その話はまとまらなかった。（その後一、二年も経たずに書店は店じまいしてしまった。）

それからしばらくして、白秋先生は私を連れて改造社を訪ねた。雑誌「改造」の発行所であるこの出版社は、当時の日本では中央公論社と肩を並べる大出版社の一つだった。〈岩波文庫〉に続いて〈改造文庫〉が刊行されていた。私の本がその改造文庫の一つに決って、幾日か後には校正ゲラまで出た。

私を日本詩壇に紹介する集まりを持とうという話が、改造社と白秋先生の間にあったようだ。神田にある明月館という朝鮮料理屋を会場に決めて、招待状まで発送した二、三日後に、私は何の原因からか異議をとなえて改造社と衝突してしまった。すでに組版の終った『朝鮮民謡集』を、印刷所へまで出掛けて行って、私の手で壊すことまでした。

私のための会は予定通りの日に明月館で開かれた。屋号は同じ字だがソウルの明月館（その当時ソウルで第一番に数えられていた料亭）とは比べものにはならぬ見すぼらしい料理屋である。けれどもその頃東京にはこれ以上の〈朝鮮料理屋〉というものはなかった。萩原朔太郎《はぎわらさくたろう》、室生犀星《むろうさいせい》ら詩壇の大家、重鎮が三十余名集まった。詩人ではないが、山田耕筰《やまだこうさく》（音楽家）、折口信夫《おりくちしのぶ》（＝釈迢空、国文学者・歌人）のような、その方面の第一人者も何人か出席した。私は定刻前に孫晋泰《ソンジンテイ》氏と連れだって会場に行った。――しかし、私にはある心配ごとが頭から離れなかった。

北原白秋という人は一種の貴族趣味で豪華な雰囲気を好みはするが、決して金持ではないことを知っていた。今日の集まりは白秋先生の名前で招待したものだが、費用は私の本を出版する改造社が支払うことになっていたはずだ。その改造社と決裂したのでは、一体どこから費用が出るものか――？　頭を離れない気がかりとはこれである。

先に帰った人たちがあり、遅れて入ってくる人たちもいて、参会した客はおおかた四十名を越えたようだ。一人当り六、七円とみて三百円近い金額だが、三百円はおろか三円だって私の財布にはない。

私のために集まったお客の前で、私はすっかりいらだち、不安げな表情をしていたらしい。最後の客が席を立って四、五人だけが残った頃だった、白秋先生は悪戯《いたずら》っ子《こ》みたいに、酔眼《すいがん》に微笑を浮べて私の方を見て、

「この人は――、葬式の家に来た人かね？　そんな心配そうな顔をして――。君の気がかりを消す即効薬があるぞ――、心配せずに顔をちとゆるめろ――」

と言いながら「僕のチョッキ――、僕のチョッキはどこに行った？」と、脱いであった洋服のチョッキを探している。

白秋先生が即効薬といったのは、チョッキの内ポケットから取り出した現金三百円だった。私の口からは改造社と衝突した話を打明けることができなかったが、先生はすでにご存じだったようだ。白秋先生のポケットから出たその三百円はなるほど即効薬だった。

けれどもこの三百円には、もう一つの付録がある。

明月館に集まってから一月《ひとつき》あまり後に、私はたまたま藤田健次という民謡詩人に行き逢った。新聞記者出身のその民謡詩人とは二、三度顔を合わせたことがあるだけで、これといった足跡も残さずに世を去ってしまった人物だが、四十年を通じて私が彼の名前を忘れずにいるのにはそれなりの理由があるのである。

何かの話の終わりに北原白秋の名前が出ると、藤田は自分の手さげカバンの中から一通の手紙を取り出して、

「これ見ろよ、大家と呼ばれる人たちがこんな具合のことをしてるんだぜ——」

と言いながら、そのうち何行かを読んできかせた。藤田の友人で〈朝日新聞〉学芸部の記者である何とかいう人物から送ってきた、かなり長い手紙だった。

「——幾日か前、北原白秋が頼んでもいない短歌三十首を送ってきて、有無を言わさず稿料三百円を支払わされたが、白秋もこんなになるとは行商人と変りない

……」

藤田が私に読んでくれた中にはこんな一節があった。先生の短歌一首が十円という相場は知っていたが、私はその一くだりを聞きながら、脇腹に匕首《あいくち》を突き立てられたようなショックを感じた。日付を数えてみるまでもなく、〈短歌〉三十首の稿料は明月館で白秋先生のチョッキのポケットから出たまさにその三百円だ。

どんな社会のどんな人物にも敵というものがある。不世出の大詩人北原白秋にも彼を嫉視《しっし》し中傷する、粟粒のような群小の敵がいることは別に驚くべきことではない。けれども私のために先生の本意でない〈原稿の持ち込み〉をしたとなれば――、それによってこんなけちな輩《やから》の口にのぼるような種をつくったとすれば、これは一生かかっても償えない大きな負債を負ったとしか言いようがない。

〈北原白秋〉という日本の詩人に、私は字一文字習ったこともなく、詩文一編の添削を受けたこともなかった。けれども、そんな実際的な恩誼《おんぎ》とは比べものにならない大きな借りを私はこの人に負った。

カミもホトケもない話

金素雲

京城でやっていた子どもの雑誌が潰れかかったので、私は再建策を講ずるために、東京へやって来た。これはその途中での話――。

山陽本線が広島あたりへさしかかる頃、向かい側に坐っている男に、フト私は気をとられた。よいかげんくたびれた浴衣にチビた下駄という、およそ長途の旅行には、似合わぬ格好で、年の頃三十二、三――、十五年前だから大体私と同年輩ということになる。

下関からずっと一緒であるが、そういえば、たしか連絡船でもこの男を見かけたような気がする。行先が北海道だということだけは聞いていた。

それほどの長旅にしては荷物一つないし、第一、気になるのは、朝からお茶一つ買わず、昼時が過ぎても弁当を買う様子がないのである。

「失礼ですが、あんた弁当は？……」

全く余計なおせっかいである。相手は疲れ果てたという顔で「いいんです」という。

「いいって、どこか体でも悪いのですか？」

「いいえ、じつは……」

金がないのだという、ギリギリの汽車賃だけで京城を立って来たので、途中の冗費（？）は一切省略だという。

「それで北海道まで通すんですか？」

「いいえ、東京まで行けば、知人に幾らか都合してもらえると思うんです。切符も東京までですから、いやでもそうしなくちゃ……」

そこまで聞いて、聞きっ放しという法はない。「お茶でも……」といいながら私はその男を促して食堂車へ行った。

くたびれた浴衣に似合わず名刺だけはちゃんと持っていて、それには「蓬萊金山、皆月某」とあった。住所は京城の吉野町となっている。

「この蓬萊金山というのは？」

「黄海道なんです。親爺は早くから朝鮮へ渡って一人前の仕事をしたのですが、有為《うい》転変《てんぺん》といいますか、死んだときは、きれいさっぱりの一文無しでして、借金取りも持っていかない名ばかりの廃鉱が二つ三つ残っているだけですよ。じつは北海道にヤクタイもないボロ油田が一つあるんですが、権利でも売れば二百円か三百円にはなるだろうというんで、北海道へ行く用事も実はそれなんです」

鉱山師の息子ともあろう者が、チビた下駄履きで、京城を立ったというのだから、よくよく追いつめられたものである。世の中に二百円で売れる油田があるというのも、私の耳には珍しいより痛ましく惨めに響いた。

食堂車で一緒に食事をとりながら、聞くともなしにそんな身の上ばなしを聞いた上で、私は遠慮する皆月君の手に十円札を一枚握らせた。当てごとと何とやらは向うから外れるという――「東京の知り合いだって必ず会えるとは限らないんだから、念のために、まあ持っていなさい」――私の懐だって怪しいものだが、別に恩を売るわけではない、Bから借りたものを偶々《たま》Cに返したまでで、人生仕切帳の借方、貸方では、こんな計算法はザラである。

東京駅のホームで別れたきり私は皆月君のことは忘れていた。東京での目論見は捗々《はかばか》しくゆかず、一カ月後には、私は京城に帰っていた。

京城三越の真裏に酒井というビリヤードがあって、下手な玉を突きに時々立ち寄ったが、ある日見知らぬ若い男が一人、ゲーム代が足りないというので親爺にギューギューの目に遭っているところへ行き合わせた。その酒井という親爺は、執達吏のあとを従《つ》いて歩きながら競売品を買うのが稼業とかで、如何にも因業《いんごう》そうな人物である。よい加減に帰せばよいものを、なにが何でもゲーム代を払えという。――「あす、きっと持って来る」「駄目だ」――「じゃ吉野町まで誰かついてきてくれ」「阿呆ぬかせ、女郎屋じゃあるまいし、ゲーム代で馬などつけられるか」――「じゃ、どうすりゃいいんだ」「金が無ければ何か置いてゆけ」「なんにも置くようなものはない」「なけりゃ交番へ行ってもらおう」――

そばで、この押し問答を聞いているうちに、私は我慢ができなくなった。

「その玉代《たま》は一体いくらだね」――若い男に聞いた。聞いてみないでも玉代ならせいぜい五、六十銭か、一円である。四、五回突ける金で入って来たのがカラい相手に出会って負け通し、口惜しまぎれに、今度こそ勝ってやろうとまたキューを取ったのがこれも負け――、どうせ足を出したからには一回分も五回分も恥を掻くのは同じだというので、つい長い足を出す。ありそうなことである。

ゲーム代が一円未満ということを確かめた上で、私は一円札を一枚その男に渡した。

「これで払いたまえ……」

一円札も使いようである。私は因業な親爺に叩きつけた気で一円ですっかり溜飲《りゅういん》が下った。若い男がしきりに名を聞くので、「気が向いたとき振り込んでくれ」と自分の社の振替番号〈ヨイハハ——四一八八〉を教えておいた。

これもその場かぎりで忘れていたが、四、五日経ったある朝、若い男が玄関先へ訪ねて来た。ゲーム代でいじめられていたいつかの男である。

どうして家が分かったかと聞くと、振替番号を貯金局で調べたのだという。先夜の一円に添えて砂糖一箱を差出しながら、改まった顔になって口上を述べた。

「汽車の中で兄がとんだお世話になりましたそうで、私がその皆月××の弟でございます。北海道から兄が手紙をよこしましてお名前だけは知っていたのですが、その同じ方から兄弟が揃いも揃って急場を助けていただこうとは……全く不思議な御縁でございます」

私もこれには驚いたが、律義に礼を言われてみればマンザラわるい気持はしない。やはり、いいことはしておくもんだ、という気がした。

その弟の話によると、北海道の油田も皆目見通しがつかず、もともとアテにして行ったわけではないが、帰るに帰れぬ始末だという。近いうちに少しばかり金の入る目当があるので、それでも入ったら旅費を送ろうと思っていると、ゲーム代で悶着を起こしたに似合わぬ実直な話しぶりである。「兄がお借りしたお金もそんなわけで今はお返し出来ないが、どうか暫く待っていただきたい」との挨拶、――「そんなつもりで差し上げたわけではない、つまらぬ心配はせぬこと――そう堅い挨拶ではかえってこちらが面くらうではないか」と、励ますやら慰めるやらしてその日は帰した。――以上はこの話のマクラである。これだけのことだったら何も記憶にとどめておくことはないのだが、さて、事実は小説より奇なり――、北海道で帰る旅費もなかったはずのその皆月君が、それから間もなく、朝日新聞をして全ページの特集記事を書かせるほどの大した人物になりおおせてしまった。

総督府御自慢の教育方針によってイビツにされた朝鮮の子供たち――、日本人ではないし、さればといってこれは朝鮮人でもない。唐ガラシを食べ、父や母を朝鮮語で呼び、兄弟喧嘩を朝鮮語でするこいつらが、学校では回らぬ舌で日本語を使い、日本人の子のまねをさせられる――。私は政治家でも、革命家でもない。私が憂えるのは、何百万という朝鮮の童心が政略の猿芝居の見世物にされ、文化の上での奇形児となることである。朝鮮児童教育会を京城で開いたその同じ年（昭和八年一月）、岩波文庫の『朝鮮童謡選』に私は長い序文を書いた。〈朝鮮の児童たちに〉と題したその序文の中に、当時の私の心持は説き尽されている。

日本語と抱き合わせの児童雑誌三種類——レプラに注射する大風子油のつもりで足がけ六年をこの子供の雑誌に打ち込んだ。総督府から金をもらっているなどと蔭口を叩かれながら——。

六年で借金が七万円——、月百円ずつを月賦で返すとして元金だけで六十年——、「えらいことになったぞ」と気がついたときは、もう断崖絶壁に来ていた。刀折れ、矢尽きて、私はもう一度東京へやって来た。いよいよのとき、児童教育会の臨終を知らせるための、会員（教師）の宛名を書いた二千枚の封筒をカバンに詰めて——。

ある朝、宿で東京朝日を開いたら、社会面でない別なページ一ぱいにセンセイショナルな特集記事が出ている。北海道の油田成金——三井が試掘権を年百万円ずつ三年間の前払いで契約したという。試掘の結果にもよるが先ず評価は二千万円を下るまいとのこと。二千万といえば五百倍として今の百億である。新聞の左肩には、二笑亭式の奇妙な建物と一緒にその幸運児の写真と名が出ている。それが東海道線の汽車で顔を合わせた皆月君であろうとは——。

絶体絶命、もう一歩も動けないというところでこの快ニュース——、皆月君が億万長者になったからとて、それが直接私にどういう係わりがあろう。これはしかし、今だからいえることで、その時のせっぱ詰まった気持では通用しない理屈である。新聞の活字に見える〈皆月××〉という名が、そのまま〈金素雲〉という名にさえ錯覚された。「有難い！　たすかった！」――さもしいかぎりであるが、これがその一瞬の偽らぬ気持であった。

天は遂に見棄てず、欠食旅行中の十円の恩を徳として、油田成金皆月君は朝鮮児童教育会に百万の基金を提供――と来れば浪花節である。皆月君は三井から三百万円を受取った途端に精神に異常を来たした。平たくいえば発狂したのである。出入口のない不思議な家を建てて外部との一切の連絡を断ち、鳩の巣のように円く切った窓から、食べ物だけを受取るのだという。

朝日新聞が取り上げたのも、だから成金の成功譚ではない、その主人公の奇妙な生活と、あたら玉を抱きながら生ける屍となった皮肉な男の運命に〈特集〉のピントを合わせている。

なんということでございましょう。神も仏もなかったのである。爾来《じらい》十六年、私は皆月君の消息を知らない。ゲーム代を返しに来たその律義な弟も、いずれは北海道に渡ったに違いないが、さて、気のふれた成金の兄が、肉親の弟だけは見分けたかどうか、未だにもってそれが気がかりである。

金海

浅川巧

一

釜山を朝発した汽車が北行して洛東江岸に出た時、私は対岸の山と水との美しさに何時《いつ》になく興奮した。余り美しいのですじ向いに坐って居る紳士に尋ねた。

「あの川向うに霞《かす》んで見える山はどこの山ですか」

「あれは金海郡です」

「金海の邑内はどの辺です」焼物で名を覚えている私は急に懐しくなって問うた。

「行くのにはどう行くのが順路ですか」

「あの鵲《かささぎ》の巣のあるポプラの樹の見当に見える山の直《す》ぐ下です。亀浦駅から二、三里のものでしょう。自動車が通っています」

私が焼物に関して何かの手掛りを得たいと思って問うて見たが、その人は何も知らなかった。ただ亀浦駅の急速な発展状況を熱心に物語った。

間もなく汽車が亀浦に着くとその紳士は、

「私の家は川端のあの二階家です。御ついででもあったら御立寄下さい」

という て降りて行った。

その時私は思い切って一緒に下車して金海に行って見ようかと随分思ったが、意を決し兼ねている間に汽車は動き出してしまった。

「行くのには今はいい機会だ、この次の駅から後戻りしてやろうか。それにしても先刻一《ひ》と思いに下車したらよかった」

などと口の内でいって見たが無駄だった。汽車は何里かの間川添いに走った。対岸の景色は一層注意を引いた。「この水運とあの陶土の連山、今は禿《は》げて居ても昔は茂って居たに相違ない。焼物の発達するのも道理だ。日本の茶人どもが涎《よだれ》を流した名器もこの地方の普通の食器だったことはいうまでもないのだから、窯跡を知ることが出来なくても邑の附近で破片を拾っただけでも興味がある」そんなことを思っている時川舟が帆に春浅き日の北風を孕《はら》ませて悠々と下って行った。

「次の駅からあんな舟を雇って下るのもまた一興だ。この辺はこれまで何度も通った処だが、これほど佳《よ》いとは思わなかった」

私《ひそ》かに讃嘆しつつ窓硝子《ガラス》に額を押し当てて飽かずに外を眺めている間に、次の駅に着いたが思い切って下車するまでの勇気が不足してまたそのまま過ぎた。汽車は進行するにつれて洛東江とも別れ景色も次第に変って行った。そして金海行きも断念すべく自然よぎなくされたかたちで大邱駅に来てしまった。

二

大邱に三泊して用を達した私は仕事の都合で日程に一日の余裕を生じたのでまた金海のことが頭に浮んで来た、夜準備して置いて早朝食事もせずに宿を飛び出して南行の汽車に乗った。

汽車のうちで夜は明けた。

洛東江の朝景色は何度見てもよかった。

亀浦駅に降りて自動車屋を探したがそれは川を渡って向う側にあるのだった。先日車中で遇《あ》った紳士の家は渡し場の附近にあって看板で医者だということが判ったが、看板の書き方がいやな感じを与えたので立ち寄って金海行きの道を問う気にもなれなかった。

突然の思いつきなので地図もなし、金海窯に関する下調べもしなかったので、何の手掛りもないから誰にでもやたらに問うて見た。

渡し船の中には日本人の巡査と金海に永年住んでいるという百姓が二人いたが、何らためになる答を得なかった。ただ京城から試験休みで帰省する途中の朝鮮人の中学生がいった。

「金海の普通学校の校長を十数年して今は退職して居るWという老人が邑内に住んでいます。その人は自分達が学校に居た時分金海の焼物のことを話したことがありますから尋ねられたら参考になるかと思います」

「お宅は邑内のどの辺です」私は緒《ちょ》を得たと思って私《ひそ》かに喜んで問うた。

「自動車屋の附近です」

中学生の話しはただ一つの望みであった。

川を渡って約一里自動車で走り、また船で川を越え、また自動車に乗り替えて行くこと約一里で金海邑に着いた。

途中は随分寒かったので景色を眺める気にもなれなかった。自動車から下りて第一着にW氏を訪ねた。雑貨屋で尋ねて「この奥に質屋あり」と札《ふだ》の出て居る小路を入って行くと、朝鮮建を改造した家に日本式の築庭《ちくてい》を拵《こしら》えていかにも日本の小学校教師の住家らしい構えに住んでいた。

主人は外出して居たが、子供が直ぐに呼んで来てくれた。鞄《かばん》など持って居たので質《しち》の客かと思わせても気の毒だと思って焼物のことを早速問い出した。

「工業試験場の役人が先年調査に来て、陶土の産地や窯跡のことを話して居られたが今ははっきり記憶しません。学校に幾分の資料を備えて置いたはずです」とW氏は答えてくれた。

「今日途中で遇った朝鮮の中学生の談によると、貴家は御在職中焼物に興味を有《も》たれ生徒にも御説明になったとのことですが、何なりと金海窯について御知りのことを御聞かせ下さい」

「それは多分工業試験場から調査に来られた人から聴いた話をその当時生徒に受け売りしたのでしょう、今は覚えていません」と、秘して居るのか謙遜して居るのか見当もつかない。

「生徒は貴家が発掘品を御所持のようにもいうて居ましたが」

「それは何かの間違いでしょう」

「工業試験場の技師の話は思い出せませんか」

「そうですなア――そうそう上東面の多分甘露里かと思いましたが、そこに古《いにしえ》の窯跡があり陶土も出るというて居たような気がします」

「ここから遠いでしょうか」私は先生の丸刈した白髪頭を眺め先生やはり年のせいで忘れたのだなと思いながら問うた。

「行ったこともありませんが、ここから四、五里はあるでしょう」

「学校にその標本がありますか」

「あるはずです」

先生は私の質問には始めから興味がないらしい。ともかく学校へ行けば解ると思ったからその位で切り上げた。

学校は直ぐ近くだった。

日直の教師の処へ遊びに来た四、五人の朝鮮人の先生がストーブを囲んで話して居た。

教師らの内には私の質問に対して適当した答えを与える者は居なかった。資料も手分けして探してくれたが見附からなかった。

そしてその内の一人がいった。

「以前は焼物の破片がたしかこの棚の隅にありましたが、大掃除の時多分捨てたかと思います」

またW校長時代に総督府から達しがあって編纂《へんさん》したという郷土史もあったが、それには焼物のことは書いてなかった。

何時《いつ》まで邪魔をしても甲斐がないと思って辞去し、支那人のうどん屋へ入って食事を注文した。朝飯と昼飯とを一緒に一碗のうどんで済《すま》しながら思案した。

朝鮮人の老人に逢《あ》うことを忘れて居たことに気がついて、鞄を自動車屋に預けて郊外を走った。

三

市日の賑《にぎわ》いを想像しつつ掘立小屋の建ち並んでいる広場を横ぎり城壁に登った。

城壁は乱暴に破壊されて僅かにその跡を思わせるだけに残っている。石材は新設の道路の石垣にされたり盗まれるものも多いらしい。

城壁の上から市街を眺めると市場の附近に石柱の楼屋が一棟特に目立って美しい。大通りは大概日本屋に化して亜鉛《あえん》屋根の光って居るのも淋しい。

城外の小松原に落葉を掻《か》いて居《く》る老人を見つけた私はそこへ走った。

「お尋ねします」私は途中で拾った陶器の破片を示しながら尋ねた。「この附近にこんなものの沢山集まった処を知りませんか」

「屋敷跡のような畑か川尻に行ったらいくらもある」

「それでなしに昔焼いた窯跡です」

「昔のことは知らない。この辺では昔から焼物を造らないから」

「金海郡の内に有名な焼物の出来た話は残っていますがねエ」

老人は思い出したらしく点頭《うなず》いて「この山を越えて三里行くと古沙器廛という処がある。そこには破片が山をなしているという話だ」

「お礼はしますが、御苦労でも案内を願えませんでしょうか」

「この老人がどうして行かれましょう。山道がひどいから行っただけで日が暮れます」

「日が暮れたらそこに泊ったらいいさ」

「そこは今家も何もない山の中です」

老人は熊手にかかるかかからない位の僅かな松葉を丹念に集めながら、迷惑そうにいって働いて居た。

私は地名を知っただけでも無益でなかったと思って満足してそこを離れた。

古沙器廛に越えるという城の裏山は、下腹一帯耕地になっていて頂きに山城が見える。

その耕地を漁《あさ》って陶器の破片を拾った。三島手《みしまで》の各種が最《もつとも》多く青磁の鮮かなのもあった。白磁の厚手でいわゆる金海窯のものも多かった。

土手の上の麦畑で塵焼の煙が立って居るので行って見ると、傍に四十格好の鬚男《ひげおとこ》が麦の中打ちをして居た。肥《こえ》をしたばかりと見えて春陽に尿の乾く臭《におい》が鼻をつく。

私は自分の目的を語り古沙器蒐までの案内を頼んだ。

「私の仕事は明日に延《のば》してもいいから案内しましょう」彼は存外易《やす》く請けてくれていった。「しかし今日戻る事は面倒です」

「遅れても二人なら心配はない、御礼は考えて上げるから急いで出かけて見よう」

「家に道具を置いて仕度をして来ますから、暫《しば》らく待って下さい」

「そんなら僕も自動車屋まで行って荷物のことを頼んだり明日の自動車の都合を調べて来る」

「私の家はあの瓦葺《かわらぶき》の高い屋根の後《うしろ》ですからその辺の道に出てお待ち下さい」

「よしきた」

「それでは後ほど」

二人は別れた。

城壁を越えて先刻美しいと思って眺めた建物の側を過ぎるついでに、注意して近づいて見ると階上は硝子障子に立て替えて水利組合事務所になり、階下は亜鉛板の壁を張って物置に使われ、セメント樽や水車が置いてある。附近には土塀や附属建物や池や老木が荒れ放第（放題）に荒らされている。惜しい建物だ。

自動車屋で用を達して約束の地点に来て、待てども待てども彼は来なかった。私は迷い出して道路の傍に坐ったり彼が来ても直ぐ目に留るようにと思って、城壁に登って立って見たりした。その次に彼の家の方角へ行って見たが、名前を聴いて置かなかったので仕方もなかった。家々を覗いて見たがそれらしい家もなかった、そんなにして一時間余りを過した。私は思い直して元の城壁の処に来てなお待つ間陶器の破片を探すことにした。

そこにも三島手が多かった。三島手の半円に破れた高台《こうだい》を拾い上げて内側を反《かえ》して見た時、思わず微笑して喜んだ。そして彼の男を長い間待った不快も償《あ》って余るような気がした。それはその破片に文字が象嵌《ぞうがん》してあって金海の金の字と海の字の一部が読めたからであった。

「やはり昔にこの種類がこの地で使用されたのだ。焼いた処も遠くあるまい。それにしてもこの地に優秀な三島手の破片の多いのに驚く、京城にも多いが、概して宮の跡に多いようである。しかしこの地方ではどこにでもあるようだ。一般に普通の食器に常用されたのらしい。窯跡に行きたい。彼の男何時《いつ》まで待ったって当てにならない。かまうものか一人で行こう」と決心した。

四

奮然として歩み出した私は田圃《たんぼ》道を先刻の老人が山越《やまごえ》するのだと話した方向に急いだ。時々後方を振り向いて見たが約束した男の影は見えなかった。山道はいよいよ急峻になった。道に添うて渓流もあり大きい岩も露出していて、夏時などは滝も美しかろうと想像した。岩の上に立って見返すと、邑内に続く耕地とそれを囲む高くもない裸な連山は、晴れた空と共に日本では見られない鮮かな色彩だった。この附近の山々は殆んど陶土を産せざるなしという有様で、質はともかく到る処陶土の山だった。山は思いの外《ほか》奥行が深く、山頂に近い処にも水田が開けてあった。

近づくに従って一種の不安を感じ出した。

「この道がはたして行けるのかしら」

薪取りの人に遇うごとに問うたが誰れも知らなかった。ますます気になり出した。山上の岱地《たいち》を過ぎると、下り道になった処に荆棘《いばら》だけを刈り集めている老人が居た。荆棘の用途を尋ねたら、それは土塀の上などに置いて盗賊除《よ》けにするのだそうな。

古沙器廛への道を問うたら、

「この山を下りたら麓《ふもと》に酒幕があるからそこで聴き、この先きにも二つばかり部落があるから、次ぎ次ぎと聴いて行く外ありません。今から説明したところで、この山道を始めての人に判らせることは出来ません」

「これから先き何里位あります」

「約二里位」

下りてからは思ったより道もよかった。

酒幕で尋ねた結果も要領を得た。

峠を二つ越えて日当りのよさそうな部落が現われた。前面に田圃があり部落は小高い処に纏《まと》まって居、背後に山があって田圃中には水車などもあり、住み心地もよさそうに見えた。

畑に中打《なかうち》をして居る人に尋ねたら、その人も知って居た。太陽も落ちかけていたのでその人に強いて案内を乞うたら、

「私は都合が悪いから困るが何とか御世話しましょう」

というて先に立って行った。歩きながら問うて見るとこの裏山を越えると直ぐだという。

案内してくれた人は途中に落葉掻きしている子供に、案内方を相談して納得させてくれた。子供は急いだ。

山裏の柿と栗の木の多い小部落を過ぎ、目的の古沙器廛の谷に着いた時は私も疲労を覚えた。

窯跡は谷の入口水田の傍に一ケ処、谷間を三、四町登って行って左側の山麓に一ケ処あった。

いずれも二十五度ばかりの傾斜地で、四、五間の長さに窯跡らしくうず高く土や焼物の破片が盛上っていた。

二ケ処とも白磁で僅かに黄味を帯んで居て、その点は冠岳山や道馬里のもののように鼠色や青味を帯んだいわゆる還元炎のものと異っている。高台の確《しっ》かりしている処と、轆轤《ろくろ》跡の鮮かな点に特色がある。

いずれも重ね焼きしたもので、五徳《ごとく》跡は内外にあり練り砂で七、八個から十個あるが、いずれも離れは悪くない。仕損じは主に焼け過ぎで胴が歪《ゆが》んだり口が他の物と融合したりしたものである。焼かれた種類は胴の深い沙鉢が最も多く皿や碗もあったらしい。

焼いた時代は知る由もないがやはり三島手の次の時代らしく、奥の窯より出口の窯の方が幾分後かと思う。

ともかく吾々がこれまで金海窯と称して居たものと共通の点を明かに持っている。附近を他にもないかと思って探したが見つからなかった。沢を上って行くとそこに人家が一軒あった。声をかけると老人が出て来た。窯跡のことを尋ねたら、

「この谷には二ケ処だけだが前の山の裏側に一ケ処ある」

「案内は願えませんか」

「もう直ぐ日も暮れるし私の家を空けて出ることも出来ないから困る」

実際は私も晩《おそ》くなると困るのだから断念してついでに問うた。ポケットから三島手の破片を出して、この種類のものかまたはこの谷の物と同じかと。しかし老人の返事は要領を得なかったが察するにやはり白磁らしかった。

帰途についたが疲労と空腹とで子供に続いて歩くに骨が折れた。柿の木の多い部落に来た時、子供に何か食物を求めさせたが何をも得なかった。

日当りのいい部落に戻った時は黄昏《たそがれ》だった。部落の入口の家の軒先きに腰を下して子供に鶏卵を買わせに遣（遣《や》）った。子供は今度も買わずに戻って来た。その間に村人は集って薄暗い光に私の顔を覗いて珍しがった。

「私はこれから邑内に帰らなければならんのだが腹が空いて困っている」私は皆に話

しかけた。「鶏卵でも何でも食物を売ってくれる人があったら感謝します」
二、三人の子供が走り去ったと思うと間もなく鶏卵を持って来て、
「この頃は鶏の雛《ひな》をかえさすために農家は卵を売らないのでここにたった三つありま
す。一つ五銭ずつでよかったらおあがりなさい」
僕は早速生《なま》のまますすった。
泊めてくれる家を尋ねたがなかった。
案内してくれた子供に礼をしてそこを立った。
陰暦五日の月が西の山に傾き星が明かるく輝いて田圃道がかすかに白く見えた。

五

谷を横ぎり岡を越えて五、六町行った時、後ろに人の呼ぶ声のするのに気がついた。
「旦那ア――旦那ア――」
外《ほか》にも何かいうて居るようだが遠くて話しがよく聞きとれないが、立ち止って注意
して見ると、細い月光りに白衣の三、四人が早足に近づいて来る。「泊って行け」と
いうて居るらしいので、待っていても気の毒だから私の方からも近づいて行った。三、
四間に近づいた時白衣の一人がいった。

「旦那これから夜道を一人で邑内まで行けるものですか、汚い処ですが泊っておいでなさい。今家の子供が帰っての話にこの村へ日本人が来て食物と宿とを探して居たが、僅かに鶏卵三個を得ただけで立ち去ったというので私がお泊めしようと思いあわててお呼びしたのです」

私は嬉しかった。そしてその人の後に従って随《つ》いて行った。

カンテラを点《つ》けたくすぶった部屋に通されて主人と改めて挨拶をした。

主人は鬚の薄い色の浅黒い大男で四十になったかならない位に見えた。十五になる子供が一人居た。

食事を直ぐ出してくれた。大豆の挽割《ひきわり》の入った飯と、青唐辛子の味噌漬《みそづけ》、大根の南《なん》蕃漬《ばんづけ》、切昆布のあえ物などだったが、空腹のためか厚意を深く感じて居たためか、いずれも美味だった。

主人は食卓の側に坐して色々の話をした。

部屋の内にあった雑木《ぞうき》の座床は味よくすすけて、形式も京城附近に見られないものだった。

食事が済むと主人の友人が来て主人を誘い出して行った。後には子供と二人きりになった。

そのうち青年が入って来て、

「私はここへ日本人が来たというから話して見たくて来ました」青年は私にも真似の出来ない九州辺のなまり言葉を巧みに使った。「ここに居て日本人に遇うことは珍らしいです」

「君は日本語がうまいねエ」

「僕は邑内で日本人と交際しましたから」

「ここに居たら日本語を使う折はないだろう」

「使わないと下手になります――僕は貴方《あなた》に質問があります――それはねエ貴方が今日焼物の破片を沢山拾って来たそうですが何にするのですか。今日貴方を案内した子供の話によると、製紙原料になるそうだというので焼物が製紙原料は初耳ですから御聴きしたいのです」

私は直ぐその誤りの因《もと》をかんづいて笑いを禁じ得なかった。それは子供から破片の用途を問われたから研究調査するためだというたら、研究してどうするというから、本を拵《こしら》えるのだと答えたのが焼物が本になる、本は即ち紙だと早合点したものと解った。村第一の新知識の所有者も了解に苦しんで質問に来たのだ。

その問題が解ると青年は帰って行った。

私は疲労したから着たままごろ寝した。

子供は普通学校の日本語の本を持って来て質問したり村のことなど話したりした。そのうちに子供も寝て、二人は一枚の着布団に一緒にくるまったが、子供は体中をカリカリと快よさそうに掻いた。今夜はこの家の人達に厚意を感じているためか虱《しらみ》の心配も気にならなかった。

一睡して主人の帰った物音に覚めた。主人は子供と私の間に割り込んで寝た。木の枕で頭の当る処が痛いので、巻脚絆《ゲートル》をまるめて枕の上に置いて寝たが、時々辷《すべ》り落ちて目があいた。

そのうちに主人が私に抱き附いて腰の辺を軽く叩いた。主人を見ると眠って夢を見て居るらしい、主人はますます抱き寄るので、

「有難う」

というてやったら覚めて布団にもぐってしまった。

六

枕辺《まくらべ》に尿器があったが馴れないので外に出て用を達した。何だか夜明けが近づいたらしいので部屋に戻り主人を起し出立の用意をした。主人はいった、

「ゆっくりして朝飯を食べておいでなさい」と。

しかし私は早く行って邑内を朝七時半に立つ自動車に乗らないと都合が悪かった。主人は飯代も泊料も取らないといったが、強いて子供に紙でも買うように僅《わずか》ばかりの金を遣《や》って立った。

私も時計を持って居なかったしその家にも時計はなかった。主人は内房の老母を呼んで問うた、

「鶏が鳴きましたか」

「しっかり分らんがまだ鳴かないようだ」と老母は主人の妻にも問うて見て答えた。

主人はまだ早いというて止めたが、馴れない道だからゆっくり歩く方がいいので出掛けることにした。主人は提《さ》げランプに火を点《つ》けて備えてくれた。

「酒幕の辺で明るくなるだろうから、そこに頼んで置いて行けば後日私が行った時貰います」というて親子は門前まで見送ってくれた。

空は何時《いつ》の間にか曇って星も稀だった。

背負って居る嚢の破片が、からから鳴って自分ながら驚いて二、三度立ち止ったりした。

空の明るさはまだ四方大差がなかった。

酒幕の前に来て入口に立って主人を呼んだら、ランプが点いて障子が開いた。狭い部屋に三十格好の女と子供が二人居た。子供らは頭を揃えて寝て居た。女は私の方をよく見てから、

「お入り」

「何か食えるものがありますか」

「濁酒《どぶろく》だけ」

私は飲みたくもないが、夜を明かさなくては困るのでそれを註文した。

女は大きい方の六、七歳の子供を起し、小さい方を端の方へ寝せ替えて私の坐る席を空けた。三歳位の男の子をアンペラの上に丸裸で寝かし、薄い布団一枚を覆っただけであることを寝せ替える時知った。

見て居る間に酒は濾《こ》されて大きい鉢に注《つ》いで出された。一嘗《ひとな》めしただけだが酢《す》のように酸っぱかった。

私はともかく時間がたてばいいのだ。

女は少しつんぼらしかった。僕の話を子供が中次ぎして大声に伝えて居るので気がついた。青ざめた丸顔で眼が妙に鋭かった。

こんな山中に女が一人子供を連れて居てよく淋しくないものだと思った。子供にお

とうさんはどうしたと問おうと思ったが遠慮した。

靴を穿《は》いたまま入ってあぐらをかいていた私は眼をつぶって考えるともなくじっとして居たが、細く眼を開いて見ると女の眼が気味悪く鋭かった。私は酒代の外に安眠の邪魔をしたための礼を置いてその家を出た。

四、五町も行くと昨日道を尋ねた酒幕の前に来た。窓際に立って暫《しばら》く休ませてくれと頼むと、五十を越えたばかり位の老女が障子を開けてくれた。そこには食物は何もなかった。しかし老女は親切に東が白むまで休んで行くがいいというてくれた。鶏が鳴いたので外を見たがやはり暗かった。老女の横になってうとうとしたかと思うとまた鶏が鳴いた。

提げランプを老女に托して辞去し歩いて居るうちに、僅かずつ目に見えて明かるくなって行った。

山を越えるのは危険だから安全な道を行けというて老女の教えてくれた道を急いで邑内に着いた時、旭《あさひ》は昨日越えた山城のある山にさして居た。

林檎

柳宗悦

信州の旅を終えてから北に移り、岩手、青森となおも旅をつづけた。これらの三つの県で目に映るのは林檎《りんご》である。樹の形も美しく、葉の色も柔かく、赤らむ実が枝もたわわにさがっているその畑は、画家たらずとも画情をそそる。栽培の歴史はそう古くはないのに、業者の努力は大した成果となって、今日では歴たる産業である。

この林檎を見るにつけ、私には忘れ得ぬ思い出話がある。もう二十数年も前のことである。私ども夫婦が京都にいた頃、同志社の女学生十五人ほどをつれ、朝鮮へ遠い修学旅行を企てたことがある。話というのはその折のことで、それは慶州に出て石窟庵に新羅の古美術を訪ねたその帰りでの出来事である。一同は汽車に乗って大邱を指した。たまたま車掌から切符の点検をうけたが、私どもの前に一人の年とった朝鮮人が乗り合せていた。田舎者らしい貧しい身形をした老人であった。例の朝鮮帽をあみだにかぶり、白いまばらなあごひげを風に波打たせ、手には長い煙管を持っている。さて点検がその老人の番になった時、上衣のかくしに手を入れたが見当らない。腰の財布を開けてみたが出てこない。落したのかと立ち上って座席を探したが切符は現れない。その頃から車掌はじれったそうになって「早く探せ」といった。車掌は若い朝鮮人で日本語も朝鮮語も話せた。しかし催促されるほど老人はあわてて、幾度もかくしを探したり、財布を見たりするが、どこかに失くしたと見えて、遂に出てこない。車掌はつっけんどんになった。老人の立場は気の毒なものであった。とうとう「金を払いなおせ」とどなられた。貧乏な田舎の百姓らしい老人には、金の余分もないのであろう。平謝りにあやまっているが、車掌はなかなか許さぬ。「どこの人間だ。次で下りろ」と邪慳《じやけん》にいった。老人のこまりぬいている有様は、見るも気の毒であった。聞くとわれわれと同じく大邱まで行くのだという。途中で無理に下ろされてはたまらない。そこで私は急に思いつき、めいめいの生徒から十五銭ずつを出してもらい、足らぬ部分を私が加え、車掌に切符代を渡した。そうして老人にそのまま乗り続けてもらうようにたのんだ。これを知った老人の眼には涙が光った。

やがて汽車が次の駅に着いた時、老人はあわてふためいた様子で汽車を下りて行った。はて大邱まで乗るはずだが、どうしたのかと不思議に思えた。何か急に用事でも出来たのか、知り合いでも駅にいたのか、ともかく姿を消してしまった。ところが数分の後、汽笛が鳴り響いて、まさに汽車が駅を発とうとするその時、思いもかけぬ光景がわれわれの前に現れた。例の老人がよたよたした足どりで、息を切って室に戻ってくるではないか。見ると上衣の端を両手でつかみ、その上に積めるだけ沢山の林檎を積んで、腰を曲げ重たそうにわれわれに近づいてくる。何の意味なのか、私達にはすぐ分った。老人からの心をこめたお礼のしるしなのである。老人は私達の席の間にそのすべてをあけた。そうして何度も頭を下げた。私どもは誰も彼も思わず眼を濡らした。何と言ってよいか、言葉も出ない有様で、思わず皆立ち上ってお爺さんを取り囲んだ。

大邱の駅で手をふって互に別れたが、もとよりそれがお爺さんに会った始めであり終りであった。もうそのお爺さんは地上の人ではあるまい。しかし林檎を見るたびにこの出来事を想い起す。そうしてこの地上に於て味わい得る人間の幸福を、その出来事で味わせて貰ったことを今も感謝している。日韓の問題が再び冷たくなっている今日、私はこの小話に何か希望を持ちたいのである。

第五章　作家たちの朝鮮紀行

朝鮮雑観

谷崎潤一郎

日本を出る時には其の十日ほど前からイヤに湿っぽい、雨の多いジメジメした天気ばかり続いて居たのだが、対馬海峡を夜の間に超えて釜山の港へ着いた朝から、空は拭うが如くカラッと晴れ渡って乾燥した爽やかな空気の肌触りが何とも云えず愉快であった。朝鮮に雨が少ないと云う事は以前から聞いて居たので、恐らく斯うもあろうと予期しては居たものの、実際予想以上の麗しい天気であった。港に着いて、町のうしろに聳《そび》えて居る丘の上を、真白な服を着た朝鮮人が鮮かな秋の朝の日光にくっきりと照らし出されながら、腰を屈めつつ悠々と歩いて行く姿を見た時には、一と晩のうちに自分は幼い子供になってフェアリー・ランドへ連れて来られたのではないかと云うような心地がした。飽く迄も青く青く澄んで透き徹って居る空を眺めると、何だか頭までがすうっと冴え返って、二た晩の間汽車と船とに揺られて来た疲労が名残りなく消えてしまった。後で聞いたのであるが朝鮮の秋は一年中で最も景色の好い時だと云う話であった。恐らく其れはほんとうであろう、年が年中あんな景色と天気とばかりが続いたら、多分朝鮮は世界一の楽土だろう。

釜山から京城までの汽車の沿道が又非常に景色がいい。漢口〔漢江〕の水は空と同じように透き徹って殆《ほとん》ど翡翠《ひすい》を溶かしたように真青である。ところどころの農家の屋根に干してある唐がらしが日に反射して珊瑚《さんご》の如く紅く光って居る。いや、実際は珊瑚よりももっとずっと紅く、いかにも人工でてかてかと研《みが》き立てたように輝いて居る。レールの両側に植わっているアカシヤの並樹、コスモスの花、楊柳の枝、百姓家の土塀、それ等の色彩の冴えざえとした調子は、到底油絵では写すことの出来ない、純然たる日本画の絵の具の色である。

平安朝を主材にした物語なり歴史画なりを書こうとする小説家や画家は、参考の為めに絵巻物を見るよりも寧ろ朝鮮の京城と平壌とを見ることをすすめたい。京城の光化門通りあたりをさまようて居ると、嘗て戯曲「鶯姫」を書いた私は、自分があの戯曲中の人物になってしまったような気持を覚える。ゆったりとした白い狩衣を着て居た平安朝の京都の庶民の風俗と、今の京城の市民の服装とは、その感じに於いて殆ど何等の相違もない。其処にはあの市女笠《いちめかさ》に似た編笠を被った男も通る。烏帽子《えぼし》に近い帽子を被った人々も通る。被衣《かつぎ》に似た衣《きぬ》をすっぽりと被って、衣擦れの音ひそやかに練って行く婦人も通る。そうして、彼等の顔までが絵巻物から抜け出たような円々とした、平べったい、眼の細い、鼻の低いのが非常に多い。夕方になると、鵺《ぬえ》が五六羽ずつ群を成して町の上を飛び廻ったり、羽ばたきをしながら宵闇《よいやみ》の往来へ降りて来たりするが、平安朝の京都の町も大方あんな風に鳥が多かったであろうと思う。その外民家の築土の塀なども、平安朝の情景を思い出させるに充分である。殊に、京城の朝鮮料理屋の長春館へ行った時、例の名物の妓生が温突《おんどる》の床の上に敷いたわらうだの如き蓆《しぎぐさ》に古風なあぐらを掻いて据わって、ねむい慵《もの》い催馬楽《さいばら》のような朝鮮の歌を唄い出した折に、私は一層その感を深くした。平安朝の公卿たちの催したうたげと云うものも、恐らくはこんな風であったろう、——そう考えると、まずくて幼稚な朝鮮料理までが、その頃の日本料理に似通って居はしまいかと云うようにさえ感ぜられた。

平壌で朝の市場を通った時に、烏帽子を売る一人の男が沢山の烏帽子を高く高く弓なりに反って居るくらい積み重ねて、それを片手で肩の上に支えながら、人ごみの中を悠々と歩いて来るのを見た。これなんぞは古の光長をして絵巻物の中へ写生して貰いたいくらいに思った。王朝の昔、京都でも斯う云う風にして烏帽子を売り歩きはしなかったであろうか。頭の上へ瓶だの籠だのを載せて歩いて行く光景も、全く古の販《ひさ》婦《ぎめ》、販男《ひさぎお》に髣髴たるものである。

前にちょいと朝鮮料理のことを書いたが、いかに悪物《いかもの》喰いの私でもあればかりは全く喰えなかった。とても喰える物ではないから止した方がいいと云われたのを、兎《と》に角《かく》と云うので私は友人K氏と一緒に長春館へ行って見た。（此の外にもう一軒明月楼と云う家があって、共に一流の料理屋なのだそうである。明月楼の方は大分日本化して居て日本人の客が多いと云う話であったから、私は特に長春館へ行ったのであった）大分品数は沢山出たけれど極めて原始的な料理の仕方で、水っぽい、薄穢い、口がヒリヒリする程唐がらしの這入った、見るからに気味の悪い物ばかりである。せめて熱いものででもあればいいのだが、大概は冷めたい料理が多い。最初に茹でた豚の肉を味噌に着けて喰うのが出た。私はそれを一と切れ摘まんだ時から何だか胸がムカムカし出した。最も閉口したのは真赤な色をした生の牛肉をからしに漬けた物であった。中でどうにか斯うにか喰えるのは神仙炉と云う寄せ鍋に似た料理（これだけは熱かった）だそうであるが、それさえ私には口に合わなかった。長春館へ行ったお蔭で、私はその明くる日一日胸が悪かった。

朝鮮ホテルの西洋料理のうまいのには頗《すこぶ》る感心した。恐らく、日本朝鮮満洲を通じて、日本人の経営にかかるホテル料理屋のうちで、此処よりもうまい処は一軒もないだろうと私は思う。平壌の牛肉も名物と云われるだけあってさすがにうまい。厚い肉をビフテキにして食って見たが、フォークもナイフも使う必要がないほど柔かで、先ず饅頭より心持堅いぐらいなものであったろう。

まだいろいろと書くべき事がないでもないがあまり委《くわ》しく書き過ぎると小説を書く時に少々不便だから此の辺で好い加減に御免を蒙ることと致そう。

朝鮮の子供たちその他

佐多稲子

小さい子供たちというものは景色と同じように、旅行者の目に強く映ってくるものかも知れない。今度機会があって、壺井栄さんと二人連れで朝鮮を少し廻ってきた間にも、朝鮮の子供たちの、あちこちで見た姿が印象に残っている。

これはこの間ちょっと他でも書いたけれど、朝鮮神宮の境内で子供たちが三人で、じゃんけん拳をして勝ったものが数だけ先へ進んでゆくあの遊びをしていた。じゃんけんぽい、というような声の調子も似ていて、子供たちの声がさわやかに聞えていた。じゃん拳の仕方も同じらしかった。ところが近くへ寄って聞くと、そのじゃん拳の言葉だけはすっかり違っていて、調子だけは似ているのにさっぱり分らない〔朝鮮語ではカウィ・バウィ・ボであるから音節数は日本語のそれに対応する。ただし順序はグウ・チョキ・パーではなく、チョキ・グウ・パーである〕。

言葉というものはこんなに違うのかしら、と、私は妙な気がしたのである。子供たちの着ているものも変っている。が、その顔は内地の子供たちにどれだけ違っていると言えるだろう。おかっぱの髪の毛、柔かそうな頰の色、柔和な目の光り、それらは内地の子供たちとどれほども違っていない。が、言葉だけは全然別のものに聞える。言語等の方面からその系統など調べたら、またどんな答えが出るのか知らないけれど、耳に伝わってくる朝鮮の言葉は、私たちにはどこにも分るところがないとしか思えない。

言葉というものは、こんなにも厳然と違い得るのかしら、というような驚きなのであったが、生活様式の多少の変化、人情習慣の多少の違いなど、この言葉に比べたら、それほど私たちをびっくりさせるものはない。

こんなことに今更らしく驚くのはおかしいのかも知れないけれど、朝鮮へ行って一番感じるのは、この言葉が違う、ということであった。

朝鮮ホテルの食堂で、朝鮮の知識婦人らしい人たちが七、八人寄り合って何か盛んに話している。何か職業を持っている婦人たちらしい。そのひとりひとりの顔を見ているとみんな私の内地の友人や知人の誰かに似た表情をしている。珍らしく盛んに何かが話合われているらしいのだけど、どうしてもその話の内容は分らない。あとで私たちの座に見えた朝鮮婦人に尋ねると、その寄合いの朝鮮婦人たちは小学校の先生か何からしい、とのことだった。西洋へ行ってならば、言葉の違うことも初めから諦めているだろうが、なまじ顔の色や表情が似ているだけに、言葉がそんなにも違うというのは、不思議に思えたのである。

それにまた、こんな感じを抱かせるほど、全く朝鮮の人々は、内地人との関係でその表情に朝鮮らしさを現しているよりは、むしろみんな、その境遇や、職業に応じて、内地人のその境遇の人々、その職業の人々に似ていたのである。

然し勿論その生活の必要から、内地語は可成り隅々までゆきわたっている。バスの婦人車掌は殆ど朝鮮の若い婦人だし、金剛山の駕籠かき人夫もどうやら内地語で通じるし、慶州の百姓家からは、旧蹟を見物に行った私たちを目がけてバラバラと道の前へ立ち寄ってきた七、八歳の女の子たち数人が、手に手に瓦のかけらや、小さい水晶のかけらを差し出して、五銭買いなさい、二銭、二銭、と呼び立てた。

内地語がこんなにゆきわたるまでには、あるいは朝鮮にとってもずい分大変なことだったのだろう、と思わせるものがある。

内金剛山から外金剛山へ廻るというとき、丁度宿を発ったのが朝であったが、山道で、これから登校するたくさんの小学生に行き逢った。小学生たちは狭い山道にゆき逢った自動車をよけて、みんな道端に一列になって歩いていた。男の子は霜ふりの学生服をきて、ランドセルを背負ったものもいる。女の子は普通の朝鮮服で風呂敷包を小脇にかかえて、髪を編んで下げている。旅行者の私たちは、こんな山道でも、小学生たちに逢うということを、気持よく印象にとどめたりしたのであった。

外金剛山の入口にある神渓寺では、お寺の内の一箇所が小学校になっていて、子供たちは折から降り出した雨に外へ出られず、教室で騒いでいた。私たちが覗くと、小学生たちはどこの子も同じようにやはりもの珍らしそうに顔を振り向けるかと思うと、羞ずかしげに机の上に身体を伏せてしまったりなどした。私たちが問うと、聞かれた子供に助勢するように他からも寄ってきて一緒に返事をしたりする。遊び時間なのか先生は見えない。

教科書は内地語と朝鮮語のと同じのらしいのが二冊ある。内地語の教科書を読んで聞かせて呉れ、と頼むと、少しなまりながらすらすらと読んで聞かせて呉れる。読む子の傍にきて、机の上に身体をのせながら、一緒になって読む子もいる。向うの方で、白地に赤く、と唱歌を歌い出す。

教室といってもお寺の建物の一部が当てられているだけなので、二部屋位しかない。一つの部屋に一年生も四年生も一緒に這入っている。先生は男先生ひとり女先生一人だと答えた。小学生の数が全部で三十幾人。

小学校では始めから内地語で教えることになっているということは聞いていたが、その内地語を分らせるために、朝鮮語の本もあるらしい。京城の動物園で小学校一年生の遠足にゆき逢い、暫《しばら》く見ていたが、先生は、集れ、とか、前へならえ、とかいうのを内地語で言い、それからこまごました注意だけを朝鮮語で言っていた。

神渓寺は、朝鮮の歴史を語りながら、細かな彩色も風雨に洗われて、建物がそのまま自然の中に融け入ったような閑寂さであるが、次第に激しくなってきた雨の中へ、私たちが学校の教室から離れてゆくと、そのうしろで小学生たちは、やや歯切れの悪い内地語で、尚《なお》も唱歌を歌うのであった。

然しそれでも尚私たちは、そういう風景をほほ笑ましく見ていたように思う。

それからあとで、私は一人の知識的な朝鮮婦人に逢った。

彼女はもう四十近い年配かと思われた。もっとも朝鮮婦人の衣裳や髪の形はみんな同じなので、年齢の判別が難かしい。或いはもっと若い人だったかも知れない。

その人は内地の同志社で学問を受け、現在は文筆で立っている人であった。

その人の言葉で聞くと、朝鮮の子供たちで小学校教育を受けられるものは、希望者の二割に過ぎないということである。あとの八割は小学校教育を受けたくても入れる学校がない。何故朝鮮でも早く義務教育制にして呉《く》れないのであろう、と、その人の語気は熱を帯びていた。希望して入学出来ぬあとの八割の児童たちは、文盲に追いやられるのです、と。女中におつかいになるにしても、字の読めた方がよろしかろうと思う、という言葉には、真剣な含みも感じられ、こちらの胸が直《じ》かに叩かれたようなものがあるのであった。

中等学校も少く、私立の女学校などの許可も殆《ほと》んど無いと言える位で、よほどの余裕のあるものだけが内地へ勉強にゆき、あとの若い者は朝鮮で為すべきものを持たず、無為に暮すという状態だということであった。

東京の小学校などでもその街によると、朝鮮の子供がたくさん入学しているそうである。労働者の子供たちが多く、成績は一般によくはないというのもうなずけるが、中には、級長や副級長をやるほどの出来のよい子もあると、これは内地の先生から聞いた。あるいはまた丁度留学に来ているように、小学校へ入るために子供だけ寄越されているのもあるのだという。

朝鮮児童の義務教育の問題は、つい私などの気づかずにいたことであるが、朝鮮の文学など内地の文壇でも関心が強くなっていることと思い合せると、それを訴えた朝鮮婦人の切実な声も忘れることは出来ないと思われるのである。

京城で逢った若い、やはり知識婦人の一人は、今は新聞記者をしている人であるが、内地の学校に入学するときから、彼女は作家志望であった、と私に話して呉れた。入学の時、教師に目的を問われて、作家と答えると、尋ねた教師は意外な顔をしたそうであるが、彼女はその時のことをかく話すのであった。まあ、私もずいぶん大胆でしたけれど、その先生は、朝鮮にもそんなことを言う娘がいるのかしら、というような表情でしげしげと私の顔を見なさいましたのよ。

その人は実に率直な、好意の感じられる熱情的な婦人だった。その人は、どうしたら作家になれるかと思って、今でもときどき泣きますのよ、と語るのであった。内地で勉強し、内地の古典なども一応読んでいるのだそうであるが、彼女にとっての悩みは、彼女が内地の文章にも、朝鮮の文章にも中途半端だということなのであった。内地の文章をすらすらと書けるほど内地語に通じてもいない。それなのに、彼女は最早朝鮮の文章も自由には書きつづれなくなっている、というのであった。

内地で勉強をして、故郷へ帰ってゆき、そこで彼女は内地の文章を書く新聞社の仕事をしている。その人のそのような悩みは、ただ文章のことだけでもない。故郷にいて内地系の新聞などに働くということ自体が、周囲の事情から何か中途半端な立場に置かれるらしい。

ある座談会で「創氏」のことに話が及んだとき〔創氏の届出が行なわれたのは一九四〇年二月から八月の期間である。ちょうど佐多の訪問期に重なる〕、座は一瞬しーんとなったが、やがてぽつぽつ話し出されたことに、姓が朝鮮では家を現さずに祖先を現すものなので、姓を創り変えるということはつまり祖先の抹殺になる、ということが言われた。従ってこれはなかなか感情的に困難な問題らしい。それになまじ「創氏」が表面は任意の形をとっているだけに周囲の事情の中で或る一人の「創氏」は困難なのだという、いっそ全部強制的にやらされるのならその方が容易なのだ、と可成り達観した意見もあり、何か聞いている者は辛いところもあったのである。こういう、板ばさみ、というか、中途半端な立場というか、そういうものを経験している人も多いのであろうと察しられるのであった。

この新聞社に勤めて、必然的に自分の仕事というものにも意義を見出しながら自分を励ましている若い人の、文化的な悩みも今の時代にはどうもしようがないのであろうか。その文章が流暢にゆかなくとも、彼女はその生活を書いてゆくより外は仕方がないのであろう。まだ若い彼女の率直さが、そのような辛い立場のために損われたりしないようにと、私は何かに願うような気持であった。

あんなにも言葉の違うところで、この婦人のような悩みを抱く人もいるのを思うと、私たちにも何か責任感のようなものが感じられないだろうか。私などのように自国語ひとつきりしか知らない者も不幸であるが、その不幸と彼女の不幸とは同じ系列のものではない。

京城の十日間

島木健作

ごたぶんにもれず、私も三十を越してからはじめて朝鮮の地を踏んだものの一人である。私が行ったのは去年の三月の終りから四月のはじめにかけてだった。虚子の「朝鮮」という作品、木下杢太郎氏、安倍能成氏などの文章、東京で知り合った二三の朝鮮人の友だちの話、まだ見ぬ朝鮮はそれらを通して、私の心に呼びかけていたのだった。

仏国寺、慶州を見てから、夕方の汽車に乗って、翌朝九時頃京城に着いた。汽車は四十分もおくれたが、鉄道の人はあたりまえのことのように、一言もそれについて言おうとはしない。そういうところにもちがった土地へ来たという感じを持った。夜汽車だったので、沿道の景色を見ることが出来なかったのは残念だった。

前もってどこにも宿をとるということをしていなかった私は、朝鮮宿にとまってみようと思って、出迎えてくれた人に相談してみたが、今は中等学校の受験で、地方からの上京者でどこも満員だろうということだった。私は話に聞いていた学校不足と受験難のことを思った。○○ホテルに部屋があって、そこに落ち着いたが、このホテルは京城でも一流のホテルなのだろうが、泊っている客のがさつなのと傍若無人なのにはいささかおどろかされた。どてら姿で食堂へ出て来るのは見よいものではないが、一方の足を一方の股のところにのせて、はだけた毛脛を手で撫でさすりながら、高談放言しているという風である。爪楊枝を噛み折ってはあたりにぺっと吐いたりする。水洗便所の何たるかを知らぬものがあるらしく、臭気の満ちているところへあとからはいって、人の後始末をさせられたことも一度や二度ではなかった。風呂場でもまたいろいろなことがあった。友達が来たので一緒に鮨を食うところへ行ったら、二人の紳士連れが、僕が払う、いやわしが払うということで争っていたが、そのうちにとうとう一人の方が勝を制して、(全く勝を制したという感じだった)大きな鰐皮財布を出しながら、「金のことならなんでも引き受けた」と勇ましく言った時にはまったく興ざめした。

ある日、真夜中にけたたましくサイレンが鳴り響き、戸をあけて見ると廊下は煙でいっぱいだった。火事だという声を聞く前にトランクを下げて飛び出し、エレベーターに乗ったが、なかには寝巻に羽織を引っかけた、髪の乱れたあやしげな女がいて、土のような顔をして男につかまってふるえていた。

朝鮮は鉱山熱がさかんで、このホテルにもそういう方面の人々が多くとまっているということだ。金も人もしきりに動いているのであろう。

しかし京城の町は美しかった。美しいというのはここでは歴史ある町の雰囲気をゆたかに持っているということと一つである。駅から宿の方へ自動車を走らせたとき、物珍らしそうに窓から外を見ている眼の前に、見る見るその蒼古ともいうべき姿をあらわして来たのは南大門であった。蔦かずらはむろんまだ青みかけてもいなかった。私はある感動に胸がつまった。はじめての、通りすがりの旅客である私でさえそうだ。東京へなど遊学したこの国の青年が久しぶりに帰って来た時、どのような感慨をもってこの門の下を通るだろう。ところがこの南大門をどこへ移すというような声が、かなりに有力なものとしてあがっているのだそうだ。のちに私は奉天へ行って、あの城壁をどうかするというような話も聞いた。理由はいつも金に関しているのだろうし、有力者というのがどういうものであるかも大体推察はつくが、どこにもそんなものがいるものである。

ホテルの食堂の窓の近くに席を取ると、徳寿宮の一廓が近く見下ろされた。京城の町は上から見下ろす時、非常に好ましい落ち着きをもっていた。それは一つには屋根の瓦の持つ感じから来ていた。日本内地の町の、安っぽいトタン張りの屋根を見慣れている眼には古い朝鮮瓦の持つ味は格別に好ましかった。春さきの京城は、日が照りながら、午後になると特にぼーっと霞んで見えるようなうすぐもりの日がつづいた。そのうすぐもりの底の方にくすんだ古瓦が層々と折りたたまっているのだった。瓦とはちがった意味で、――瓦がくすんだ美しさを添えていると言えるなら、明るい、近代的な美しさを添えているものは朝鮮花崗岩だった。花崗岩がゆたかであるということが朝鮮の文化の上に持つ意義は大きなものであろう。私は、朝鮮民俗学会の宋錫夏氏に連れられて、普成専門学校〔現在の高麗大学の前身〕を訪ねた。附属図書館長の孫晋泰氏が長い時間をかけてくまなく校内を案内して下すった。この美しい白い建物は、背後に山を負い、前に広大な敷地を持って、新しい朝鮮の将来を物語るかのように建っていた。この学校の建物はたしかに美しかった。すべての学校というものがこのように美しければ、学生たちはじつに幸福であろう。そしてこの建物を造っている花崗岩は、屋上から見るとすぐそこに見える、裏の山から掘り出したものの由である。

私はまた、毎日新報の白鐵氏に案内されて、京城から少しはなれた新村に、梨花女子専門学校〔梨花女子大の前身〕を訪ねた。梨花専門の建物の美しさと、その音楽堂の立派ということについては、いろいろな人から聞かされていた。私は行って見て、しかし普成専門の方がいいと思った。折角美しい花崗岩を使いながら、石と石とをつなぐコンクリートの線が黒く、遠くから見ると亀の甲のような模様になっていて、酷評すれば安っぽい漆喰かための感じで品がよくない。屋根は緑に塗ってある。内部も見せてもらった。家事科、文科、音楽科。教室など、綺麗で、こじんまりしていて、設備はよくととのっていて、生徒の机の数は少く、これなら一人々々の手を取って教えられるだろうという感じだ。しかしまたアメリカ式文化の軽薄さのにおいがないこともなく、何やらままごとじみた感じがしないこともない。「こんなハイカラは、ほんとうの教育とは縁のないものだぞ。」と言いたくなるようなものがないこともない。日本で言えば、文化学院の、もっと金のかかり設備のととのったものというところであろう。音楽科には、ピアノを一台ずつおいた自習室がいくつもあって鍵盤を叩く音があっちでもこっちでもしていた。扉《ドア》についた小さなガラス戸から、のぞいて見たい誘惑にかられたが、これはやめた。

この学校の卒業生のなかには、虚栄心が強く、普通の家庭にはいることをきらい、堕落するものが無いことはないと、これは白鐵氏の説明であった。

私は李王家の美術館は二度拝見した。そして京城に住む人を羨しく思った。私が京城に住む人を羨《うらや》しく思ったもう一つは漢江である。ここにも二度行って友と共に舟をうかべた。満洲からの帰途も京城に立寄り、また漢江に舟を泛べたから都合三度だ。そういう私は東京にいて、かつてあのボートというやつには乗ったことがない。小っぽけな池にボートをうかべるなどは全くごめんである。京城のような大都会でいながら、都心からすぐのところに、あのように清らかな水を満々とたたえた大河を持つ、京城の市民は幸福である。

第六章

街と風景と自然

朝鮮所見二三

安倍能成

一

私も現に朝鮮に居て働きつつある当事者の一人である。併《しか》し私のここに述べようとすることは、当事者としての私の仕事や学問に関するものではない。観察者としての私の眼に映じた印象と、それによって促された所感の二三に過ぎない。

私が昨年の三月初旬に初めて朝鮮へ来た時、釜山から京城までの車窓から見た景色は、まだ冬枯頃の事とて誠に単調であった。初めは物珍しく眺めた景色も、仕舞にはもう興味を引かなくなった。山という山は大抵小松の生えた山ばかりである、変った枝ぶりの樹も一向見当らない。満目の山野はかなり蕭条《しょうじょう》として、唯白衣の行人が白帆の如く冬日に光って居るばかりであった。夏休の帰りに見た時には、田は青く山も青く、前日の冬景色に比べては非常に賑かであったが、しかし見る木も見る木もポプラにあらずんばアカシヤばかりで、何だかうるさいと同時に退屈なような感じがした。ポプラもアカシヤ（ニセアカシヤ）も自然の与えたものである故に、何れも独特の美しさや好さはある。しかし何といっても粗末な樹である。この粗末な樹も所によっては趣がある。しかし十時間も続けさまに登場せられてはもうウンザリする。小松の山でなければポプラの河岸、アカシヤの並樹。これを見ると何となくうらさびしい、荒れた気持になる。そうして所々に見る桐の木や栗の木や、又は心ある駅長の植えた停車場の草花などが、非常に珍しく湿いと温みとを持つもののように眺められる。ポプラもアカシヤも、手がかからず速く成長する点から見てはいいのであろう。しかし朝鮮の文化がいつまでも粗製濫造であってならないように、朝鮮の木ももう少し念の入ったものでありたい。ポプラと比べれば柳の木の鮮かなやや薄い緑は、朝鮮の空や土の色によく適合して美しく見える。それは水辺にあっても宮殿の前にあっても、又残塁の側にあっても美しい。その外、槐や欅などの古木も非常に美しいが、そういう古木はだんだん少なくなって行くのではあるまいか。

聞く所にして誤がなくば、朝鮮は三分の二位は花崗岩質だという。そのせいであろう、山の土は多くは赤いか白いかであり、河の砂も常に白く、そうしてそこを流れる水も大体に於いて清らかである。空が鏡のように晴れて大地が大体に白い故、朝鮮の景色には総《す》べて汚さ、むさくるしさ、暗さ、物凄さ、気味わるさがない。それは清く、明るく、開けっぱなしである。しかもその清く明るい中に、何となく滋味のないような、たよりのないような寂しさがある。例えば洗い晒《さら》しの白地の雑巾といったような所がある。その原因は主として今までの山林の荒廃、人間が自然から取るだけ取って自然を守り育てることをしなかった投げやりから来るように思われる。

日本人は到る処に桜を植えたがる。桜は又朝鮮の地味に適するものかよく生育するようである。春の汽車で三浪津の駅あたりの爛漫と咲いた桜の花を見ると、ほんとうに心が楽しくされる。公州の花時は知らぬけれどもあの花の隧道も見事であろう。しかし桜は春だけのものである。葉桜に至っては私はあまり美しいと思わない、寧ろむさくるしくていやである。秋になって斑らにする紅葉は時にとって美しいが、これも大したものではない。桜を植えるということはよいが、あまり多く植え過ぎないようにしてもらいたい。春も夏も秋も或は冬も葉の美しい闊葉樹——菩提樹などもその一つであろうが——をもう少し植えてもらいたい。此等のことについては専門家にもその説があるであろう。

二

話が別になるが、京城のように散歩に恵まれた都会は少ないであろう、市街の周囲の殆ど全体が皆散歩若しくは遠足の好適地である。——尤《もっと》も砂利の粗い道は随分靴の底をすりへらし易いが——。私の今居る倭城台の官舎から朝鮮神宮までの歩道を、私はよく日本よりは長い黄昏時に静かにあるくのを楽しみとして居るが、夕方の光の中に、趣のある松の樹の間から、仁王山や白岳や更には北漢山を背景にして、若《も》しくは青く澄んだ空の一隅に紅の雲を燃した夕やけを背景にして眺める時、歩いて見ては殺風景だと思う京城の街家も、何ともいえぬ陰影と光彩との交錯の中に、実に美化されて現前する。京城の近くには山もあり樹もある、そうして河もある。この上に大した修飾を加える必要はない。唯好い道路があって、そうして今まである樹木が適当に保護され、今までない所に適当に樹木が植えられればよい。日本式の箱庭風なコセコセした設備は、景色を好くするよりはわるくする。日本の方々の温泉などが、如何に公園と称して折角の景色を破壊した下らぬものを作りつつあるかを考えて見よ。更に忌むべきものはペンキ塗の広告である。広告主の寄附したベンチなども排斥せよ。南山の一角にある殺風景な音楽堂の如き建物もこわした方がよい。

京城の城壁廻りなども実にいい行楽である。境壁はあのままで実に廃墟の美しさを遺憾なく発揮して居る。願う所はこの上に破壊しないことと、この上に余り手を加えないこととである。今日も南山寄りの一角を歩いて見て、四角な石をキッチリと積んだ所と玉蜀黍《とうもろこし》の粒のように丸石を積んだ所、又は岩の破片のような角ばった石を積んだ所などが、代る代る現われて来るかたえの寂しい静かな道をたどり、何ともいえぬ秋の季節の幸福を味わった。あの道などはいささかの修理を加えれば殆どあのままでよかろう。

元山の港の上の歩道は、恰も香港の島をめぐる散歩道を思わすようなよい処である。ああいう所もくだくだしい人工を加えないで、適当に美しい樹木を植え、道をよくするだけにしたい。後に負う山々と前にする碧海の景色とが、気持よく眺められることを助け、又は妨げない範囲でもう沢山である。

感興でも城川江に臨んだ蟠龍山——不幸にして城壁は殆ど破壊されたが——の眺めなどさすがに雄大である。あれなども少し道をよくして修補を加えれば立派な公園である。その外平壌の牡丹台、南鮮の慶州、仏国寺などは固より、錦江に臨んだ公州の双樹山、扶余の旧蹟なども、客を呼ばんが為の色々の設備よりも、寧ろあまり手を加えて折角の自然の賜物を台無しにしないという心懸の方が、遥かに大切である。我々は日本に於て幾多の心細い実例を見た。そうしてその実例を又朝鮮で見ることを欲しない。我々は如何なる社会に居、如何なる生活をしても、結局自然の中に慰藉を求めることは止めない。将来日本風の文明が益々はいって来て、一層めまぐるしくなる予想の多い朝鮮の地、殊に都会地では、樹木の多い、景色のよい、ゆたかに呼吸しゆるやかに歩くことの出来る境地を用意しておくことは、如何なる事情の下にも不必要ではないであろう。

三

私は朝鮮の地方の都会へ行った時、その記念にどこででも絵葉書を求めるが、それが多くはゴタゴタした一向美しくもない街頭の景色か殺風景な公園か、又態々苦心して無趣味に建てたとしか思えぬ――朝鮮の新しい建物には多くはそういう感じがあるが――高等普通学校、中学校の建物などであることを遺憾とする。さびしい殊に建築についてさびしい朝鮮に於いて、我々にとって趣のある建物は何といっても古い建物である。それはそれ程すぐれたものでなくても、兎に角今の建物よりは念が入って居る、見て居て愉快である。しかしこういう建物はもう次第になくなりつつあるようである。そうして残って居るものも日に日に破滅を急ぎつつあるもののようである。此等の建物を何とかして保存する道はないものであろうか。少なくともその破壊を防ぎ、若しくは破壊を遅くする方法は講ぜられないものであろうか。古い趣ある建物はこわれて、代りに来るものは殺風景な箱のような建物ばかりであることが、朝鮮の文明を進め、教育を開き、殷富を増す為に欠く可からざることではあるまい。私は水原を見たり、開城を見たり、その外京城の中を歩いて見ても、いつもこの感を深くする。

我々が西洋を見て帰って日本を見る時、最も著しく感ずることは建物の貧弱と矮小とであるが、朝鮮へ来てから、大きい家は皆日本人の住居であるのを見て、貧弱な日本の建物もここだけでは威張れるな、と思った。しかし此頃になって私のこの感じも亦維持され難くなった。日本の茅屋は朝鮮の茅屋に比べて大体趣が多い。しかし日本式の新しい街家くらい世に無趣味な粗末な薄っぺらなものはないという感じが、近頃特に著しくして来た。朝鮮の瓦屋根はよし低くても小さくても、あの一種のそりぐあいから、何から、兎も角も一種の趣がある。私は学校へゆく時、学校の構内の向うの駱駝山麓に並んで居る低い民家の瓦屋根を見て、中々趣があるな、と思う、時には美しいな、と思う。それから民家の窓、窓の下の壁の赤い煉瓦を使った一種の装飾なども、以前には何とも思わなかったが、今はそこに一種の趣を見出して来た。日本式の普通の商家、住宅に於いては、不幸にしてその趣の一つをも見出し得ない。現代のこの実用向きな、しかも一時の用を満す意味に於いての粗造な実用向きは、一体何を語るか。朝鮮の家屋の陋汚を笑う前に、少しこんなことも考えて見た方がよかろう。

日本人は好い意味に於いて民族的でもある。しかし悪い意味に於いても亦民族的即ち島国的であり、非国際的であって、超民族的、世界的なる規模が乏しい。西洋に居る中国人と日本人とを比べて見ても、私はこの事を著しく感ずる。中国人はさすがに昔から四夷を扱って居たと称するだけあって、いい意味にもわるい意味にも国際的な所が学び難い。建築について考えて見ても、日本人が風土の違った朝鮮に来て、内地式の旧套を脱せず、わずかに日本式の襖《ふすま》と障子との中に、改良ペチカの煤《すす》を散らかすくらいを以て満足して居ることを陋《ろう》とする。日本人がほんとうに尻を据えて文化をこの朝鮮の地に生い立たそうとするならば、住居についても今少し思い切った、そうしてよく考えられた構造と設備とを必要とするであろう。私は専門の学者や技術家が此等の点にも留意して、研究を積むことを望まずには居られない。まだ外にもこんな種類のことでいいたい放言が二三あるが、これで失礼することにする。

京城の市街に就て

安倍能成

京城の都市計画という様なことは、この方面の専門的知識に兼ねて京城市街に関する詳細な具体的知識を有する人の論ずべきことで、私などにそんな資格はない。私のいうことは例によって素人の偶感以上に出でない。

「羅馬(ローマ)は一日にして成らず」という格言をどこかでいつか聞いた様である。羅馬《ローマ》に限らず立派な都会は皆一日にして成るものでない。その背景には長い間の都会生活があり、市民生活がある。私はこの事を欧羅巴《ヨーロッパ》の都会を見た時に著しく感じた。欧羅巴の都会で一番目立つ、立派なそうして多くの場合古い建物は、その市庁——朝鮮流にいえば府庁——である。そうして此等の建物、その中の広間や壁画、その陳列物、什器等が皆その都会の歴史を語り、その都民の生活を象徴して居り、その府庁が市民によって建てられ、飾られ、市民の為に建てられ、飾られて居る感じを直接に受ける。欧羅巴の文化が主として都会的文化であり、欧羅巴の国民が都会的社会的生活に熟して居ることが、その都会に足を入れる時直に感ぜられる。彼等には自分達の都会として建物を造り、街路を飾り、そうして自分達のものとしてこの建物を仰ぎ、この街頭を楽むという気持が濃厚である。京城は国王によって建てられた都である。それが市民によって建てられた立派な都になるまでには、相当に長き年月を要することも已《や》むを得ない。殊にここが内地人と朝鮮人との一緒に住む都会であり、更に又その内地人に落著いて永住する心持が少いとすれば、その困難は一層大であろう。

京城に内地人の手が加わって以来、その市街が立派になり、その設備が改善されたことは事実であろう。然し問題とすべきは、どれだけ永続的な仕事がなされたか、又どの位「永続的」ということを目がけて仕事がなされたか、ということである。固より僅少の年月の間に理想的な事功を望むことは無理である、しかし心がけは初から大切である。我々内地人の朝鮮に於ける生活の意味は、我々の民族性を発揮すると共にその民族性を拡大し若くは超越して世界的国際的になり、我々の仕事によって世界の文化に貢献することにある。もし一つの街路を作るにも一つの建物を建てるにも、この意志が生きて居るならば、それは我々の都市計画にも亦現われて来るに違いない。年が短い、金がない、ということもあろう、然し肝要なのは心がけである、意志である。浮ついた気持で作られた都会は、市民の生活を背景としない都会は、永続的意義を有せぬであろう。

自然から見ると京城は頗《すこぶ》る美しい都会である。それに適当な人工を加え、折角の自然を損わない様にすれば、一層美しい都会になるであろう。無論これも金の問題と離すわけには行くまいが、それよりも金をかけて都会を醜くせぬ様に努めることが一層必要であろう。現に京城にもそういう実例はいくらも挙げ得られる。

ちょっと気付いたことをいえば例えば住宅の問題である。独逸《ドイツ》が青島を取った時には、都会の美観の為に同一設計の家の一軒以上あることを許さなかったと聞く。その真偽を保証しないが、独逸人にはありそうなことである。又丘上にある樹を枯らさぬ為に、独逸の兵士は毎夕バケツを持って坂を登り、水を灌いだという。東小門辺のベネディクトゥス派僧院の創立時分の写真を見ると、そこに樹木は殆どないといってよいが、今は鬱蒼と夏も涼しい樹蔭に恵まれて居る。この根気のよい、困難を凌いで長い事功を志す所の独逸人(に限らず欧羅巴人の)長所に対しては、我々は実に恥入らざるを得ない。私人として家を建てるのもそうであるが、官舎などでももう少し長い間を見越して、周到な研究や考慮に基づいた設計や組織を作ることは出来ないであろうか。総てがあわただしい、粗末である、投やりである、自分の勤めて居る間のことだけしか考えない、というやり方を改めなければ、内地人の朝鮮に居る意味は薄くなるであろう。有形にも無形にもしっかりした永続的なものを作れば、それは更に何物かを生み、又更に何物かを生み、そうして世界の文化に貢献し得るであろう。住宅に於ても内地式の超越ということが内地的生活を世界的に拡大する一手段である。それは欧風の直訳でもだめであろう、朝鮮式の外的附加でも不足であろう。こういう事の研究の為に一つの組織を設けるだけの価値は十分あるであろう。唯私の思付だけをいえば西洋風の建築は、空気の乾燥とか寒気の烈しさとかだけから考えて見ても、内地よりは一層無難である。堅固な戸締をすると同時にぐるりの塀を低くし、まばらにし、家の前の庭を同時に街路の美観とする様な西洋風のよい所も、官舎とか社宅とかには試みてもいいだろう。

次には古い建物の保存である。実際京城から古い建物を悉く取去ったならば、この都会は如何に索寞たるものとなるであろう。我々が京城へ初めて来て一番嬉しく思ったのは、駅を出て間もなく南大門を仰いだ時であった。総督府の建物をもう少し工夫して、勤政殿の前にあぐらをかかさずにすんだならば、我々はどんなに喜んだか知れない。然し此等の古建築は官庁にとっては金を食う厄介物とされて居るらしい。そこで私はこういう建物を保存することが、新しい都会の装飾を作ることと同じく否多くの場合に於てはそれよりも遥かに、大なる価値を有することを一言しておく。

京城のぐるりの城壁は廃墟《ルイン》の美しさを豊富に有する。欧羅巴殊に伊太利《イタリー》などでは人工的に廃墟《ルイン》を態態《わざわざ》造って庭園を飾って居る。実際廃墟の美しさは石造でないと乏しい。木造は廃墟になるまでにこわれてしまうからである。朝鮮にはこういう石造の美しい廃墟が多い。この美しさは人間の手で急に作れるものではない、唯多大の年月を費して始めて出来た自然と人工との抱合による外はない。都会の当事者がこういう美しさを重大視する人であってほしい。こういう心持と頭から両立しない様に考えられる実用は、長き実用ではない。

京城で内地の都会にちょっと見られぬ一つは、朝鮮銀行前の大広場であろう。朝鮮銀行は京城の新しい建築では一番よいものであり、郵便局はそれには遥かに劣るけれども京城の中では何れかといえばいい方である。旧府庁の薄紅い壁を持った建物も一種の古びを持って、別に美しさもないが、割合にうすっぺらでなく邪魔にならない、その上から南山の緑を仰ぐ眺もちょっとよい所がある。この大広場はあのままにして、時に応じてそれに統一を与える様な装飾を加えたり、建物を改築したりしたならば、それは今日よりも遥かに立派なものになるであろう。

本町通りの様な狭い明るい内地風の街も一つ位はよいであろう。

京城とアテーネ

安倍能成

一

京城へ来てもう二年以上になる。時々内地で人から「やっぱり日本の家に住んで日本食をして居るのか」というプリミティヴな――今の私の立場から考えて――質問を受ける時、内地人の朝鮮に対する知識というよりも寧ろ興味の稀薄なことに対して、驚きと共に幾分の憤慨――という程強くもないが――を感ずる程度には、私も朝鮮に居ついたと見える。序にいうが私は決して「朝鮮の家に住んで朝鮮食をたべて居る」と思われることを憤慨するのではない。実際私に限らず内地の移住者にそれだけのことが出来たらば、喧しい内鮮融和の問題なども極めて容易に運ぶであろう。私は唯事実がそうでなく、然も少し考えたら分りそうなかような自明の事柄に対して、今更らしく質問する内地人の朝鮮に対する余りなる無知を幾分心外に思うだけである。実際京城の町などは余りに内地化し過ぎて私達にとって興味がない位である。朝鮮人の商家の多い鐘路通りの露店を白衣の人々に交って冷かして見ても、そこに陳列されて居る品は、大抵大阪仕込らしい粗末な日常雑貨品ばかりであって、朝鮮らしい物といっては僅に薬匙の様な扁平な匙、金属製の箸、花模様の紙を張った粗末な箱（女の子の持つ針箱の類であろう）、木をくりぬいて拵えた重ねになった円い鉢位のものであった。朝鮮土産と称して売られて居るものも、大抵は皆内地人向きに内地人の拵えた物ばかりである。私の様に半生を東京に生活した者にとっては、京城に於ける内地的なものには殆《ほとん》ど興味がない。興味のあるのはやはり朝鮮固有の品物、建築、風俗等である。然し観察者としての私——勿論それは朝鮮に於ける私の一方面に過ぎないが——にとって興味のあるものが、現在の朝鮮人や内地人に取って意味多きものであり、まして必要なものであるとばかりはいえない。今の朝鮮は、善い意味にも、そうして又悪い意味にも急激な変化を遂げつつある。そうしてかかる変化は兎《と》にも角《かく》にも朝鮮の現実生活の反映である。私は今はこんな問題に触れることを欲しない。唯然し内地人は、日本が外国であった朝鮮を併合したこと、然し真の融合殊に精神的融合は中々困難であること、この解決の成否が日本の将来には大関係を有すること位は、今少し真剣に考えてもいいだろう。

二

初めて京城へ来た時私はすぐ何処やら希臘《ギリシヤ》のアテーネに似て居るな、と思った。それから考えて見ると先ず総督府のある所がアテーネの王宮の位置に似て居て、その上に三角形をした白岳は王宮の左の方に聳えたリュカペトスの山に非常に似て居る。北漢山の巍峩として変化に富んだ山容に比べては、アテーネの東を限るヒュメトス山は平凡に過ぎる嫌があるが、花崗岩を骨とした前者と大理石を包んだ後者とは、美しい白味のある底光を持つ点では似て居る。アクロポリスのある所は京城でいえばほぼ朝鮮神宮の其に当るが、アクロポリスの全丘は大きさ朝鮮神宮のある南山全体に及ぶべくはない。漢江の如き大河はアテーネにはないが、神宮の前から漢江を見おろした景色は、私にはアクロポリスの上からピレウス、ファレロンあたりの海を望んだ記憶を呼び起すだけの類縁はある。一体に京城の方が三方山に迫られて纏まった感じがアテーネよりも多い。が然し全く類は違って居ても所々に大きな古い建物や廃墟が残って居て、それが比較的みじめな街家を見おろして居る点、大通は文明の都会らしくて裏通りなどの整わず乱雑でやりっぱなしであることなども、感じの上で両者に共通な点である。

けれども何よりも両者の共通を私に直感せしめたのは、実に澄み渡った濃青の空と乾いた白い地面とである。恐らくアテーネは京城よりも一層乾いた都会であろう。二三月頃はアテーネの雨期だと聞いたが、然し街頭の砂塵は濛々として靴磨の客を呼ぶ声を埋めるような日が多かった。夏の盛りには市民は絶えず、水！　水！　と呼ばわる位に雨に乏しい。然し京城の雨期は夏毎に漢江の水を膨ませて、江畔の龍山の住民の心胆を寒からしめて居る。けれども我々の雨の多い都、東京に比べるならば、京城も亦立派に乾いた都である。ニーチェは天才の生れた都は皆乾燥して居るといって、フィレンツェ、パリなどと一緒にアテーネをも挙げて居る。若しニーチェが妹への手紙に洩した願を実現して、仮に日本へ来て東京に暫《しばら》くでも住んだとしたら、彼が東京の湿気を呪ったであろうことは万に一も疑ないが、然し京城を天才の都といったかどうかもまた分らない。が、天才は兎も角も凡人なる我々にとっても、乾燥した京城の空気は確かに身体と頭脳とには好適である。春なども東京の春に免れ難い、妙に憂鬱な、倦怠の気持がない。実にニーチェの尊敬したギリシヤの哲人ヘラクレイトスが、乾いた魂でなければ万物の一体を悟り得ない、といった詞を想い起さしめる程、京城の乾いた空気は心身に爽快である。

アテーネは熱帯に近いだけに、清爽な気持の点で京城に劣る様である。それは私のいって居た二月の始に、既に何となく暑苦しい気分を感じたのだから、間違はあるまい。岩骨の稜々と露れたアクロポリスの上り口には、万年青が沢山生えて居たが、その外に私の記憶するアテーネの樹木は糸杉《サイプレス》と橄欖位なものである。糸杉は杉に似て居るが杉の様に湿地でなければ出来ぬことはないと見える。京城には杉は見られぬ。朝鮮で杉の見られるのは南海岸の一部分だけで、それも移植だと聞いた。京城に多いのは松である、南山は一面松に掩われて居る。そうして其間に交わる闊葉樹の深緑の色の目もさめる様なフレッシさは、頂に近い大きい欅の木の秋の黄葉と共に私の眼を喜ばす。私の家の窓からはその中にも殊に大きいY字形の欅が見える。これからの日毎、私はその葉の色に季節の推移を読むであろう。朝鮮には柳の大樹が多い、その淡い緑を白い砂地と鏡の様な濃青の空とに配して見るのは美しい。夏の初には盛に柳絮が町の中を飛ぶ。槐樹も古い建物の前などに所々あるが、その枝振りは如何にもクラシカルである。朝鮮の到る処と同じく、京城にもアカシヤとポプラとは非常に多い。しかし京城には幸に大樹が多くてこのやくざな樹もさすがに立派である。夏咲くアカシヤの花の香は確かに夏らしい一種の気分を誘う。京城の春を魁ける花に、連翹と躑躅とがある。躑躅は若葉に先だって開く紫がかった一重のつつましい花である。内地にはないと思った所が、去年の春に仁和寺で見たのはそれと同じものらしかった。兎に角京城は朝鮮では樹の多い所である。満洲の広野を通って来た人には京城の緑は殊に懐しいらしい。松の間から白い土の明るくほの光る趣は中国あたりと同じだが、東京近くの黒い土の山に木草がもやもやと茂って居るのを見て、私が近頃一種の重くるしさ鬱陶しさを感ずる様になったのは、やはり京城の乾いた景色になじんだせいかも知れない。

砂地という点で共通な京城とアテーネとは、その砂を押し破って流れる河流の投やりな姿に於ても亦相似て居る。京城の市中を流れる河には皆石垣が出来たが、少し市外に出ると砂の上を横ざまに流れる川水は、あのソクラテスがファイドンとその河辺の木蔭に語ったというイリソス河を想起せしめる。この河はあのオリムピエイオンのコリント式の円柱の遺跡の側を無造作に流れて、そこに砂の断層面を形造って居た。アテーネの郊外は寧ろ京城の郊外よりも荒寥の感がある。京城の町端れにまだ穴居の住民が居るが、アテーネの町端れにある放羊者の小屋は、家具を側の木の枝にぶらさげて置くという程の原始ぶりを発揮して居る。最後に町はずれ近くに粗末な文化住宅が建て増されることをも、京城とアテーネとの共通点の一に数えて、このよしなし言を結ぼう。

京城の夏

安倍能成

その一

六月も末になった。今二十九日の午前三時頃である。夜更しの後の頭が冴えて寝つかれない。少し前クックックッといって鳴き過ぎたのは杜鵑《ほととぎす》か知ら。今は隣の赤坊の泣声が夜半の静寂をつんざくように耳に響く、二月も前に双児が生れたのである。一人が泣くと他の一人が必ずこれに呼応して、火がついたように両方が泣き合う。赤坊の泣声が衰えたかと思うと梟《ふくろう》の鳴声がきこえる。後はまたもとの静けさだが、同じ静けさでもさすがに秋の夜の寂寞でなくて、夏の夜明らしい爽涼が感ぜられる。六月になって雉子は聴かないが、閑古鳥はつい二三日前にも聴いた。月の半ば頃に蛙の声を聴いたことがある。それはメコン蛙と呼ばれるもので、日本で聴きつけたのに比べると、その鳴声が如何にも駄目をおすように尻の方にエムファシスが強い。

プラタヌスの葉も大きくなったが、枝の尖に出た新しい小さな葉の薄緑の色が、黒ずんだ梢の上に小さな燈火を掲げたように明るい。

桜の梢を仰いで見ると、赤い実、紫の実が日光に透かされて、小さいながら燦爛と珠玉のように輝いて居る。桑の実の熟したのも所々に見受ける。梢に花の少ないこの頃に目立つのは栗の花である。緑をおびた薄黄の花であるが、濃緑の葉との対照が意外に鮮かで美しい。アカシヤの花の方が白は勝って居るが、却て栗の花程引き立たない。

昨日の夕方学校の帰りにUの官舎に寄ったら、庭へ椅子を出して、いつもの如くうまく入れた香の高い苦いコーヒーを飲ませてくれた。ふと見ると直ぐ側の一丈ばかりの木に白い花が簇生して居た。白さは純白でなく道明寺糒《ほしい》を砕いたような色と沢とを持って居る。——どういうものかこの道明寺糒という感じがこの花を見た時から離れなくて、それをいわずに居るのが惜しいような気がする。——それにその朶々の花がどこかぱっと散らばったような感を与える。顔を花によせて見ると、その簇生した一つ一つの花は、直径二分ばかりの梅の花に似た花で、その蕾はまた「うめもどき」の実の大きさくらいにまんまるく、それが皆悉く白蠟で作ったような実にがっちりした感じに出来上って居るが、開いた花には雄蕊が沢山、それも揃って長く長く花の外まで伸びて居る。そうして道明寺糒の粉を散らしたようなぱっとした感じを、この一つ一つが小憎らしい程まとまった花の幾百と、簇生して居る朶とに与えるものは、全くこの雄蕊に外ならないということが分った。Uは多分「ななかまど」だろうといった。辻永氏の『万花図鑑』を見ると、花の様子は少し違うが、葉が互生で奇数羽状複葉をなすとか、その他の特徴が全く吻合する。実は私はこの官舎に三年近くも住んだことがあるのだが、この木の存在はかすかに知って居ても、よくよくこの花を見て自然の細かな技巧に感心したのは今日が初めてである。さてこの木をこうして比較的精確に認識して見ると、何だかその昔イデヤの世界でこの花に逢ったような気がする。それを更に手繰って見ると、少年の頃故郷の湯の山の奥へ遠足にいった時にも、故郷を出て後信州その他の高山に登った時にも、緑につかったような山路の所々に見たこの花の姿が、だんだんにはっきりしたヴィジョンとなって現われて来た。

翌日招かれた朝鮮ホテルの晩餐の卓上には、外の花と共に「ななかまど」が飾られて居た。私のこの花に対する親しみはもう昨日以前のようなものでなかった。

いつか臭椿のことを書いたが、この木も今は日本の方々に移植されて居ると聞いた。そう聞くと東京で見たようにも思う。この頃見ると大きな葉の間に黄いろいものが見える。多分翅果だというこの木の実だろうと思うが、低くてよく見える枝にぶっつからずまだそれを確めて居ない。

実といえばアカシヤの花も実になってしまった。併しその莢は、まだ緑なのもあるし、黄色なのもあるし、黒くなったのもあるし、色々である。アカシヤはとくに散っても、クローバーの花はまだ執拗に咲きやめない。そうして古い花は濃緑の葉の間に黄色く萎んで居るが、残りの蜜を吸おうとそこにたかって居る蜂の唸り声は、随分大したものである。

六月の梢のさびしさに比べて、草花の賑かさはまたどうであろう。私は別に花屋を訪うようなこともないが、鮮童《チヨンガー》がチゲに背負って売りに来るのを瞥見しただけでも、そこには白百合、鉄砲百合、百日草、アマリリス、グラディオラス、けし、金仙花、金蓮花、あやめ、菖蒲など、夏の草花の色彩は実に豊富である。友人の家の二階である私の部屋にも、家の人の心尽しの花が代り代りに私の気まぐれに集めて来た李朝の壺に生けられる。六月も末になるとダリヤの花もボツボツ咲き出した。

学校の私の画室には、八寸ばかりの高さの李朝官窯の白磁の壺と、友人からみやげにもらった、三寸ばかりの粗末な赤い花を描いたフランス製の壺とが置いてある。私は学校の庭から時々草花を見つけてその壺にさす。クローバーの花と葉とを四五本、その小さな壺に投げこんだこともあった。紫の色濃いうつぼ草をさしたこともあった。白磁の方にはあざみの花を取って来てさしたり、よくよく花のない時には、そこいら一ぱい咲いて居る「ひめじょうおん」を取って来たこともあった。この花は東京でもどこでも、野原にも空地にも生えひろがって居る。花は野菊を小さくしたようだが野菊ほどの趣はなく、花弁は細かくて櫛の歯のように整って居る。

昌慶苑の弘化門に「花菖蒲盛り」という張出しがあったのが気になりながら、それもとうとう見ないでしまったが、六月の初、南山の麓の知人の官舎の庭で、紫の燕子花《かきつばた》が青草の中に野生して、点々と咲いて居るのを見たのは嬉しかった。これは七八月の頃、信州戸隠山の高原に多く見たのと同じように思うが、こういうことに就いて素人の眼くらい当にならぬものもないから、一つも自信はない。素人にも木々を見ずして森全体を見るという長所はあろう。併し少し植物に親しもうとすると、花の形や葉の形を立ち入って知らねば何にもならない。そうしてほんの少しでも知って見ると、今までの無知と不注意とがあまりにも甚しいのに惘れるのは、私ばかりであるまい。

朝鮮の梅雨は日本より遅いことは確かだが、寒暑冷温の波状は、日本の新聞を注意して見ると、大体起伏を同じうして居るようである。六月になって曇りの日が多かったが、雨は余りふらなかった。交易以後山が青くなると共に、雨と湿とが多くなり、雷が多く鳴り始めたというようなことを聞くが、これがどれだけ科学的に精確だかを知らない。唯感じだけからいえば、私が朝鮮へ来てから六七年の間にも、雨は随分多くなったような気がする。けれども朝鮮の人が地面の上に平気で寝るのは、やはり日本程湿気が多くないせいではあるまいか。実に彼等は樹陰に置かれた空車は固より、暑熱の午後に閉された銀行の鉄扉の前の石段、街頭の人通り少ない鋪石の上、更に甚しきは修繕中の道路のかどかどしい割石の床の上にも、ぐうぐうと気持よさそうに寝て居る。鉄道の上に寝て轢殺されたという新聞記事を、夏になってから見ぬことは少ない。簡易生活といえば実に簡易生活である。

朝鮮は夏でも空気は日本より冷々して居るようである。朝鮮の婦人の服装は夏はそうでもあるまいが、普通下着は四枚で上着は二枚である。日本の婦人が朝鮮へ来て日本式の、下に薄い服装をすることが、殊に妙齢の女子に呼吸器の病気の多い理由でないかとも考えられる。

夏の婦人の服装のことは前にもいったが、私はかつて夏スエーデンとノルエーとを旅行した時、ホテルの給仕女が、北欧人の生地の白い肌色に、上には白麻の衣、下には紺色のスカートを纏った姿を、好ましく清楚だと見たことを忘れない。朝鮮の少女が白い衣に黒い裳をつけ、髪を長く垂らしてその末端に紅いリボンを着けた姿は、やはり簡素で且可憐である。唯これは秋冬春を通じての服装で、金巾《カナキン》か木綿からしい上衣も、粗末な繻子ででもあるらしい下着も、固い感じのすることは争われない。夏の婦人の着物は前にいったように麻か薄い絹地で、この固い感じがない。それに冬の着物に普通な紫紺の袖口や上衣の紐――これは既婚の婦人、または子のある婦人に限るともいうが、半島人に聞いても色々説が違うのではっきりしない――も夏着にはなく、下衣を乳のあたりまで重ねても、上衣は唯一枚で、肌はその薄布の下からすき見えるのである。新しい女は洋式のシュミーズの上にやはり唯一衣をひっかけて居るようである。一二年来の流行だと聞くが、近頃の若い女の間には白い袴（夏でも何でも一枚の下衣だけで居るということは、朝鮮婦人にはないらしい）の上に襞の多い黒い絽のような布地の裳をつけるものが多い。これは恐らく朝鮮の人々から見て「いき」な服装ではないかと思われる。

薄桃色は朝鮮では紛紅というそうである。水色のことは玉色といって、その色の濃さに従って、深湖、中湖、浅湖というのは、ゆかしい呼び方である。

その二

京城という所は、北には北漢山、南には南山、その間に低い駱駝山があり、北漢山の西には仁王山があり、わずかに南西が開いて直ちに漢江に臨むという地勢になって居る。その中で北漢山が一番峩々たる偉容を備え、高さも八百四十メートルばかりある。旧王宮が北漢山の支峰なる白岳の麓にあるのは、やはり王者南面の位置を占めたものであろう。その南面に答える南山は、頂の所々を除いては殆ど山骨を露出することなく、豊かに緑樹に包まれて居るが、北漢山も仁王山も皆稜々たる岩骨にわずかに樹木をつけ、それが皆巨大な花崗岩から出来て居るので、壮大な岩石美は金剛山に行くまでもなく、京城で十分味うことが出来る。こういう岩石は突兀たる偉容を仰ぐ時ばかりでなく、それが山の斜面や裾として露出して居る姿もまたたのもしい。王宮の一部の昌慶苑その他にもそうした山裾を見出すことが出来る。何れにしても京城は三方の岩山から、清らかな渓流が白い岩と砂との間を幾十筋と流れて来て、それが洋々たる漢江に注ぐという地勢であり、それを要約した山水的形成は畢竟北漢山と漢江とである。李朝時代の水滴その他の模様に、北漢山の岩山の下に漢江の波に浮べる帆船を略画的に画いた模様が、圧倒的に多いということも、このことを考えると面白い。

だから京城はその三方の山から漢江にかけて築かれた城壁の中に、北に王城があり、四方に城門があって、人家はこの谷川に沿って建てられたという市街である。それにコンクリートや石垣で人工を施し、しかもその人工的施設がまだ粗硬で且新しく、十分に自然と融合して居ないのが現在の京城である。この元来王城の地としての景勝に恵まれた京城の自然を利用して、誰か天才的な王様が、金銭と労力とに構わず、工業とか産業とかを無視して都を造って見たら、恐らく世界で有数な美しい都が出現するだろうと空想もされるが、現実の京城にしても、人工が自然を破壊せる欠点ばかりでなく、それと調和した所も、また人工によって破壊されない自然の美しさも多い。何れにしても京城は大都会としては実に嵐気に富んだ市街である。この嵐気と共に大江の気象を兼ねて居り、而も全体として晴れやかな澄明なところを失わない点は、日本の都会中にも稀だといってよかろう。山近いせいか都会に似合わず禽《とり》の声が多い。一たいに朝鮮の自然は日本の自然よりも荒れて居る。即ち人間からぞんざいに取扱われ、捨てて顧みられないといった所があるが、併しまた日本ほどに人工が細かく煩わしく加わって居ない。人間から遠い所がある。自然は寂しいが、併し山野に家畜がぽつんと放たれた姿、この頃の田植時だと、到る処に白鷺が下りたり立ったりして居る姿には、どこかのびのびした風情がある。京城などでも少し山寄りの静かな所だと、初夏の頃には閑古鳥、梟、雉の声を沢山聞くことが出来るし、昌徳宮の秘苑では仏法僧も鳴くのである。私の下宿は京城駅に近くて、煤烟と汽笛と轢音とに累わされがちであるが、それでもこの頃の晩方など、下の方のけたたましい汽笛に応じて、南山の方角ではホトトギスの裂帛の声を聞くことがある。そういう時、実に俳諧でいう「ひびき」ということを如実に感ずるのである。南山の斜面に住む人の家で、一夕煎茶をよばれたことがある。その時梟の声を軽く短くしたような声が頻にするので、聞いて見るとそれは南山蛙の声であり、ちょうど前夜来雨がふったので、岩間の谷川に住むが、喜びの声を放って居るのだという話であった。朝鮮にはだめを押すようにしつこく鳴くメコン蛙というのも居るが、この南山蛙と呼ばれるのがどういう種類の蛙かは知らない。南山の斜面にある邸の中には、大きな欅の下の草原の中に、やはり初夏の頃には野生の小燕子花の花を見ることが出来る。

そういえば晩春から初夏へかけての、徳寿宮の牡丹と芍薬の見事さは、さすがに李王職が労力と費用とを厭わず栽培せられるだけあって、少なくとも私は外にこれ程のものを拝見したことがない。また徳寿宮の石造殿の側には大きなマロニエの木が二三本あって、あの蠟燭に似たという花をつけて居る。島崎さんのパリの記などでこの花のことは随分見たけれども、パリではその季節に居なかったものか、遂に見参の機を得なかったのである。それともう一つ昌慶苑の菖蒲の豊富さと美しさとも、私には類のないものであった。四十年近く前に東京東郊堀切の菖蒲園を見に行った記憶はあるが、周囲の趣も花の美しさもとてもここには及ばぬという気がした。

京城で一ばんいい季節といえば、恐らく四月の下旬から五月の半、九月の中旬から十月一ぱいではないかと思う。陰暦端午の節句からは扇子を持つことになり、端午扇の名があると聞いたが、夏の服装も大たいは六月から始まると見ていいのであろう。日本人の白地の浴衣を着だすのは大たい盛夏になってであるが、朝鮮の衣は総体が白であるから、夏の暑さの進むに従っても、そう変化があるとは、少なくとも電車内の観察者たる私には思われない。朝鮮人の服装を一ばん美しいと思うのはこの頃である。殊に姿のいい女人が、軽羅とでもいいたい薄い麻や絹の単色の衣裳を纏った姿のよさは、誰人もいうことである。私が渡鮮以来十五年の間に、朝鮮の富の、殊《こと》にこの四五年間の激増の為であろう、服装の華美になったことは日鮮人共に著るしいが、殊に朝鮮人に於いてはそれが眼立つのである。男子の方は大ざっぱにいって洋服着用者が殖えるくらいであるが、女子にも洋装は殖えるけれども男子程でなく、元来衣と裳とを分って靴を穿つという、原則的な洋服との近似が、それの洋装への接近を促すのは自然の勢ともいえる。その最も著るしいのは、スカートを簡単にし短くし、洋靴を穿《は》くということである。この西洋風な朝鮮服姿も中々スマートではあるが、私達にはやはり在来の朝鮮服の方が美しく感ぜられる。併し朝鮮服といっても、上衣の襦を合せる為に結ぶ大きな紐は次第に廃れて、ボタンやピンになって居るし、袖口につけられた紫や藍の縁取りも少なくなって来、上衣と下衣との間に締める腰帯もバンドになりつつある。その外我々に気づかぬ変化も多いであろう。一時色衣を奨励したが、この頃はその勢も薄れたようだし、殊に夏の衣に至っては、白を好むということが朝鮮に限らぬということもあって、それが一層著るしいようである。清らかな薄い麻、絽、紗等の白、薄黄、薄紅、水色等の衣を纏った女人の姿は、実に清楚という点で世界に多く比を見まいと思うくらいである。それでも縞だとか模様だとかの日本の影響が、次第に朝鮮婦女の服装に影響して居ることをも否定し得ないが、それがどの程度を限度とするかということは、日本人と朝鮮人との好みを見る一つの観点になろうかと思う。

夏の女は、肌着である内赤衫《ネチヨリサム》（ネチョクサム）を着ないで、直接に襦《チヨグリ》（上衣）を着て居るが、これは袷でなく単衣である為に、肌着と同じく赤衫《チヨリサム》（チョクサム）と呼ばれて居るそうである。この襦はわずかに乳を掩うくらいの短さであるが、筒袖は手首にまで達して居る。併し上半身は、下半身の肌着である内襯衣《ネソコツ》（袴風の股引）の上部であろうと思われる、白い腹帯の如きものの乳を隠せる外は（西洋風にこの肌着を肩に釣って居るのが次第に殖えては居るが）、肌に直接して居るのである。薄い上衣の木目のような文を通じてほのかに見えすく肌は、私などには中々美しく見えて別に肉感的でもないが、朝鮮の男子にとっては、或はそれが日本の女の浴衣姿とは別なそういう効果を発揮するのかも知れない。併しこうした軽羅を肌にじかに纏っては、すぐ汗に汚れはせぬかと気遣われるが、朝鮮の風土と朝鮮人の体質とは、日本人程汗を搾り出さないとも考えられるし、またそういう襦の用意は実に沢山あって、贅沢な有閑婦人や職業婦人は、毎日のようにそれを代えるとも聞いて居る。

　京城は七月になると暑熱は日本よりも烈しく、殊に陽光は強く白い砂地に反射して目まぐるしいが、暑さの時間が短くて、朝晩が一たいに涼しく、日蔭と日向との相違も著るしい。殊に私などの感ずるのは、下体の冷えである。盛夏の頃といえども下体を或る程度まで庇護することは、殊に日本人の健康上の注意として最も大切なことだと思うが、朝鮮婦人の服装を見ても、上体は上にいった程手薄なのに拘らず、下体は夏でも一番下に肌着の内襯衣《ネソコッ》をつけ、その上に単衣の袴《パチ》をはき、更にその上に裳をつけるのであって、兎も角も三重になって居る。薄い裳《チマ》は、下につける白い袴との色合せによって、美しさを発揮するように工夫されて居るらしい。そういう関係からの柄や模様の変化は、近年殊に著るしいようだが、黒地に袴の白をすかし出す模様などは、必しも好趣味とはいえないけれども、中々派手である。

朝鮮婦人の足は、中国人の纏足の如く不自然ではないが、瓜の種の如く幅の狭い彩靴を穿き得るのを、上品とされて居るらしい。その浅い軽舸のような靴に足を入れる為には、窮屈な襪をはかねばならず、日本の女の如く素足の美を発揮するわけには行かない。電車の中などで見る近頃の若い女の中には、この頃の皮革の欠乏もあろうが、素足を殆ど露出したサンダルをはいて居るものもある。併し俄に足を露出した朝鮮の若い女に、風引がはやって居るかどうかは知らない。

朝鮮は今急激な勢で変化しつつある。風俗習慣に於いてもそれは著るしい。都会人の中には、馬の毛で作った帽を頭に載せて長い顔を愈々長く見せるような男子は、殆どなくなった。女の中にも生え際を四角にして、油をこてこて塗った髪を真中から別け、白い襟を汚すことを厭わぬかの如くに、髷を頸のあたりに下げ、紅いしかしつつましい手柄に、この頃ならば翡翠の簪をさしたような人も、昔よりは少なくなって来、髷は小さくかたづけられて襟を汚さぬようになった。

昔日清戦争の頃に見た博文館発行の「日清戦争実記」という雑誌に、南大門の写真が出て居た。圧倒するように大きいこの大門の周囲に、蛞蝓の寄り集まりのような藁屋がうじゃうじゃして居た。それに比べれば今の京城は全く別世界の如くに立派になったものである。併し産業の次第に盛になって来るこの都市が、古都として文化都市として、どのくらい周囲の優秀な自然と古い建造物とを包容し得るかということが、京城府民の将来に課せられた問題であろう。その一つとして考えられるのは樹木である。今京城の街路樹としては、公孫樹、にせあかしや、プラタヌス、ポプラ、臭椿等があるが、冬の寒さの厳しいということもあり、府民の愛護の足りぬということもあるが、あまり立派ではない。京城では赤松は少し大きくなると皆枯れてしまう。併し所々に残って居る公孫樹、榎、欅、槐、柳等の大木は実に美しく立派で、所々に頼もしい樹蔭を作り涼しい風を漂わせて居る。こういう樹木を保護すると共に、其等を街路樹として用いる工夫も望ましい。

季節の落書

李孝石

秋も晩くなると私は殆んど毎日のように庭の落葉を掻き集めなければならない。毎日のことでありながら、いつとはなしふんだんに飛び散り、降り積るのである。落葉なんて全く、この世に有り余る人っ児の数よりも多いものだ。三十坪に足りない庭だのに、日毎の始末が仲々に面倒臭い。桜、林檎《りんご》、梨、棗《なつめ》、などはまだしもで、困るのは鈴懸もどき（名が判らぬのでそう呼んでおく）と壁一面の蔦である。蔦なんて、夏壁をそっぽりと包み屋根と煙突の赤だけを残して家中を緑の夢と化した頃こそがいいので、葉をすっかり落しぎすぎすと現われた漆喰《しっくい》の壁に枯れた蔓を網目のように絡ませしなびた山葡萄の房のようなちゃちな実を一面に垂らす頃は、もう一顧の価だにしない。困るのはその落葉で、たとえば桜の葉のように鮮かに紅葉するでもなし、はじめから朽葉色に汚く濁り、愛嬌のないその広い葉っ葉が小径に積り雨にでも叩かれるとなると土の中にべっとりとはまり込むのでどうしても落ちるたんびにその始末だけはしなければならない。

桜の木の下に、かき集めた落葉の山をつくると、火を点ける。ぶすっぶすっと弾きながら中から燃え始め細い煙が立ち騰り、風のない日など低く澱んで早くも庭一面にただよう。落葉の焚かれる匂は佳い。炒りたての珈琲の匂がする。よく熟れた榛の実の匂がする。私は熊手を手にしたままいつまでも煙の中に突っ立ち、崩れる落葉の山を眺め香ぐわしい匂を飽かずに齅ぎながら、ふと猛烈な生活の意慾を覚える。煙は体中に滲み込み、いつの間にか服の襞からも手の甲からもにおい出すようになる。私はその匂を限りなく懐しみながら、愉しい生活感に浸り、殊更《なおさら》生活の題目を物珍しそうに頭の中に浮べる。陰影や潤いや色彩が乏しくなり、緑は殆《ほと》んどその影をひそめてしまった、夢を喪失くしたがさつな庭の只中に於て、夢の殻であり残滓である落葉を焚きながら、ひたすら生活の想念に駆られるのである。うつろな裸の庭は、もう夢をはぐくむのに適しないためだろうか。華かな緑の記憶は寔《まこと》に遠く杳と消え失せてしまった。もはや、想出にあやかり、感傷に耽ってはならない。秋だ。秋は生活の季節だ。

私は花壇の痕を掘り、燃え尽きた落葉の灰殻を——死にはてた夢のむくろを——土深く葬り、毅然たる生活の姿勢に立ち戻らなければならない。物語の中の少年のように勇しくならなければならない。

今になく、手ずから風呂の水を汲み、一人で焚き付けまでするのも、勿論こういう感激からである。ホースで浴槽に水を濺ぎ込むのも楽しければ、難儀しながら小さい焚口から薪をくべるのも愉しい。うす暗い台所に蹲って、赤く燃え上る火を、子供のような感動をもって見詰める。暗い闇を背景に、真赤な熾んな火は何か聖なるもののようにかずかずと燃え、めらめらと舞い上る。顔を赤く染め、張りきっている私の恰好は、丁度その尊いものをプロメテウスから貰ったばかりの時の、あの太古の原始民の其と似ているかも知れない。私は今更のように、心の中で火の有難さを讃え、神話の神に感謝の念を捧げる。やがて湯殿には濛々と湯気が立ちこめる。霧深い海の只中にいるのだと云うように、童話風に感情を装いながら、湯槽の中にからだを深く沈めると、天国にいるような気になる。地上天国はどこでもない。何時も這入る家の中の浴槽である。人間は水から生れて、とうとう水の中に天国を求めるものらしい。

水と火と——この中に、生活は要約される。季節の意慾の最も熾烈に現われるのはここである。どの季節だって同じことではあるが、秋からの季節の最も生活的である所以は、何よりもこの二つの元素のたのしい印象の上に立つ。暖炉は赤々と燃えなければならない。火鉢には炭火がかんかんとおこり、湯がじんじんとたぎらなければばならない。そして、日毎何杯ものお茶を淹《い》れなければならない。

街には恰好な喫茶店もないので、珈琲だって家で淹れなければならない。百貨店の階下で粒を臼いて貰い、そのまま折鞄の中におさめ、電車の中で豊醇な香りを無性にたのしみながら、郊外へと帰る。どこか子供じみていると思いながら、その気持を又楽しみつつ、これが生活だ、と思い思いする。

冷い八畳の書斎でお茶を啜《すす》りながら、尚も思うことは生活のことである。もはや用のうすくなった寝台には、せめて熱い湯婆をいくつも入れて見ようかと思ったり、部屋の隅には今年の冬も亦クリスマス・ツリーを樹て、色電球で飾り、皆を嬉しがらせようかと考えたり、雪が降ったらスキーを始めようかと計画したりする。こういう他愛ないことを考える時だけは、屈託もどこかへけし飛んでしまう。書物と取っ組んだり、捗《はかど》りもしない原稿と首っ引になったりしていた、その同じ書斎で、洒々とこういうことを考えるのは愉快なことではある。

机に大方かじりついたきり、何ということなしに、こちこちと考え悩んだり、ぎすぎすと苦しんだりしながら、生活的なことには寸分を惜しみ、たとえば庭を手入れすることなどをも、消費的だ非生産的だ、とばかり蔑んでいたのが、却ってそういうことにこそ、創造的な生産的な意義を見付けるようになったのは、全体どういうわけだろうか。季節のせいだろうか。深まった秋が、裸の庭が、一段と生きがいを感じさせるせいだろうか。

貝殻の匙

李孝石

街では一体、何によって秋を感ずればよいのだろうか。朝晩一段と冷えてきたのは、否み難いし、頓に虫の音の繁くなったのも、事実ではある。果物のはしりが、店頭にふんだんな芳香を放ってはいる。女の衣裳が、敏感に変っていないとはいわない。しかし、これしきの材料では、しんじつ秋の感じはまだ来ない。記憶や書物の中から、逸疾く輸入して来た方が、まだしもである。秋を感ずるのは研ぎすまされた神経だからだ。

ミルンは、秋を語るにセルリを以ってする。白い皿に青いセルリを盛り、そこへ一と塊りつつのバター、チーズ、パンを添えた趣を語り、縮れた爽かなセルリの歯の間にパリパリ砕けるのに、じっときき入る感覚――そこに秋の醍醐味を覚えている。まことに冷い、鋭い、秋の感覚ではあるが、どっちかと云うと、これはむしろ晩い秋の

——いまに炉の火の焚きつけも始まるという頃の、あのひやりとした感じだ。まだ早く、少しく縁遠い。

山峡の避暑地では、秋は早く、九月になりかけると、もう樹の葉は色づき甫《はじ》めた。やまならしやさるなしが、いっとう早く黄ばみはじめる。白樺のほっそりした幹は華奢にゆらぎ、萩の花が美しい。畑の林檎《りんご》は、その場でもぎとって噛じるに宜しく、白い小径には、赭っぽい山葡萄の房が散っていたりする。その頃になると、外人の女の影ももうまばらで、大抵は夏中の夢を孵《か》えして夫々遠い都会の街々へと帰っている。赤い、青い屋根の、バンガロウが、夢の主人公たちをとられて、侘しくひっそりかえっていた。——

これは、記憶の中の秋であるが今年はただ夏の数日を、そこで過しただけだった。萩の花が咲いていただけで、アカシヤの並木路はまだうっ蒼として青かったし、温泉の湯は焼けた皮膚に熱すぎた。小径の散歩路で、上海からしい英人の少女をとらえて、いつ帰るかと訊いたら、上海事変で当分帰れないという。奥地の山の襞にまで、時局が反映しているのを、しみじみ感じた。渓流の上に高く架けられた、吊り橋の上で、友人と一緒に撮って貰った写真が、丁度おととい届けられた。足の下では、奔流が沫き、遠い樹々の間に、別荘の屋根が眺められる。あの一日の行楽が想い出されるにつけ、楽しかった夏が、心に甦って来る。しかし、夏のこととなると、山の記憶よりはむしろ海の想出の方が大事なものとなる。七月の末頃から、八月の最も暑い時期までを、海でくらした。海水浴場と名のつく程のところではなかったが、むしろその静けさを愛した。殆んど毎日自転車で、海まで走ったし、時にはお医者をしている友人の運転する、少し型は古いが、三十何年度型とかの自家用の車にも乗せて貰った。東海はいつも紺碧に晴れ、凪《な》いでいる日など、まるで硫酸銅を——溶かしたのじゃない、結晶そのままを塡め込んだように固くまっさおに澱んでいた。空は曠く、砂は白く、その上にはまなすの花が、紅くこぼれていた。そんなところが、勝手放題自由になるとは、ありがたいものである。その、いみじい、白い砂が、全く自分のものになるのだ。やけるのじゃない。焼いた。人の足跡のまだ入らない処女地の砂の上で、海水着も煩しく、全裸をそのまま、思う存分無慈悲に焼いた。ひと皮むけた皮膚は、はじめは濡れた砂色に、漸次逞しい赤銅色に変った。熱い砂の上で、街のことなどすっかり忘れていた。

　街での、うすっぺらな文化の生活は、ひどく健康をそこねさせた弱い胃袋を嘆きながら、古い桜んぼの入っているという黒っぽい強壮剤を呑んでは、狭い庭先を歩いた。健啖家に出会うと、羨しいどころか、豚のようにも汚らしく見えたのである。花をめで、飛行機を仰いでは、青い空を恋うた。――それが、海での一と月で、すっかり健康を闘い取ったばかりか、一っぱしの健啖家になったのには驚いた。薬汁は要らなくなったし胃袋の弱さをかこつには及ばなくなった。海は逞しい野性の手をもって、からだの質を改造してくれたわけだ。

野性といえば――いろいろ想出のある中に、忘れられないのがある。浜の人達は四五人集ると、砂の上だろうが、岩の蔭だろうが、処かまわず野宴を張った。そこへ私は度々招待されて珍味にあずかったわけだ。海の幸の多い処とはいえ、御馳走が沢山あるわけじゃない。文字通りの野宴で、只一品、貝のお粥が出るだけだ。赤貝の身と芋で炊いたお粥だ。食卓は砂の上で、各自裸のままあぐらをかいて円陣をしいているところへ、鉢に一杯ずつ配られる。そこにぞんざいに架けてある釜から、何杯でもおかわりが貰える。そこがねらいどころだが、海で疲れている後なので、その珍味にはみな舌鼓を打つのである。ふるっているのは粥をしゃくる匙で、そんなもの村からわざわざ携ってくるのじゃない。何んと、貝殻なのだ。粥の実になった赤貝の、あの細長い黒い殻が、そのまま見事な匙になるのだ。全く海でだけのはなしで、粥の珍味も珍味ながら、その匙の風変りな野趣を、私はどれだけ賞でたか知れない。宴がすむと、みなは次の宴の準備の、貝を採りに、岩の出鼻へ又出かけた。宴は日に何度も張られるのだ。

一日は、郡守や新聞記者たちと邑から一緒だったので、浜の組合の人達は、一段と賑やかな野宴を催してくれた。いろいろ変った珍味に、一升瓶がいくつもあけられたが、そこでも大事なのは、貝の粥で、舌の尖にねっとりとしながら、口の中一杯にふくまれる、あの風味は、いまだに記憶にのこる。あれにまさる粥の味を、まだ知らない。

夏中、野趣を満喫したおかげでこの秋は一段とたのしめると思う。この頃、健康のことをたずねる人には、私は大抵、赭黒く焼けた脛をはたいて見せることにしている。夏のやけが、まだ仲々にとれないでいるのだ。

樹木について

李孝石

樹木の眺められない生活ほど、索漠たるものはない。痩せ衰えた冬の木立も、美しいものではあるが、葉をつけた夏の樹の蒼さというものは、街に住んで、日々、舗道や煉瓦や窓をしか眺められない者にとっては、そのまま生命素と云った感じがする。よほど大きな邸宅でも構えていない限り、庭にふんだんに樹を植えるわけにはゆかないからである。庭のない家に、樹なんてのは、全く貴金属にもまして、贅沢な話ではある。壁や机や黒板をばかり眺めて暮すと、いきおい樹木の貧困を喞《かこ》たざるを得ない。

去年の家は、郊外だったので、三十坪ほどの庭に桜があり、まんしゅう胡桃があり、林檎や梨や葡萄の棚まであった。まんしゅう胡桃は、どっちかと云うと貪婪《どんらん》で、葉が茂りすぎ、秋の落葉など汚らしかったが、いつも清楚なのは桜である。葉のつけ方にも、節度があり、秋の紅葉は格別美しい。きれいな染り方で、一枚一枚陽に透すと、真紅の色が紅玉《いし》のような透明さだ、私は桜を、美しい樹の一つに数える。街の中へ移って来ると、三十坪の庭なんてのは到底望み難く、樹木のない索漠さが、それだけ生活の潤いを減らしているような気さえする。塀や壁に、蔦が繁り朝顔が這うて、青さにだけは事欠かないが樹とは名ばかりの、桜の二年生位のが一本、薔薇が一株、樅やライラックの若樹が二三本ずつ、の貧弱さである。蘭やポピイやカカリヤ等の草花に助太刀させて、どうやら庭の体裁にはなっているが、去年の庭の十分の一の宜さもない。学校では、窓の外に繁った楓やぽぷらの古木が眺められるが、これも、樹木の美感を遺憾なく感じさせると云ったたぐいのものではもとよりない。樹木の眺めに飢えていると、丁度良い書籍に飢えているのと同じ気持がする。

　樹木と相対すると、一つの霊と向い合っているような気がする。語らないけれども、一つの意志を伝えて来て、いつの間にか心が触れ合い、共感と同情が生れ安らかな静謐と平和の境地に浸るようになる。その上、樹という樹はすべて、如何なる人為的なものにもまさる、美しい形とみごとな風貌を具えている。凡そ自然の創造《つく》ったものの一つとして美しくないものはないが、樹木は中でも最も恵まれたものであろう。任意の樹の、どの枝、どの葉でもいい、一つとして、例えば人為的などんな美しいものよりも、劣ることは絶対にない。人が人に対する時ほど、疲れるものはない。人間の心理の去来は蜘蛛の巣のようにも錯綜していてお互こころのさぐり合いをしたり、智慧のくらべをしたりするうち、神経の疲れが来、感情の浪費を余儀なくされる。樹木に対する時はそれがない。心は清らかに澄み、只美感と共感が生れるばかりである。巷間の人間事に疲れた時帰るべき処は、樹木の世界よりほかはない。山間を渡る微風にさらさらと鳴る、山楊木《やまならし》の葉ずれを聞いただけで、或は白樺の真直な白い肌を眺めただけで、心は滌われ清む。白樺と山楊木――思うただけで、心が踊る。人の子ほどにも種族の多い樹木の中で、これほど美しくつつましやかな樹はあるまい。山楊木の爽かさ、白樺の高貴さ、――樹木の世界での双璧たるを失わない。何れも山の樹で、私はその最も美しい姿を、朱乙の奥地の山峡で見た。渓流が沫を散らす岸の叢の中に、赤い屋根の山荘があって、庭一面に白い砂が敷かれ、そこに、ほっそりと華奢《きやしや》な白樺と山楊木が二三本、品よく揺ぐ。秋にでもなると、白い砂の上に疾逸いわくらばが飛んだり、山葡萄の房が散っていたりする。異国的な、忘れ難い風景だった。千坪ほどの庭に、池を作り、白樺と山楊木を存分に植え、秋深む頃水面に映る樹の肌や、落ちる葉っぱを眺めることが出来たら、幸これにすぎるものがあろうか。桜も美しいし、楓もいいし、びゃくしんも好きだけれどもこの二つの樹にまさる美しさを、私はまだ見付けない。

英詩には、現代の抒情詩によく白樺《シルヴアバーチ》や山楊木《アスペン》が詠まれているが、文字にぶっつかっただけで、もう心のおどるのを覚える。同じ楊木でも、白楊や、殊《こと》にポプラになると、格段と品が違ってくる。ポプラは現代的ではあるが、俗っぽさを免れない。昔は誰もこれを詩にうたうことをしなかったし、知らなかった。これが詩にとり入れられたのは、現代には入ってからの、極く最近のことである。少し智にはすぎるがハクスレイのポプラの唄などは、その白眉篇であろう。散文には割合白楊のことをとりいれたのが多いが、中でもブウニンの「秋」は、吼える秋の海、夜深い崖の上の、鬱蒼と騒ぐ白楊の樹立を描いて、随分印象的だったと記憶する。現代的な樹と云えば、アカシヤもその一つだが、これもどちらかと云うと、茂りすぎる嫌いがあって、品に乏しい。尤《もっと》も、ミルンの、アカシヤの随筆の味は、また格別なものだが。ボウの「沈黙」になると、小綺麗な樹や樹立ではない、ゼイール河の辺りの、深黄色に病んだ沼の、うつぼつたる原始林を描いて、恐ろしく凄惨な、永遠なものを感じさせる。

手近に、樹木の眺めが求められないからには、手元の作品の中から、樹木を読んで、愉しむより外はない。樹木には、人物のように性格の発展がないから気苦労なく読めて、爽かな幻想にふけることも出来る。書物に飽くと、牡丹台へ出掛けてゆく。綾羅島の柳の眺めは、殊に五月の新緑の頃のそれは、平壌きっての美しいものの一つだと思う。台の上の茶屋から俯瞰《みおろ》す、秋の眺めも素晴らしい。桜に櫟を混ぜての紅葉は、紅に黄を点綴させて、刺繡みたいに美しい。しかし平壌人は、この茶屋には入って眺めることを、あまりしない。大きな損をしていることになる。

季節に応じて、樹木は夫々美しく姿や装いを変えるものであるが、冬は、謂わば、色彩の死滅の時で、その運命的な単調さは如何とも救い難い。私は数年来、青を求めて、クリスマス・ツリーを立てて来た。樹を伐るなんて、惨酷な話だけれども、これも人間中心とあってみれば、仕方もない。檜の殊に大きいのを切って来て――こっちは買うのだが――星やモールや綿や色電球で、飾りつける。人工的な嫌いはあるが、それとしての充分の美しさがある。時ならぬ蒼さも、貴重なものであるが、部屋一杯に溢れる、あの馥郁たる脂の匂は、皮膚の細胞の隅々にまで滲みる程の、特殊の新鮮さと強烈さを有つ。夜、五彩の色電球の側に腰掛けて、生々としている蒼黒い針葉を見詰めていると、その一つ一つが、美しい童話を――山の中で見聞した、星の話しや、風の譚や、禽獣の物語を、静かに物語っているような気がする。樹の香りと一緒に、よろこびが、家の中一杯に充ち溢れる。樹木は、いつ見てもいいものである。これと親しまない人程、不幸な人はなく、これの眺められない生活ほど、索漠たるものはない。

水の上

李孝石

山か海へ出掛けない限り、夏はしのぎにくい。殊に水銀柱が百三十度を上下する街では一日うだっているとからだはくらげみたいにのびてしまう。せまい浴室で何度水を浴びたってはじまらないし、数百人を詰め込む映画館の冷房装置は、所詮いみないのべつに氷ばかり呑んでいると、胃袋がげっぷをはじめる。

去年の夏蝀龍窟〔トンリョングル。平安北道にある「地下金剛」の称ある大鐘乳洞〕を探険して思ったことは、あの洞窟内一帯を夏場の遊園地にしたら、という空想だった。窟内は一つの小天地をなし、広場あり、丘陵あり、滝あり、湖あり、と云った工合、之れらを縫って歩くのに、小一時間はかかった。湖に舟を浮べ、広場にホールを作り、照明をきらびやかにし、交通の機関を設け、あらゆる近代的設備を施したら、まさに世界的なものになるのじゃないかと思う。平壌が数百万の大都会に発展し、球場あたりまで勢が延びた場合、これはもはや単なる空想ではなくなるにちがいない。いずれにしてもしかし数十年後のことで、それに至るまでには、街には大きな避暑のプールが、建物毎に出来るのじゃなかろうか。明け暮れ水の生活で、水中に大きな卓子を据え、その中で事務をとったり、食事をしたり、泳いだり、避暑を兼ね仕事をもすると云った工合のものであろう。理想の境地だが、今のところこれも空想で、空想では暑さは退きそうもない。少し臆怯だが、差しあたり、川までのすより外はない。遊園地の、プールのと、ぜいたくな話で、平壌は手近に江を控えているだけ、幸福と云わねばならない。広々とした江幅が、街のすぐ岸をじかに洗い、深々と流れる様は、それだけで一つの壮観を呈している夏場は府の人口の殆んど何分の一かが、そこで暮しているように見える。千にあまる河童の群が、うようよと芋を洗う。老若男女、毎日毎日江を相手の半日で、彼等程水を愛する人種も少い。半島から大陸へかけて、一等愛され楽しまれている江は、恐らくこの大同江に、も一つ松花江ではなかろうか。舟を漕いだり、泳いだり、釣ったり、おかでは肉を焼いたり、魚粥を炊いたりする。誰も彼もが、赤銅色にやけて、健康で、与えられただけのものをたのしみ、知性とやらで悩むような、よけいなことをしない。彼等こそ、人生を最もよく生きる、優秀な生活者かも知れない。

旅行にはぐれてしまった僕も、彼等を真似毎日江へ出ることにした。二人の友人と、ボートを借り、ボートの中の三人男になった。一週間足らずで、顔は栗色にやけ、肩はひりひりしはじめている。水の誘惑は強く、からだの疼《うず》く位はものともせず、午《ひる》ごろになると、いつの間にかぞろぞろ集っては、江の方へ足を運ぶ。いつも変らない献立、麦酒を半打にちょっとしたものを仕入れ、ボートで先ず江を横切る。半月島の瀬を溯り、裏の江に至ると、ここが半日の間の休息場となる。広い静かな流れに、舟を浮べたまま、呑気な遊戈である。水底は白い砂の遠浅で、どの部分へ流れ、どのあたりを泳ごうが、舟の意のまま、水の気儘《きまま》である。深みに身を沈め、顔だけを出して、湖水のように静かな水面はるかに眸《ひとみ》をこらすと、樹木の茂みと、白い雲だけが見える。あらゆる人為的な夾雑物は消されて、美しい自然の粋のみが、鮮かなタッチとして眼にしみこむ。水面と樹木と雲と――これ程絵画的な配列はない。何んと豊富な水だろう。すべて我がものである。その中で何をしようと、――跳ねようと、あばれようと、自由である。人間に与えられた天恵の中で、恐らくこれほど豊かで新鮮なものはなさそうな気がする。自然の中にじかにとりまかれていると、心はそれらの材料で一杯、つい咏嘆的になって、他の想念は大方失せてしまう。思想も知性も、こういうものはやはり机の上でのままごとのような気がする。咏嘆――ただこれあるのみである。恥かしいことでも何でもない。これを失うことこそ、不幸である。美を見、打たれて、黙する人もあろう。卒直に賞讃を披瀝し、咏嘆するのも、可なりである。この童心を失うことこそ、無智で、恐るべきことでなければならない。

べんべんと遊んでばかりいるのも気がひけて、水の上に仕事を持ち出すことを工夫してみた。せいぜい読む位のことは出来るが、しかし何をしても自然の邪魔を受ける。自然は嫉妬深いのかも知れない。雲や樹木や水は、しつこく活字から視線をうばってしまう。書物の思想は、きれぎれに千切られて、印象は散乱し、泡のように混乱してしまう。急ぎの校正刷を持ち出したが、二日かかって、書下し長篇の一部の再校をやっとすませた。水の飛沫が散って、頁毎赤いインクの跡をぼかした、傷だらけの刷稿を、いそいで書肆に送ってしまったのである。水は仕事を拒む。舟の中での精進はおぼつかないものである。

きれいさっぱりと遊ぶに如《し》くはないと観念し、しばらく何もかも抛り、無心に日を消すことにした。同じことを毎日くり返すのが、水の上では決して単調ではない。同じ水の中で同じことをするのだけれども、退屈しない。ながいこと街に出ないので、街の連中は大方旅にでも出たろうと、思うにちがいない。やけるだけやけて、今度出会った時、黒い顔で吃驚かしてやるのも一興だろう。もう午に近い。二人の友人がやって来るときである。ぼつぼつ出掛ける用意をしなくっちゃならない。

金剛山の風景

安倍能成

金剛山協会の御蔭で、再度金剛山の景色に接することの出来たのは幸福であった。十余年前に行ったのは十月の半ばで、外金剛の紅葉黄葉を十分に賞するを得たが、温井嶺から内金剛山荘に着いた翌日は生憎の雨で、傘をさして長安寺あたりまで歩いたに過ぎなかったけれども、今度は万瀑洞の渓谷から表訓寺、摩訶衍庵を訪ね、楓渓から金梯銀梯を攀じて、毘盧峰の久米山荘に泊し、比較的新しい勝地である九成洞を朝陽瀑辺まで下り、三聖庵趾から観音連峰と上登峰との間の峠を超えて、万物相下の万相亭まで下る道を、初めて歩くことが出来た。

神渓寺から玉流洞の渓谷を九竜淵までの道は、外金剛の銀座とでもいうべき、訪客の最も多い所ではあるが、私は再度の訪問に、又新たなる魅力の尽きざるものあるを覚えた。

尤《もっと》も前の時は秋で今度は夏だということもあった。新緑には遅かったけれども、高山の緑は黒ずむことなくまだ鮮かで、見る眼に如何にも楽しかった。

金剛山の景色の最大の特色は勿論岩石にある。岩の美しさ立派さは、京城付近の北漢山。道峰山、水落山、仏岩山等に於いても、これを見出すことは出来るが、金剛山は実に朝鮮中の岩石の集会といってよい位、ありとあらゆる形の岩峰を鍾《あつ》めている。これだけ地域が広くそうしてこれだけ密集的に岩のあるということが、先《ま》ず金剛山風景の特質を形成するものだといってよい。それにその岩峰の一つ一つが高く大きく、ずばぬけた規模を持っていて、しかも数がすばらしく多いのだから、日本のこれに類した景色、例えば甲州の御岳だとか上州の妙義などは、到底足下にも寄りつけないわけである。

岩の形によって色々な名、殊に仏教に基づいた名前が多くつけられているが、それは寧ろ煩わしい位で一々挙げては居られない。併しその形状が多種多様で、或は秀抜であったり、或は雄偉であったり、或は怪奇であったり、それこそ造化の巧の測りがたさを想わせることは驚くべき程である。今その一例を挙げて見れば、九成洞の清流壁というのは、大きな岩山の広い滑かな斜面を形作る鉄色の板のような岩壁の上に、水が薄く光って流れて居り、その岩壁に田の畔のような割れ目があって、そこに黄色の萱草に似た花が群れ咲いている様は、実に雄大と優美とを兼ねた何ともいえない景色である。その付近にある暎楓渓という所も、周囲がちょっと開豁で、その渓水のみならず、渓中の岩石までもが、金剛山中第一と称せられるこの渓の紅葉に映発する美しさの、まことに想像に堪えたるものがある。上登峰の峠から前面に五峰山、万物相、新万物相、水晶峰、千仏山あたりを望み見た時には、殊《こと》に三つの万物相が金剛山の岩の大観を代表していることを、まざまざと感ずることが出来た。この半ば以上に樹木を多く有しない、夏の最中にも金剛山の冬の称呼たる「皆骨」の趣を露呈し、水によって柔げられず、白けた又茶色をしたそっけない色で、空の青さと相映闘している岩峰の嶮しさ、厳しさ、力強さ、逞しさを眼のあたりにして、私は心の驚きを圧えることが出来なかった。

色に就いても、岩の風化の程度によって、又それに付いた苔等によって様々であることは、いうまでもない。ただ今度特に感じたのは、九竜淵の岩壁の褐色もしくは紅色を帯びた色であった。同行のＩ画伯の話によると、こういう色の花崗石が最も上質と称せられるのだそうであるが、今度帰京して新築の帝室博物館の床を見ると、それはまさしくそういう花崗石の磨き立てたものであった。

朝陽瀑の周囲の岩色も大体そうであったが、或は黒く、或は鉛、或は白く、或は青い色々な岩石が、その周囲との配合によって映出する色彩、日光及び季節の気象の変化による変幻などを考えれば、それを一々数え立てることは到底不可能であろう。岩石に就いて更に一言したいのは、山中にはこの岩山の偉大な集団を大観し得る場所が乏しくないということである。前にいった上登峰からの万物相の眺めもそうであるが、車を駆って神渓寺を訪うただけで、我々は実に集仙峰を主とする岩山の大観を執え得るのである。そうしてこうした眺めは、到る処の峠にあり、或は寺観の背景、前景をなすのみならず、両方から山の迫った渓川の間から、突兀として我々の頭に迫って来ることもある。

金剛山の風景を形造る重大な要素が水にあることは勿論である。私は今度の再訪までは、水の今少し豊富であることを望むような気がしたが、今はそうも思わなくなった。渓谷の到る処にある瀑布、激端、急流、深潭の趣を一々挙げる必要はない。玉流潭だとか万瀑の諸潭だとかの景観は、渓流美としての最上なるものであることというまでもない。特に九竜淵の上の茶色の花崗岩を床とした斜面に、藍壺のように湛えた上八潭の景色は、天下の奇観ということを憚らない。渓流の真中に盤踞して水を激せしめる岩石もいいが、大きな岩床の上を水が浅くかすめるように流れているのもよい。こういう景色も到る処にある。その岩の襞によって、水が鱸の洗いでも並べたように美しくさやさやと走る趣もよい。今度温井里から六花巌までの自動車道路の開通によって、文珠潭の風景は台なしになったのを見た。こういうことも或る場合には已むを得ないことであろう。併し本当に已むを得ざる処置だという断案に到達するまでには、工夫や考案の惜まれざることを願って已まない。

金剛山中到る処に樹木や草木の豊富なことが、どの位その景色を助けているか分らない。秋の紅葉の美しさ、初夏の新緑の美しさは、固よりいうまでもないが、殊にあの岩石の間に生えた樹木が、風雨雪霜に堪えて、あまり丈の高くもないその軀幹を、多年の間に養い来つた労苦を思えば、一木一草といえどもおろそかにしたくないような気になる。併《しか》しその間に於ける適当な人工的処理の、却て自然の美を助けて、人間をも益するものがあらば、それを固より拒む理由はない。ただ将来だんだん自動車道路が拡がっても、そこへ態々《わざわざ》ポプラや、プラタナスやニセアカシヤを持っていって植えたりすること、又日本人のどこでもやるように、桜の木をむやみに植えたりすることは止めてもらいたい。出来れば山の適処に自然が適材として成長させている草木を、そのままに成長させることを助け、その残害を出来るだけ防ぐという風でありたい。

今度の旅では、私には「おおやまれんげ」の花の美しさが、一番印象に残った。蕾も葉も椿に似ているが、蕾は白椿よりも一層青味が少なくて白く和かであり、葉も亦椿の堅さがなくしなやかである。開いたのを見ると真白な六弁の真中で、蝦茶色《えびちゃいろ》のビロードの座蒲団の如く雄蕊《おしべ》が固まり、その上に黄色に雌蕊《めしべ》の群が高く立っている。その清楚な深山の乙女のような姿は、万瀑洞から楓渓に於いて殊に多かったが、九成洞にも少なくはなかった。小豆色をした自然生のライラックも、方々でその芳烈な香を送ってくれた。外金剛山荘の食堂の卓に挿してあった撫子の濃艶な色も忘れられなかった。それは近くの山辺に咲いたのだそうであるが、都会近くの花壇で培われたのかと思うほど、濃い紅と白粉とに飾られたような花であった。

交通だとか設備だとかの問題に就いて、私は金剛山道路の幹線を自動車道路とし、その一部にケーブルカーを設けることに決して反対はしない。そういう設備によって、二三日の観光客の要求を充し、金剛山の大観に接せしめることとは、寧ろよいことである。ただそういう設備の限度と境界とに就いてよくよく考えることと、その為に風景を破壊しないで却て新しい風光を打開する位の意気込みを以てやってもらいたい。自動車道路さえつければよいというわけでないが、自動車道路そのものが何も風景を破壊するとは限らない。殊に注意を願いたいのは、現代の日本に於ける普通の家屋、橋梁その他は、一つとして景色を添えるものはなく、多くはこれを無慙に破壊するもののみだということである。その点に就いては甚深の考慮と工夫とを加えてもらいたい。

日本精神の実現と発揮とは、存外こういう地味なところにあることをも考えてもらいたい。

茶亭、休息所、山小屋、旅宿等の設備については、金剛山協会や鉄道局其他に於いて、周到な用意を以て色々実施して居られることは喜ばしい。山の中の建物は出来るだけ素朴な周囲と調和するものでありたい。紙屑の捨場所が出来て、そこいらがいくらか綺麗になったのはいいが、九竜淵のも万物相のもちょっとそれが目障りではあった。ホテルなども鉄道局の経営であれば、多少はこういう山へ来るものの訓練を心がけてもよい。それは官僚的に世話やくという意味でなく、飲食其他に於いて山の生活のよさを、都会と違ったよさを味わせて、場違いの要求を自然にお客から出させない工夫である。

最後に金剛山の岩を崩し、水を涸らし、樹木を焼いて、この景色を破壊してしまうものに、礦石特にタングステンの採掘更に盗掘がある。これについては先ず当局の確実な基本的な礦床調査を希望し、風景の全体から見ての礦区の指定制限、採掘を許可されたものに対する厳重なる条件の指定及びそれに就いての監視を望みたい。私が朝陽瀑から三聖庵跡を経て、上登峰の峠まで、素人目で観察した処によっても、こうした盗掘の山と林と渓流とを荒廃させる力は、実に驚くべきものがあり、これは風景ばかりの問題でなく、やがては治水や治安にも交渉して来る問題であると思った。

遥かな山々

泉靖一

一九二九（昭和四）、三〇年（昭和五）のふた夏を、私は父のはからいで、長安寺のバンガロー（貸し別荘）ですごした。日本から朝鮮におもむいたものが、しばしばおかされたように、私も京城で中学に入学すると、軽い肺浸潤をわずらった。休学はしなかったが、夏を空気のいい長安寺でおくらせてやろうというのが、父の考えで、七月二六、七日になると、一家全部で京城から長安寺にむかった。

京城から鉄原《てつげん》まで鉄道に乗り、ここで金剛山電鉄に乗りかえた。当時の電鉄の終点は昌道《しょうどう》で、そこから長安寺まではタクシーによらなければならなかった。重畳たる山脈を、登っては降り、降っては登って、長安寺に着くのに半日以上かかった。長安寺一帯は、深い針葉樹林に覆われていて、そこには鉄道局直営の朝鮮ホテルの分館と、おなじホテルが経営するバンガローがあり、民間の人々の経営する旅館は、みすぼらしく、その数もわずかであったし、店というべきものもほとんどなかったように記憶している。そのせいか、私たちは、京城から大量の食料品、それに食器や炊事道具まで持参した。

京城の町と、その周囲の海岸しか知らなかった私にとって、長安寺の自然はきわだって鮮やかであった。はじめの年は、ミンミン蟬《ぜみ》のなき声が膚にしみて、めずらしかった。長安寺の僧侶の読経におどろき、清冽《せいれつ》な小川のせせらぎに耳を傾けた。寺のはずれから内金剛の中心部にむかって、小さな路が沢ぞいに続いていた。弟妹たちとこの小路をいくたびか登ったが、登れば登るほど大きな一枚岩や滝があらわれてきて、自然は天上からおそいかかってくるかのように思われた。とくに、谷のうえの青空に白い雲がとびかうのをみると、天と雲が落ちてきそうな幻覚にとらわれた。そのようなときには、私は弟妹たちをつれて、いちもくさんに、バンガローに逃げ帰ったことを思いだす。

さびしい内金剛の山路で出会う人々は、たいてい目の青い外国人だけで、朝鮮人も日本人も僧侶をのぞくと、ごくわずかであった。また、たまに会う朝鮮人と日本人は例外なしに団体客であって、小人数の旅行者にはほとんど会わなかった。そのころの金剛山は、朝鮮や日本よりも、東洋に屯《たむろ》している外国人に有名であった。バンガローの隣人たちもホテルに泊まっていた客も、たいていは外国人で、上海や香港から夏の休みを涼しいところですごすためにきた人々であった。長安寺の涼しい夏をのんびり愉《たの》しむことのできる経済的余裕がある人が、まだ朝鮮人にも日本人にも少なかったのと、余裕のある人々にも心のゆとりがなかったのである。私の家の経済は、朝鮮にきて、東京のころから比べると安定したらしい。昭和のはじめころの私立大学では、専任の教授にたいしても月給は時間給であった。講義をした時間に応じて月給が払われたので、休暇や休んだ時間については、支給されなかった。したがって、とくに夏休みのあいだの生活費を用意することは、なかなか大変であったようだ。

それが、京城の国立大学に転じてからは、夏休みにも月給が払われたので、父はもちまえの性格から、私の健康のことも考えて、人里はなれた、しかも比較的設備のいい避暑地で生活することにしたらしい。

父は毎日木陰で書物を読み、子どもたちは蟬をとったり、谷々を歩いたり、昼弁当を野外でひらいたりしたが、あまり山の奥にははいってゆかなかった。そうこうしているあいだに、一九二九年の夏休みも終わり、一家は京城に帰ってきた。秋がきて、冬にはいると、私たちはいつのまにか、次の夏を待つようになった。

中学二年の冬には、家の付近の奨忠壇《しょうちゅうだん》の池で、スケートを習った。硬《かた》い氷の上を、鉄の棒を足につけて滑ることは、容易な業ではなく、ようやく滑れるようにはなったが、ついに好きにはなれなかった。それでも、奨忠壇から漢江《かんこう》にまで足をのばして、滑るだけは滑った。一九三〇年（昭和五）の夏がくるまでに、私の健康はめきめき回復して、手足が大きくなったように思われる。

夏休みがはじまると、一家はすぐまた内金剛の長安寺のバンガローにおもむくことになったが、まえの年ほど、食料や道具類をもってゆかなかった。道具類の一部を現地にあずけておいたのと、その年から電鉄が鉄原から長安寺まではいり、まえの年に比べるとめだってひらけたからであった。バンガローに落ち着くと、私はもう蝶《ちょう》やトンボを追うのを止めて、山を歩きはじめた。あらかじめ用意してきた細い縄《ロープ》を腰にさげて、付近の岩の峰に登ろうとしたのである。花崗岩の一枚岩の多い金剛山の峰々は、のちにも述べるように、岩登りのすばらしいゲレンデであった。

七月のある日、私のからだをずっとみてもらっていた医師の三木先生が、バンガローをたずねてきて、数日泊まった。ちょうどその時、ホテルの支配人の弟の伊藤さんも、長安寺にきていて、どんなきっかけからか知らないが、三木先生と意気投合し、内金剛のうちでもっともけわしい望軍台《ぼうぐんだい》という山に登る計画が、夕食の話題にでたのである。私はぜひ、同行させてもらいたいと申しでたところ、まだからだがほんとうに治《なお》っていないからと、母が反対した。その時、三木先生が大丈夫だと思うから、試験的に登らせてみようといってくれたので、主治医がいわれるのだからと許可がおりた。

長安寺から望軍台への路は、そのころは、まだ踏みあと程度で、落ち葉が深く吹きだまり、歩くと膝がすっぽり埋まるようなところもあった。渓谷の水は清冽で、いたるところに小さい滝がかかっている。川を遡《さかのぼ》っている路のところどころに丸木橋がつくられていたが、大部分は朽ちはてていて危険であった。小さな谷や崖の上に結ばれた庵《いおり》におもむくために枝路がたくさんあったが、みちしるべのようなものは少なく、私たちはなんかいも迷った。

望軍台の登りは、頂に近づくにしたがって、急にけわしくなった。とくに頂上のすぐ下の岩壁には、上から太い、鉄の鎖がさげられている。その鎖にすがって、小さな岩峰の頂上に立った。私だけが、頂上の下ですっかりのびてしまい、水筒の水をがぶ飲んだ。二人の大人は、さっさと、私をおいてとおりすぎた。なにくそと、走るように二人を追いかけたことを、いまでも覚えている。庵に住んでいる僧侶をのぞくと、この日はだれにも会わなかった。

望軍台は、けわしい山だが、眺望《ちょうぼう》はさほど秀れていない。さらに高い峰が、北のほうに聳《そび》えていたからである。望軍台に登って自信をつけた私は、この峰の北に走っている金剛山中の最高峰である毘盧峰に登りたくなった。この峰は、そののち外金剛のほうからも登れるようになったが、当時は長安寺から頂上まで小路がついていただけである。

内金剛の主体をなす渓谷は毘盧峰に源を発して、長安寺に流れくだってくる。だから、この渓谷を遡行《そこう》して、毘盧峰の頂上に達するコースは、古くから内金剛の幹線であった。したがって路も、望軍台よりはよほど立派である。私は、毘盧峰には、伊藤さんと登ることにした。

昨年、雲がまいおりてくるのにおどろいて、妹や弟をつれて逃げ帰った峡谷の入り口を、朝暗いうちにとおりすぎた。一年間で、これほどまでにたくましくなったことが、不思議に思われてならない。少しまえに、観光客が長安寺の宿をでていたが、私たちは気楽に、この人々を追いこし、四時間後には、毘盧峰の麓《ふもと》のガレ場の下にきていた。このあたりに、四仙橋《しせんきょう》茶屋がある。茶屋から樺《かば》の林をすこし登ると、森林がなくなって、丈の低い灌木帯となるので、眺望がぱっとひらける。

その翌々年に立派なジグザグ路が、ここから頂上にむかってつくられ、さらに外金剛の九竜淵《きゆうりゆうえん》まで延長されて、内外両金剛山が結ばれることとなった。それまでは、直径一―二メートルの花崗岩からなっている、長いガレ場を四つんばいになって登らなければならなかったのである。しかし、私にとっては、それはたのしい運動であった。真夏の太陽がじりじり照りつけていたが、空はあくまで高く、空気は乾燥し、さわやかであった。岩に生えている苔《こけ》のかさかさした感触も快い。

ガレ場を登りきると、尾根伝いに、頂上に達することができる。毘盧峰はこのあたりで、もっとも高い峰なので、さすがに眺望をほしいままにすることができた。はじめて登った毘盧峰の頂の一時間を、私は忘れることができない。金剛山の壮大さをとおして、山の力強さと、それをうけとめる人間の力との関係を、しみじみ悟った……ような気がしたのである。

海に近い、外金剛の岩山の彼方から、雲が湧《わ》いて、いつのまにか、私は独り霧のなかにいた。霧は湯気のようにあたたかく、細かい水滴を含んでいた。ガレ場を降りはじめたころ、下から数人の男が登ってきた。それが、私らを含めて、あとにもさきにも、その日、毘盧峰に登った人間のすべてであったから、金剛山の長閑《のどか》な時代であった。

夏休みが終わって、京城《ソウル》に帰ってくると、私は、近郊の山をかたっぱしから登りはじめた。京城の町は、狭い盆地にあって、周囲の山々には、花崗岩の露出した岩の峰が多い。そのころ、ちょうど朝鮮山岳会が結成された。会長は中村両造教授（京城帝国大学医学部）で、会員には京城大学予科の竹中要博士、東洋拓殖株式会社の下出繁雄氏や朝鮮鉄道局の飯山達雄氏が名をつらねていた。この山岳会は正統派であって、飯山氏をのぞくと、ほかの会員は岩登りはやらなかった。しかし、京城近郊の山々は、岩登りの絶好のゲレンデであったので、日本からスポーツ・アルピニズムの波がおしよせてくるのを止めることはできなかったのである。

正しく評価することはむずかしいが、朝鮮でのスポーツ・アルピニズムの火ぶたは、北漢山《ほつかんざん》の仁寿峰《じんじゆほう》の初登攀《とうはん》によって火蓋《ひぶた》がきられたと私は考えている。京城の北を扼《やく》している北漢山は、のっぺりした一枚岩《スラブ》の岩場に富んでいて、ルートのとりかたによっては、そうとう手ごわい山である。しかし、その大部分の峰は、古くから地元の住民によって頂への路がひらかれていた。

余談ではあるが、朝鮮の人々は、山を崇拝し、しばしば神になぞらえたようだ。朝鮮の高い山には、「白」を冠した名が多い。いま話をしている北漢山の最高峰は白雲《はくうん》台《だい》といい、北朝鮮の白頭山《はくとうざん》、北水白山《ほくすいはくさん》なども、よい例である。

この点について、民俗学者の故崔南善《さいなんぜん》教授は、つぎのように述べている。現在の朝鮮語での「白」の音は pak であるが、古い時代には、bak または bul と発音した。それは、ツングース語の bol、つまりは bolkan であって、「神々」の意味である。このことは、かつて、山が「神々」として尊崇されていたことの文化的残存であろう、と。また朝鮮の大衆は、自然が好きだ。春になると、若菜をつみにでかけたり、酒食を用意して、薬水とよばれる清らかな水の湧く美しい谷で遊ぶことがたのしみであった。したがって、朝鮮の山野には、どこに行っても、細い路がつけられていた。

ところが、京城の近郊では仁寿峰だけが、それまで登られた形跡がなかった。主峰の白雲台の東北にそそりたつ、のっぺりした釣鐘状のこの岩塊の頂に立つためには、すべすべしたしかもややオーバーハング気味の裂け目《クラック》を登って、さらに、微妙なバランスでながいトラバースをしなければならなかった。もし、私の記憶が正しければ、初登攀は林某さん一行によっておこなわれたのであった。中学三年生の私のまえには、こんな時代の、こんな山々がそそりたっていた。毎日曜、朝はやくから夜おそくまで山々を私は独りで歩いた。そのうち、おなじ京城公立中学校の同級生の粕谷勇一君と、一年したの坂井芳郎、原正典の両君の三人と、わけもなく知りあった。それから、土曜日の午後でかけて、寺院や谷間に一泊し、日曜は一日じゅう岩登りをたのしんだ。私たちには、リーダーがいなかったので、仕方なく本で岩登りの基礎を学んだ。ジョージ・D・エイブラハムの“The Complete Mountaineer”をみつけてきて、ザイルの結びかた、ハーケンやカラビナの使いかた、そしてアプザイレンのしかたなどを、字引きをひきひき読んで、実行してみた。中学三年のときだから、ずいぶんませていたものである。

本と首引きで、岩登りを習ったことを、私はよかったと考えている。まったく未知の技術を、一歩一歩、会得してゆくことは、それ自体が探検であった。アプザイレンを例にとってみよう。いろいろな、綱《ザイル》のかけかたのうちで、どのかけかたが、ある状況にたいして最も適合し、しかも自分自身のからだにぴったりするかを知るためには、さまざまなテストが必要である。オーバーハングの岩角から、はじめて試みる綱のまきかたで、ぶらんと宙に浮いたときの恐ろしさと快感は、そこまでゆくまえに、綱のまきかたを理解し、ゆるい斜面でテストしてみた苦労を忘れさせてくれた。またチムニー・クライミングのこつを習うために、私の家のせまい廊下の壁は、きたない足型でまっ黒になったし、妹や女中たちは天井にひそんでいる忍者のような私の影におびえた。私は、元来なにをしても無器用である。絵画もだめ、スケートも下手、自動車のドライブは危険、野球はきらい、せいぜい、まっすぐに走ることしかできなかったので、陸上競技部に籍をおいたが、ハードルは苦手であった。ところが、不思議なことに、岩登りだけは上達がはやく、しかも好きである。したがって、三人の岳友のいつも先頭にたった。

岩登りの技術が進むにつれて、私たちはまず仁寿峰に登った。つぎは白雲台を、通常のルートからではなく、南正面から直登することを考えた。これは、ひどい登りである。白雲台の標高は、海抜八三六メートルであるが、南面の岩場は、谷底の下限から三〇〇メートル以上の高距をもち、斜面はところどころ直角にちかかった。私たち、四人の学生は、ある日曜日の早朝からこの壁にとりついた。ながいクラックとチムニーを登り、しかもつぎのルートをみつけるために、いくたびもひやひやするトラバースをくりかえさなければならない。ピトンを打つすきもない無気味な一枚岩を、脂汗とともに登り、ようやく頂上の直下に達したのは、夕暮れであった。そこから頂上にむかって、ホールドはしっかりしているが、ほとんど垂直にちかい壁がたちはだかっている。私は、この壁を登りきって、頂上にちかいテラスにたった。つぎが、原である。私が上から確保して登りはじめたが、テラスの下の、オーバーハングをさけて、斜めにルートを転じるところで滑った。あっというまに、原のからだは、横に流れて宙ぶらりんになった。私の足場がよかったので、確保することはできたが、彼をまたもとのルートにのせるためには、ひどく手間どった。息を切らせて、原がテラスにあがってきたとき、私の指はザイルの摩擦で白く火ぶくれになり、親指をのぞく四本がくっついていた。蒼《あお》く澄んだ朝鮮の秋空に、黄昏《たそがれ》の光が、黄金の矢のようにふりそそぐなかを、アンザイレンしたまま、ゆるい一枚岩伝いに、白雲台の頂に立った。そして、私は両手に繃帯《ほうたい》をまいて、ソウルに帰った。原のスリップは、大きなショックではあったが、この事件をとおして、私たちのパーティーはたしかに一歩前進したのである。

粕谷と私が、中学の五年に、原と坂井が四年になった年の秋、つまり一九三二年（昭和七）の秋に「大問題」がおこった。この年から、朝鮮鉄道局の外廓団体である金剛山協会によって、金剛山の積極的な開発が進められた。まず、毘盧峰を越えて、内外金剛山を結ぶ横断道路ができ、そのうえ毘盧峰の外金剛よりの斜面に山小屋が建てられたのである。「大問題」とは、その冬、もし毘盧峰の頂上に到達できれば、小屋もそこに貯蔵してある食料も使ってもいい、と朝鮮鉄道局の飯山達雄さんからいわれたことである。私たちは、岩登りの洗礼を終わって、冬山に興味を抱きはじめていた。しかし、粕谷も私も入学試験をひかえていたし、坂井と原にしても、四年から受験し入学するもくろみがなかったわけではない。だが、なんとしても、私たちは冬の金剛山頂に登り、その小屋で年を越したかった。

いまから考えると、あたりまえのことだが、入学試験をひかえているので家族が承知しない。いろいろ話しあったが、とうとう粕谷は一高を受験するためにあきらめ、私は、日本内地の高等学校に行くことを両親が反対していたので、そのほうを断念して、京城の大学に行くことにして承諾をとった。四年生の二人は、私が行くことになったのに力をえて、家族を説得させることがようやくできたのである。入学試験の準備と、はじめての冬山への用意を平行して進めたのだから、いま考えてみると無茶である。

朝鮮での冬期登山は、その三年まえからようやくはじめられたばかりであった。飯山・飯沼さんらが、内金剛側と外金剛側から、毘盧峰の登攀に成功したのが冬山の初まりである。またスキーは、数年まえから外金剛の温井里《おんせいり》と三防《さんぼう》がゲレンデに開発されたばかりで、朝鮮の冬の山は処女地にちかかったのである。朝鮮の冬はとくに北部では日本よりはるかに寒いが、降雪量は少ない。天候は、大陸にあらわれる高気圧に左右されて、定期的に三寒四温、つまり三日間寒く、四日間やや温かい現象が、くりかえされる。四温の日々に、山では雪が降る場合が多い。私たちは、朝鮮での先輩の経験と、日本内地や外国の冬山の記録を読んで冬の金剛山登高を検討しあった。その時、父の書斎から偶然、『炉辺』をみつけて、高橋文太郎さんの思い出をあらたにしたことを思いだす。

冬の金剛山の状態については、あまりにもわからないことが多かった。外金剛側は温井里にスキー場があった関係から、九竜淵までの渓谷の積雪のようすはほぼ明らかになっていたので、スキーを使ったほうがよいと判断された。九竜淵から上の山腹は、より深い積雪が毘盧峰の頂上まで予想できた。ところが、内金剛側はほとんどわかっていない。まず第一に長安寺から毘盧峰の直下までの、いわゆる万瀑洞《ばんばくどう》渓谷の積雪がどの程度か、スキーを使ったほうがよいかどうかも、まったくわからなかった。朝鮮山岳会のメンバーは、二年まえに、日出峰《につしゆう》のすぐ下で深い積雪に煩《わずら》わされ雪中幕営をしているが、地形から考えれば、内金剛は外金剛より積雪は少ないはずである。つぎに問題なのは、毘盧峰の南斜面のガレ場の状態であった。この斜面がもし深い雪におおわれていたならば、雪崩《なだれ》の危険があるし、スキーをはいてのつらいジグザグの登りが予想される。またもし、風に吹きつけられて凍っていれば、どうしても、シュタイグ・アイゼンとピッケルにたよらなければならない。こんなことが、まったくわからないので、私たちは、スキー、シール、アイゼン、ピッケルのほかに、途中で野営することも考えて、ズダルスキーのテント・サックや寝袋も用意した。ひと口にいえば簡単だが、そのころの朝鮮で、これだけの品物をもとめるのは大変であった。日本内地の美津濃や好日山荘との手紙の往復に時間を費やし、京城の渡辺靴店に、いくたびもかよった。山の準備は登ることよりたのしいが、入学試験の準備はたのしくない。たのしいことと、たのしくないことを、平行しておこなえば、たのしいほうに力がはいるのはあたりまえである。

一二月二四日に、休暇にはいると、私たちは、その夜、京城を出発した。駅に見送りにきた粕谷は寂しそうであった。友人たちが最後の勉強をはじめるその夜に、私たちは、はじめての冬山に、「未知の世界」に旅立ったのである。そして、クリスマスの早朝、長安寺に着いた。私には懐かしい土地だ。あらかじめ頼んでおいた人夫に会うと、今年は雪が少ないから、山麓の四仙橋《しせんきよう》茶屋まで荷物をはこんでもいいと、快諾してくれた。

ルック・サックを全部二人の人夫にたのみ、スキーとシュトックだけをもって、私たちは万瀑洞の谷を登りはじめた。たしかに、雪は少なく、ほぼ夏路をたどることができる。それでも、大きな一枚岩にきざまれた階段を登ったりトラバースするときは、かたく凍っている氷をとりのぞいたり、青氷に新しいステップを切らなければならない。ところが、ピッケルで氷を切るのは、本で読んではいたけれど、はじめてである。長安寺から四仙橋茶屋までは、夏ならば四時間でゆける行程だが、アイステクニックの練習をしたり、まわり路をしたために、倍以上の時間がかかって白樺の林にさしかかるころになると日が暮れて月があがった。人夫は、もうとうに、四仙橋茶屋に着いているはずである。私たちは、陰の多い林の雪路を、黙々と歩いた。歯ぎれのいい冷たさが、からだのまわりをとりまいて、眉《まゆ》に氷がつきはじめた。

やがて、麓の茶屋にくると、人夫たちも茶屋のおやじも、外にでて出迎えてくれる。早速、あたたかい温突《オンドル》に迎えいれられ、真鍮《しんちゆう》の碗《サバリ》にもった飯が、白い湯気をあげながらはこばれてくる。それに、味噌汁《みそしる》と漬物《キムチ》だけの貧しい夕食ではあるが、からだも心もすっかりあたたまる。翌朝のことを考えて、はやく寝についたが、なかなかねつかれない。

朝、茶屋のあるじにおこされたが、まだ四囲はまっ暗だ。細君が、新しく熱い飯を炊いてくれている。辛い漬物で熱い白米の飯を食べると、からだじゅうがあたたまり、真冬でも汗がふきでてくる。私たちは、みなと別れをつげて、白樺の林を登りはじめた。林のなかの積雪は一メートルをこえていたが、表面が硬いので歩いたほうが楽だ。

かろうじて、夏路にそって登る。なんといっても、全装備と、食料をもっているので、一人の荷物が八貫(三〇キログラム)ちかい。それは、まだからだが十分にかたまっていない中学四、五年生には、すこし無理な重さであった。

ガレ場にくると、私たちはすっかりおどろいてしまった。灌木帯には粉雪が深々と積もっていたが、ガレ場は夏路の大半が黒々と露出している。これでは、とてもスキーを使うことができない。あきらめて、夏路を伝って登りはじめると、思わぬわながひそんでいた。夏路の一部を雪が埋めている場所では、粉雪がふきだまりになって、案外深く、腰まで埋まってしまい、またところによっては、アイゼンなしでは危険なほど凍てついた斜面もあった。しかたなくアイゼンをはいて、重い荷物とスキーをかついで、私たちはあえぎあえぎ登高を続ける。きびしい登りであった。

ようやくのこと、毘盧峰の尾根すじの、肩にたどりついた時には、もう日がとっぷりと暮れていた。外金剛側、つまり北側は、予想したとおり、深い雪におおわれていた。肩のコルでスキーをつけて、暗がりを頂上にむかう。私は頂上までの路を知っていたが、そこから、外金剛側にくだる新しい路についてはまったく知らなかったし、ヘッド・ライトの光をたよりに捜した限りでは、夏路のあとをみいだせなかった。スキーをぬいで、輪樏《わかんじき》をつけることとした。真暗な、未知の斜面を、未熟なスキーで下るのは危険だと考えたからである。地図を手がかりに、腰まで雪に埋まって小屋を捜す。ヘッド・ライトが風にふるえ、寒さがひどくからだにこたえてくる。最悪の場合は、雪中にテント・サックをひろげてビバークするつもりだが、小屋を捜す努力をすこし続けてみることにする。幸いなことに、小屋への道標が、ヘッド・ライトの光のなかにとらえられた。そして、午後八時半ころ、あらかじめ知らされていた竜馬石《りゆうばせき》小屋に窓からはいりこんだ。この晩につくった、コンビーフ入りのライス・カレーの味をいまでも忘れることができない。

翌朝は、晴れた。スキーをつけて毘盧峰の頂に登ると、眺望も雪もすばらしい。一日、スキーをたのしんで、小屋に帰ると、夜からはげしい吹雪になった。四日間、吹雪が続いて、三一日には、晴れ間がみえてきた。朝鮮鉄道局の飯山さんのパーティーも、外金剛の九成洞《きゆうせいどう》渓谷経由で登ってきた。

元旦を小屋ですごして、朝鉄の一行とともに、私たちは外金剛に下った。豊富な雪に恵まれて、一日で温井里にくだれた。

京城に帰ってから、のん気ものの私も、入学試験の勉強をせざるをえなかった。それでも、わずか一か月半の努力で、京城帝国大学予科に入学できたのは奇跡であった。

第七章

朝鮮を見て、日本をふり返る

朝鮮陶磁号序

柳宗悦

一

支那のものは、吾々が待っても待たないでも、いつも向うからくる。朝鮮のものは、こちらが訪ねても訪ねずとも、いつも吾々を待っている。日々使う器物としては、後者の方が望ましい。静かで控え目がちであるから、共に気安く暮せる。暮してみて益々離れ難い感じが起る。いつも待っている風情が心を誘う。見ない時でもだまって待っている。穏かな器物は気持を乱さない。室がいつも静かになる。暮しの上からは私は朝鮮ものの方を選びたい。

何か特別の時には支那のものは冴えてよい。客など来れば明の染附けなどは食事を引き立たせる。だが静かに語りたい時や、長く暮す室では、強過ぎる器物では合わない。そういう時、朝鮮ものにつくづく親しさを覚える。器物としては又とない性質である。

二

朝鮮ものは大体から言って二つに分れる。高麗のものと、李朝のものと。前者の美しさは早くも宋の時代に支那でも認めたものである。青磁の秘色は又とない麗しさがある。技術の方を見る人々は、誰もこの時代の青磁を一番だという。それに細かな象嵌の手法や美しい鉄絵等が進んできて、その歴史を賑やかに飾った。高麗のものは繊細である。線の微妙さは譬えようもない。それほどに進んだものだと言える。だが之につれて弱みが加わってくる。遂には果ない情まで誘う。国の弱さや無常の教えがここまで導いたのだと思える。高麗の品は女性的である。

だが之に比べると李朝のものは幅さ《ママ》がある。時代が変ると共に教えも仏教から儒教にうつる。曲線が直線へと転じてくる。際立った対立である。種類の変化は李朝に来るとずっと多い。或人はこの時期で、焼物が下落したかの様にいう。繊細な技巧だけを見る人々にこの見方が多い。だが美しさの方から見ればそう簡単には言えない。この号がそれを証明する。

三

李朝のものにも三島手と堅手とが分れている。三島手は高麗のつながりである。青磁の技術が衰えて三島になったのだと説明する人が多い。そう説くと条道が立つ。だが美まで衰えたというなら間違っている。新たに加わった白絵刷毛目の手法は、今までにない味を産んだ。大まかな、ゆったりした、奔放な味は三島手に来なければならぬ。高麗にはない渋さがある。多くは貧乏な坊さん達の暮しの技だったといわれるが、どこか静寂なこだわりのない禅趣がある。こんな簡単な味は高麗には乏しい。三島手が日本に伝って、茶器として無上に悦ばれたのも無理はない。味わいの点からいうと私は三島ものを挙げたい。味が渋くて、妙に深味がある。使いこなしたものになると一入である。

別に明の影響を受けて陶磁器が発達し長く歴史を続けた。藍絵、鉄絵、銅絵、瑠璃、彫刻等さまざまである。私達はここに来て一番李朝独自の世界に逢う。高麗に比べては如何に男性的であるか。時代が選んだ儒教の風格がここで一番はっきりする。あれほどに曲線を愛した民族が、ここで端厳な直線の美に触れる。形は大地の上に安定してくる。文様でも形態でも確かさが増している。だが支那の様に力で押しては来ない。

又日本の様に冴えで迫るのでもない。もっと静かで素朴である。仕事にも気持ちにも急ぎがない。同じ確かさでもずっと穏かであり素直である。

四

朝鮮では官窯はあるが、個人陶はない。それ故何れも無銘である。理由を二つに数えたい。李朝では器物の殆ど一切が実用の品である。只見るために作ったものなく、茶器から食器、室内具等に至るまで何れも用途を旨としている。之が理由の一つ。陶工は職人である。窯業は下賤な業である。かかる者を美術家と思う心はない。又美術家たるものが、かかる下賤な職に身を下すべきものではない。そう考えられたのである。之が個人陶工の無い理由の二つである。

朝鮮では日本の様に焼物を愛玩する風習はない。蒐集家もなく又茶礼の様なものもない。器物は遥かに現実的である。日々の用具である。この事は李朝の焼物の美を解する上には重要な性質である。

一般に用は低い性質と思われているが、そうであったために、強いて凝ったりひねったり、風雅をねらったりする機縁がなかったのである。そのために却って作為の弊から救われている。作いきは自然であり素直であり質素である。それにどこまでも用を旨としたから、それに堪える健康さが要求される。そこには病弱な所がなく神経質な所がない。用に即した事がその焼物を危険から救った。個人陶の多い日本ではこの必然さはない。日本でも本格な美しいものは、却って雑器の中に見出せるではないか。今でも各地の荒物にはよいものが残る。日本の焼物に悪いものが夥しいのは、用を無視してかかるものが多いからである。朝鮮では品物にそんな激しい玉石の差がない。悪い場合は未熟か粗野かに起因するので、美の病いから起ったものではない。見劣りのするものでも罪深くはない。それで朝鮮のものは大概は拾える。玉石の差が激しい日本とはこの点が非常に違う。日本ものには罪深いものが多い。

五

朝鮮のものも官窯と民窯とに分れる。概して絵附のものは上等品であって、法令によって民衆の使用を禁じてある。一つには回青の如きものが当時得難かったからでもある。一般の庶民は白沙器を用いる事を強要された。さもなくば鉄釉の器物である。尤も三島手は官民共に混っている様である。

それ故ここに挿んだ写真の多くは官窯に属する。言わば「上手物《じょうてもの》」である。だが李朝に於ける「上手物」は一般の「上手物」に伴う概念とは平行しない。性質がいたく特別である。見ても分る通り「上手物」に通有な丹念さや精緻さがない。形も簡素なら絵も簡素である。まして絵画風な描写はない。殆ど略画である。見れば如何に「下手物《げてもの》」と共通な所が多いであろう。あの清朝の官窯五彩や、日本のお庭焼等と対比すると如何に大きな開きがあろう。言い換えれば李朝では「上手物」と下手物とのはっきりした差違が消えている。

なぜこんな歴史上の異例が起っているか。恐らくその一つの理由は、前にも述べたが、焼物を高い美術の位置に置かなかったからであろう。別の言葉で言えば、どこまでも実用品として取り扱ったからであろう。無益な装飾の超過が之で堰止められたのである。一つは手法からも来るであろう。例えば官器も民器も素地に於て釉薬に於て殆ど同じものを使う。窯の構造とても同じである。焼き方とても別に違いはない。何れも野育ちである。高台を見れば官器とても砂目が荒い。形とても共通なものが多い。上手《じょうて》、下手《げて》の主要な差は只絵附けである。だがその絵附け自体が大まかであり、簡単であり、素朴であって、全く下手《げて》な陶画に過ぎない。「上手物」に通有したあの錯雑した絵画的な要素が毛頭出ていない。李朝の染附けは鉄絵にしろ呉州にしろ辰砂にしろ殆ど一様態であって、別に高下の差違がない。この事が如何に病弊に沈み易い官窯を救ってくれたであろう。窯芸史に見出される興味深い異例である。

京城雑記

安倍能成

一

私は今朝鮮の学校の一教授として朝鮮の仕事の一部分を負担せる当事者であることを強く意識している。この意識に喜びと誇りとが一つもないとはいわないが、しかし苦しみと恥との方が多い。私は当事者としての努力の生活、当為に催促せられる生活の他面に、旅人としての観ずる生活に私の解放を求めずにはいられない。以下書きしるすよしなしごとは、この旅人の見た雑観である。

京城へ来て三年近くになった。さすがにヴィヴィッドだった第一印象も漸く薄れようとする今日このごろ、それを思い出してしるしておくことは、少なくとも私自身にとって無意味なことでない。私はまず人間の事からかいて見よう。関西殊《こと》に中国九州には、今は多数の朝鮮人がはいっていて、私の書くことなどは一つも珍らしくないであろう。しかし東京であまり純朝鮮の風俗をした朝鮮人を見なかった私には、色々なことが暫《しばら》くは物珍らしく感ぜられたのである。まず停車場に下りてすぐ目に留まるチゲである。この荷物運搬夫のことを本来チゲというのか、或は彼等の持っている運搬の道具のことをチゲというのか、私はまだ精確に聞き質《ただ》していないが、少なくともこの道具が私の興味を引いたことは事実である。それはいわば椅子から座席と前の脚二本を取ったようなものである。また卜の字を倒さにした木を二本先狭にならべて、それを棒で連ねたようなものである。私が特に面白く思ったのは、その卜形の枝が多くは付けた枝ではなくて生えた枝であることである。私自身はこういうことの中に原始的な巧みさと、時には又美しさをも見出して喜びを感ずるのである。実際生えた、そうして枯れた枝は、非常な重さに対しても屈しない勁《つよ》さを示している。このチゲの構造が簡単で負荷力の強いばかりでなく、その如何なるものをも載せ得る、いわば包容力《キャパシチー》の豊富さも亦感心していい。実際あらゆるものは皆工夫してその上に載せられ、そうして担夫の肩に背負われるのである。旅人の荷物、刈られた草や柴は固より、薪でも穀物でも、甕《かめ》でも壺でも膳でも、或る時は大きな簞笥《たんす》や机、或る時は巧みに一坪くらいの方形に積み上げられた竹籠までものせられる。この横木の上に又竪木にもたせて、扇形に小さな竹を縄で組合せ、紅紫色々の花や或は緑の色鮮かな野菜を積んでいる時には、そこに確かに掬《きく》すべき野趣がある。殊にそれがまた紅顔の少年によって荷われている時には、一種可憐な気持さえ起る。

女はチゲを負わないで大抵な物は頭にのせる。水甕を頭にのせて野道をゆくところなどは、日本では見られぬ牧歌的景物である。併し済州島の女は物を頭に載せぬ点において日本と共通だときいている。頭に物を載せる時、腰で調子を取ることはいうまでもない。一体に物を背負う時、日本人よりも重心の置所というか、力の入れ所というかが、身体のより低い所にあることは著るしい事実である。女が赤ン坊を負う時にも、背負うというよりもむしろ腰負うとでもいいたいくらい、赤ン坊は腰の上に幅広い帯で結びつけられ、その手がやっと肩に届くくらいであって、日本の如く子供が母親の肩に力を託するということがない。腰に赤ン坊を載せ頭に買った品物を載せた市場帰りの母親を、我々は所在に見ることができる。両端に荷物を付けて運ぶ場合にも、日本人がするように一方の肩に載せて縦に担がないで、背中に付けた簡単な装置によって、肩より一尺も下の処に棒を横に渡して担ぐのである。我々は汽車の窓から度々、夕暮の河辺にこういう人々を見ることが出来る。それは日本でも潮水を汲む男が波打際で取る姿勢であるが、朝鮮ではその棒の位置が遥かに低い。日本人が肩に力を入れるということは、日本人の力む所、あせる所を表現して居るともいえる。朝鮮人が下の方に力を置く所は、朝鮮人の悠揚とした一面を示していないともいえない。併《しか》し朝鮮人の下腹に力がはいっているかどうかは輙《にわ》かに断じ難い。

二

これは初めの印象であって、このごろは余り感じないが、第一印象が存外確かだということを考えれば、馬鹿に出来ぬかも知れない、というのは、私が京城の市中で見る朝鮮人の中で、比較的気持の好いのんびりした顔をしたのは先ず五十以上の老翁であり、彼等の中には軀幹の長大な、顔のふとった、如何にも朝鮮の透明な日光によって美しく焦がされたような血色を有し、その表情には現代人の持たぬ一種の鷹揚《おうよう》さがある。そういう好い老翁と共に好い老媼の見られない不満足がそれである。私の見た老媼は大抵は嫁いびりでもしそうな、むしろ迫った、せせこましい表情をしたものばかりであった。私より二三年も前からいる私の友人も、この私の印象に同意を表した。そうして私はその解釈として、朝鮮人の早婚、殊に妻が夫より年上であることを持って来て見た。朝鮮では妻は夫の父母の為に娶られる。そうして相手の夫は普通自分よりも年下の子供である。舅姑にはこき使われ、若い時には夫に甘えることが出来ず、年を取っては夫に疎まれるという不安に苦しむ女の表情は、当然険しくなるはずではないか。こういう風に考えて、私は一時如何にも解き得たという気がした。今もこの解釈を抛棄しようとは思わぬが、それが果して客観的事実であるか否かは、この印象だけでは断じ難い。殊に外に出る老婦人の多数が、生活苦に悩む貧しい人々であることも、私の印象が生んだ重大な理由かも知れぬということを考えれば、私の解釈は今暫く一の臆説として置かるべきものであろう。

併し何れにしても朝鮮人の早婚が、朝鮮人の生活力を萎靡させたことは事実であろう。早婚は泰平の現象であって、それが生活の安易な時代に行われるのは自然のことであろうが、朝鮮の早婚は自然的早婚でなくて人為的早婚である。一種の家族主義的陋習《ろうしゅう》から来た早婚である。個人の生命を尊重せず、それを蹂躙《じゅうりん》し涸渇せしめることを何とも思わない家族主義的弊害は、日本の過去に於けるよりも一層甚だしいものがあるらしい。

我々の如き散歩者又は旅人が、即ち朝鮮の家庭の内部にはいっていない人間が見得る朝鮮婦人の生活の殆《ほとん》ど大部分は、実に彼等の洗濯である。京城の市中を歩くと、そこを流れる川、溝は固《もと》より、井戸の端でも水道栓の側でも、そこに洗濯をしている女を見ぬことはない。京城のぐるりを囲む山の方へ登って行けば、山から谷川には又点々として洗濯をする女の影を見、そうして白い砂の間に露出した花崗岩の上にも白妙の衣の乾されているのを見ないことがない。ある友人を案内した時、その自動車の運転手の朝鮮人が「日本では川へ洗濯にゆく、と申しますが、朝鮮では山へ洗濯にまいります」といったのが可笑しく且面白かった。いくら朝鮮でも洗濯をするところは柴を刈る所と同じではなく、やっぱり水のある川であるが、こんな山の中の小さな谷川まで洗濯にゆくことは日本ではないであろう。恐らく朝鮮の婦人には、苟も水のある所ならすぐに洗濯の場所として映ずるであろう。公園の池の側に「洗濯す可からず」とあるのは、世界で朝鮮だけかも知れない。冬川に張りつめた氷をまるくわって、そこで洗濯をしているのを見ると、二十四孝の孝子を連想するわけでもないが、痛々しくいじらしいような気持もする。

私は近ごろ慶尚南道の旧都晋州へいった。この辺の気候は殆ど日本と変らない。そこに南江という砂の白い水の青いかなり大きな河がある。洛東江の支流である。江に臨んで矗石楼という堂々たる亭があり、その下にある妓岩と呼ばれる、碧潭から僅かに頭を出した石は、論介という愛国の歌妓が敵将毛谷村六介を抱いて水に投じた跡だと伝えられている。対岸には山があり、そうして朝鮮に珍しい大竹藪があって、初冬にも南国らしい情致が豊かであった。この矗石楼下の清流に臨んで白衣の婦人の洗濯をするものが実に百人を超えている。それはしかしぐるりの景色の美しさを損わぬどころか、却《かえつ》てその趣を添える所の点景であった。私はゆくりなく斎藤茂吉君と一緒に訪うた、あのゴティクの伽藍《がらん》を以て有名な、パリに近いシャルトルの古い町を思い出した。そこには小さな黒いほどおどんだ川に沿ってじかに、古い古い二三百年も立ったろうかと思う家が立ち、その下層が直に洗濯場になって、十数人の女が洗濯をしていた。私はその後春陽会かで、或画家がこのシャルトルの洗濯場の光景を画いたタブローを見て、金があったら買いたいと思うほど懐しさを覚えたのであった。私はこの回想の中にこの画面を呼び起して、眼前の景色と比較せずにはいられなかった。一方は黒くおどんで古い家にとり囲まれて古い伽藍の町を流れる河、他方は監察史（？）の詩酒を楽しんだ亭の下に青く流れて、明るい自然の中に置かれた河、前者には古びた人工がそのまま自然化した美しさがある、ここにも美しい自然の中に残された建物に捨て難き美しさがある。一方には黒っぽい着物を着た西洋の女、他方には白い着物を着た朝鮮の女、何れも美しい。しかしその美しさは違う。

朝鮮の婦人がこんな風に生活の大部分を洗濯に費すのは、朝鮮人が汚れめの見え易い白衣を着るからであることはいうまでもあるまい。私はこの春満州から直隷山東辺を二十日ばかり旅行した間、洗濯をしている中国の女を見たのは万里の長城を訪うた時、居庸関の近くの山川でたった一度であった。もとより偶然の経験をもって全体を律するわけにも行かぬが、あの中国人の多くが着ている藍色の着物は、度々洗濯されたものとも見えないし、また彼等が度々洗濯を要求するとも思われない。思うに夫をして常に雪白の衣を纏わしめることは、心懸のよい朝鮮婦人の可憐な理想であろう。けれどもこの朝鮮婦人の懸命の努力も、中々汚れを内衣から駆逐し尽すには足りない。私が一番朝鮮人の衣服を綺麗だと思うのは、彼等が夏よく洗われた麻を着ている時である。実際木綿やキャラコの白衣は汚れていなくても美しくはない。殊にそれが薄汚れているのを見る時、一種荒涼たる、たよりないような気持をさえ誘う。この三月の始、奉天停車場のプラットフォームを彷徨して汽車に乗ろうとする男女老幼一団の朝鮮人を見た時、私は思わず暗然とした。その当時満州の朝鮮農民が支那の官民に迫害されていたという事情もあったが、しかし黄昏の光の下に薄汚れた白衣を見たことが、この感じを強めなかったとはいわれない。それは砂が白くて木が少ない朝鮮の山野を見る時の気持と共通な何物かを持っている。そこに人の心を暖かにし豊かにする所の色彩の欠乏が著るしく感ぜられる。緑のない藁家の立ち並んだ朝鮮の部落に、白衣の人を集めた市場の光景を見ても、やはりそういう感じを禁ずることが出来ない。

三

事の序《ついで》に服装のことを少しいおう。我々が朝鮮へ来て強く感ずることは、日本人が足を出すということである。朝鮮人が一般に貧しい人までも脚部を出さない為に、そのコントラストが殊に著るしく感ぜられる。昔のギリシャ人は知らないが、世界の文明国人で脚部を平気で出すこと日本人のごときものはあるまい。京城で最も賑やかな通の本町を夏の夜歩いて、総ての日本人の男女が浴衣をつけ、素足を出して歩いているのを見た時、自分は日本では何とも思わなかった現象を異常な現象の如くに感じた。脚の下まで包み隠した朝鮮人と並んで、九州男子の子弟らしい中学生が、初冬の頃にも足袋を穿かず、朴歯の下駄を鳴らして肩を怒らして歩くのにも、私は一種の苦笑を覚えた。正直のところ脚部を露出する風俗が上品な風俗だとは、どんな国粋論者も考えまい。少なくともそれは屋内の生活と屋外の生活とが劃然と区別せられる、即ちそういう意味に於いて私生活と公生活との区劃を必要とする近代の都会生活と両立する風俗ではあるまい。この我々の風俗が南洋の熱地から来たかどうかは知らないが、併しそれが上品な風俗でなくても、我々がその中に安易とくつろぎとを見出していることは事実である。風呂にはいって浴衣がけで打開いた二階の欄干に寄るという気持は、我々が最もエレメントにいる時である。又日本人の風俗の或るものが、この方向にリファインメントを加えてそこに独特な美しさを出していることも事実である。兎に角同じ中国文化の影響を多分に受けた民族でありながら日本人と朝鮮人との風俗の差異は、この点に於て実に著るしいものがある。

私にはこういう気がする。日本人の服装は暖かい土地に生れた人間の屋内生活の為に形造られている。屋外生活に適した服装を必要とすることが少なかったことは、一面からいえば屋内と屋外との生活条件の隔離が甚しくない、という温和な風土にもよるだろうし、又は我国の、殊に平和が続き一種の社会組織が固定した徳川時代の生活に、公的な社会的集会等の機会が乏しかったことに基づきもするであろう。何れにしても屋外と屋内との生活に矛盾の少ない、或は屋内に居るものを屋外にかり出すような春夏のころの服装としては、どうにかやって行ける日本人の服装も、冬になって来ると明かにその欠陥を見せて来る。一体に下のすぼんだ感じのする着物の上に髷《まげ》の大きな頭を頂いた、マントを着た、紫色のカバーをつけて下駄をはいた日本婦人を京城の冬の街頭に見る時に、誰しもそういう感じを抱かぬものはあるまい。そこに日本現代の文化の含む複雑や混沌や矛盾が、明かにしかもかなり醜く象徴せられていることを私は拒み得ない。

私は朝鮮の男子の服装をそう恰好がよいとも思わないが、婦人の服装は殊に戸外の服装として日本婦人の服装にまさっているように思う。同じ釣鐘マントを着ても、裳のある朝鮮婦人の恰好は遥かに日本婦人よりよい。朝鮮婦人の髪も簡素で形がよい。殊に後に束ねられた髪にまとった赤いリボンは、色の少ない服装の中にあって極めて強いエフェクトを与えるように思う。朝鮮婦人が冬になって頭の上から首へかけてかぶる、ちょっと舞楽の鳥兜のような形をした帽子も面白い。兎《と》に角《かく》現代日本人の服装の基礎に纏まった趣味がなく、そこにかなり迷いが多く、有機的統一のないのを見慣れた眼には、朝鮮婦人の服装の単純ながらも統一ある美しさに、一種の長所を認めざるを得ない。勿論これは日本についても単なる街上所見である。私の如きそういうことに疎い者の眼に映ずる全体としての印象である。個々の立ち入った細かな服装の趣味の如きは、私の論じ得る所でも論じようとする所でもない。

四

朝鮮ではその文化も自然も、保存せられていない。明治時代に至ってこの点は注意せられ、古蹟の或るものは保存せられ修築せられ、山には木が植えられ、河には堤が作られたが、まだ年を経ることも少なく、又恒久的な長い年月を見越しての施設が足らぬという遺憾が多い。固より此等の仕事は一朝一夕にして遂げられるものではないが、少なくとも心懸だけはしっかりと据えてかからねば、数百年の後に来る我々の子孫に対して、我々が果して幾何の良い仕事を残し得ようが、覚束ない。

少なくとも現在の朝鮮に於いて、美しい建築は皆過去のものである。しかもそれ等の保存に金を要するということもあり、他方には当局者にそういうものを尊重する心持が少ないせいか、そうした古い乏しい建築が、次第に破滅を急ぎつつあるのは遺憾である。試みに今の京城から南大門、東大門、慶福宮等を除いたとしたら、京城は如何に落莫たるものとなるであろう。しかし此等の勝れた建築の外普通の建築にも美しさがないというのではない。総督府前の光化門通の旧官省の遺物である門や、そのぐるりの長屋式の家、その窓などにも、近ごろの建築にない美しさがある。鐘路の通の低い家の屋根の反りにも、三月堂を連想せしめる或るものがないではない。こうした朝鮮の屋根が重なった所を見ると、確かに京城にある日本人の屋並よりは美しい。朝鮮の大工は殆ど無意識的にこの屋根の反りを拵《こしら》えるというが、やっぱりそれほどまで一つの民族に滲み込んだ技巧には、どこか美しい所がある。私は満州の汽車の窓でも、そこいらの百姓家の直線的な屋根が、如何にもあの広漠たる野と空との間に安定して居ることを感じ、それがやはり満州人の生活の生んだ産物に相違ない事を直感した。

水原とか慶州とかいう古蹟や古建築の比較的多い所には、当局者や経営者も注意を払って、態々朝鮮風の停車場を建てたりしている。それは確かによい心懸に違いないが、併しその朝鮮風の停車場の向うには四角なボール箱見たような自動車屋があって、折角の朝鮮建築を台なしにしている。平壌の乙密台付近が朝鮮に稀な美しい景色であることは誰しも知っている。おまけにその間に点在する建築は、よく周囲の山林と調和して一層の美しさを添えている。所がその真中に四角なペンキ塗の茶店が一つあって、実に失礼千万な冒瀆をやっているのを、多くの人は一向怪しむ気色もない。その茶店を朝鮮風に建てるくらいの用意が平壌の宣伝に狂奔する人々の気に付かぬというのは情ない。李王職の昌慶苑の入口の弘化門前の茶店の屋根が反っていたならば、その門との調和が如何によいであろう。聖フランツェスコの遺都なるイタリヤのアシジでは、一つの家でもこの町の古色を破壊するものを許さない、と聞いた。それをそのまま習わずともその精神は学ぶべきであろう。南ドイツのハイデルベルヒは美しい小都であるが、そのお城に近いシュロスホテルは、屋根のない近代式の四角な建物である。誰の眼にもつく位置にあるこのホテルが、どんなにハイデルベルヒ全体の美観をこわしているか。ある夜山の上で火事があった。市民はそれがこのホテルであることを望んだそうであるが、幸か不幸かその望みは満たされなかった。けれどもこういう除外例はあり、又一般としていわゆる近代化の趨勢《すうせい》を免れないとしても、ドイツ人が自国文化の産物を大事にすること、又自国の自然を大事にすることは、朝鮮と比べて一層強く感ぜられる。私はドイツの古い画家としてはデューラーと息子のホルバインとの外には殆ど感心するものを見ないが、併しドイツ人が余り美しくもない自国の画家を尊重する心持に、全然学ぶべき所がないとはいわない。ローテンブルクの町全体を古物として保存しているドイツ人であったならば、京城の古い建築ももっと大事にするであろう。金がない金がないと日本人は二口目にはいうが、徒に浪費するのではないか、心懸が何より大切だということを更に更に教育する必要がないと誰がいうか。独り建築ばかりでない、自然でもそうである。朝鮮の自然は今まで人間から思う存分に荒され搾取せられて、人間によって保護せられ培養せられていない。ドイツのシュワルツワルトへ行って見ると、どの山もどの山も造林で秩序整然と樹木が生えている。景色としては面白くないが、自然をクルティヴィーレン（培養）するドイツ人の努力には感心する。ハイデルベルヒから樹木を取り去ったなら、そこには荒寥たる山と河とがあるばかりである。京城の周囲でも少し自然を損わない程度に手を加えたならば、真に立派な公園であり散歩所である。朝鮮の自然の荒れた冷たさは人間の懈怠《けたい》を示すものである。人間は固より自然から力を仰ぐが、自然も人間によって美しくなるものである。このことは朝鮮人は固より朝鮮に居る日本人にも教えねばならぬ。旅行者、散歩者としての漫談はこれくらいで自ら中止するのを賢明とするであろう。

＊その後聞く所によるとチゲとはやはりその道具のことで、それを担ぐ人は担軍（チゲクン）というそうである。

京城街頭所見

安倍能成

一

これは京城の寓居から学校への往復に於ける街頭の所見と、この所見に促された漫然たる考察との一端である。

朝鮮に居ると内地に居る時よりも一層多く日本を思う、日本人の文化、風俗、生活を思う。その理由が比較される別な文化、風俗、生活がすぐ眼前にあるということにあるのはいうまでもないが、もう一つは日本人の生活風俗が、その育って来た環境を離れて、額縁をはずれた、若しくは床の間から移された絵の如くに、違った環境の中に非常に不安に現われるからでもある。その最極端な例の一つを私は記憶する。

一昨昨年九月の下旬ハルビンを立って長春に着いた時であった。あの満鉄の玄関として気張った西洋建築を設けた駅前の、これも西洋風の広い街路の上に、赤い鉢巻をして襦袢を着、足袋はだしで、股から下を露出した一人の日本人を見た時には、何だか妙な者がそこに居るような気がして、暫くは何の為のどういう人間だか分らなかった。町を歩いている中に、公園の側で神輿をかついでいる連中に出くわした。我々の同胞は満洲平野の一角の曇ったうそ寒い空の下に、その神輿を中心にもみあって居た。最前の男がその仲間だということを、私はそれでやっと気づいた。

この騒ぎを御者台の上から見て居る支那人の馬車屋は、大きな口を開いてワハハ、ワハハと笑っていたが、この光景に対する感じは別であっても、その異常な感じに至っては、私もこの支那馬車屋に多く劣るまいと思った。全く西洋風の都市ハルビンから大陸的な車窓の風物に慣れて来たその時の私の感じとしては、この異常感は極めて自然なものであった。宿では町の人々や芸妓達の囃子が玄関まで来て、一踊り踊っては振舞を受けて又出てゆく。私はそれを見て居る中に、ああやっぱり日本人だなと思った。それと同時に私自身の中にも郷土的な気持が油然として起って来て、早い冬の来る前にこの故国風なお祭に一日を楽もうとする市民の心持に同感を覚え、しみじみした一種のあわれさえ感じて来た。この感じも前の異常感と同じく自然なものであった。

然《しか》しこうした日本人の特殊な生活様式の絵が、その絵と結びついた額縁や床間や御座敷を離れて、周囲の環境と不調和に、板に付かず、或は奇異に、或はすさまじく、或はうそ寒く我々に映ずる場合は、上述の如く顕著ではないにしても、凡《おおよそ》我々朝鮮在住者の日常ざらに経験する所である。その理由はどこにあるか。

二

第一には日本在来の文化、特に今日の文化や生活様式に尚根を張れる徳川期の文化や生活様式が、非常に特殊な、地方的なものだという事である。日本の文化は朝鮮のそれと同じく、大体から見て東洋文化中支那文化の系統に属するものである。然し支那の文化がその中にインド的又はヨーロッパ的、即ち文化史的に見て世界的な国際的な文化を多大に包蔵することに就いての学問的研究は暫く措いて、我々が現在の中華人の生活様式に就いて見ても、その服装、その住宅、その食物その他が、日本人に近いか西洋人に近いかは容易に断じ難い。一歩を譲ってそれが日本人に近いとしても、更に問を換えて、中華人の生活と日本人の生活と何れが西洋人に近いかといえば、誰も中華人がより近いことを断ずるに躊躇しないであろう。同じことが程度こそ下れ、朝鮮人と内地人とについてもいい得られる。

朝鮮は支那と日本との間に介在して、古来支那文化を日本に伝える中間地帯たる役目を務めて来た。その支那的色彩は勿論支那本土より薄いが、然し内地よりは濃い。日本内地は地理的に見て支那文化波及の末端であり、支那文化はそれから先へは太平洋に身を投ずるより外はなかった。そういう制約が日本に於ける支那文化をせきとめて特殊化し、朝鮮に於けるそれを発散せしめ特殊化を少くしたことは、十分に考え得られる。

かくして朝鮮文化は内地文化よりもより多く支那的、従って又一般的である。前からの議論に関聯せしめて簡単に結論すれば、朝鮮人の生活様式は内地人のそれよりも西洋人に近い。それは服装、食物、住居から見てそうである。服装は誰も同意するだろう、食物は米食に於ては内地人と共通だが、獣肉を多く食する点に於いて西洋人により近い。その大多数の矮屋にしても、屋根や壁を厚くして外なる自然の力を防禦する点に於て、原理的には西洋の建築により近きものがある。

比較が余り簡単であっけないかも知れぬが、之を要するに、日本在来の文化は、世界文化の中で、最特殊的な、国際的要素の少い、地方的なものであった。現代世界に流行して居る西洋文化を以て現代の世界文化を代表せしめれば、それは最も世界的たることの少い文化であった。文化というのがいやなら生活様式といってもよい。兎に角《かく》かくの如き文化なり生活様式なりが、歴史と民族とを異にする国土に移された時、それが目立って異常に感ぜられるのは当然の事でなければならない。それは色々の言議を費すよりも、京城の街頭に立って、内地人の服装、殊に婦人の服装を見ればすぐわかることである。

三

更に日本人の生活様式の異常な特殊性を増大する第二の理由は、かかる特殊な生活様式なり文化なりを有する国民が、世界中で一番縁の遠い西洋文化を勇敢に思切って受容れたという事情である。これは前にいった所に基づいて、支那人や朝鮮人に於けるよりも一層の混乱、従って異常を現出することは、十分に考え得られることである。試に街頭の光景から一例を取って見ると、朝鮮の若い新しい女の服装は、既に巧に西洋の服装を採容れて、日本の女学生の蝦茶式部的服装（これも都会では大分すたれたようだが）等よりは遥かに気のきいた新服装を形造って居る。これは朝鮮の女が気が利いて居るよりは、我々の「きもの」よりも朝鮮服の方が元来西洋服に近いからである。朝鮮人が在来はいて来た靴をやめて西洋靴をはくことは、日本人が「きもの」と下駄との、その下駄だけを靴にはきかえる程目には立たない。

今時内地の都会では「きもの」に靴をはく人は少くなったが、「きもの」に西洋の帽子をかぶることは、一般の風俗となってしまった。固より日本人の器用さは、こうした元来は変な取合せの中にも、可なり細やかな調和を見せては居るが、しかしそれは近寄って個々的に観賞し得る場合で、大ざっぱな街頭の光景として集合的に見る時、やはりそこに多大の不調和を認めざるを得ない。

兎に角考え得るだけ一番隔たりの多い、伝統と歴史を異にした他民族の文化や生活様式を、今まで相当な文化を持ち、固定した生活様式を持った国民が、然も地理的に自然的な流入によるものでなく、俄然として急速度に意識的に思切って輸入した我国の如き事例は、世界史上に少いであろう。我々の生活が二重にも三重にもなり、そこに混乱が起り、錯綜が生じ、紛糾が出来、思想が動もすれば生活に即せずして抽象的になり、地から生えないものを上からおっかぶされて息づまる様な現象が所在に起るということは、或程度まで自然のことだとも考えられる。固より学術、文芸、交通其他の進歩によって、我国に於ける西洋文化も逐年国民の生活になじみ又同化されて来た跡は十分に認め得られる。けれどもこういう西洋文化的の傾向の増大と共に、他方に又在来の日本文化、風習、趣味、好尚も亦存外頑強に執拗に日本人の生活に巣くって居る。私は朝鮮に来てから、その異なった環境の中に、一層この一事を著しく感ずるものである。上述の様な文化的背景を有する木に竹を接いだ感じは、冬の京城街頭に見る婦人の服装に於て殊に甚しい。私は既に前にもそれを書いたことがあるが、読者は試に丈の低い丸髷の婦人が、釣鐘マントの上に肩掛をし、白足袋の上に紫色のカバーを着け、下駄を引っかけ足尖を内輪にして、小走りにアスファルトの道を歩く姿を想像して見られたい。恰も一度も冬の戸外に出たことのない人が、急に思立って室内着の上にそこいらにあるものを手当り次第にひっかけて来た様な感じである。その点では朝鮮服の上に釣鐘マントを羽織った朝鮮女性の姿は、遥かにいい調和を見せて居ることを否定出来ない。

内地におけるよりも日本的生活様式を異常に不安に感ずる最も重大な理由は、それが違った背景若くは環境の中に置かれたことである。周囲に風俗を異にした朝鮮人の生活環境があることはいうまでもないが、内地人の形造る生活環境にしても、それが内地に於けるよりも遥かに希薄若しくは粗雑であること、一言にいえば大体いわゆる植民地的とか新開地的とかいう傾向を有することは争われない。一体の生活背景に内地の旧い都会にまだ残って居る様な、いわば日本的なみがきがない。

又朝鮮という違った風土と事情との要求するモディフィケーションによって、我々の生活環境に特殊な日本的色彩が減退すると共に、平板な一般的性質が加わるという事もある。例えば寒気のためにストーヴが一般に用いられる、殺風景な個性のない煉瓦建が多いという如きはこれである。しかも朝鮮在住の内地人にまだ落着が少なく、その生活設備が一時の実用を主としたものであることは、この環境を更に殺風景な慰め少いものとしがちである。現代日本の中に存する日本的生活様式には、確かに独特な美点があるが、然しこれは概して或る限られた枠や額縁の中で、その美と面白味とを発揮すべき、小味な細やかなものが多い。しかもその枠なり額縁なりは可なり小さい、又その形もやかましい。大きい額縁や形の違った額縁の中へいれれば、否更に額縁のない所へ持ってくれば、それは多くの場合妙ないじけたこせこせしたもの、或は極めて見栄のしない貧弱なものになってしまって、引立たなくなりがちである、いわゆる日本的様式の生活を朝鮮若くは満蒙の地に移す時、多分にこの感じを抱くものは、独り私ばかりではあるまい。

それは例えば、あの広大な奉天の停車場のプラットホームなどで四五人待合せて、べちゃくちゃしゃべっている小さい日本婦人の姿などを見てもすぐ感ずる所である。日本在来の生活様式が小さい額縁を必要ならしめたことは、日本人の生活の規模を狭小ならしめた所以、従って日本人を大陸的に発展せしめない所以でもある。適当な例でないかも知れぬが、京城の町でも時々婦人が首を真白にして白昼に風呂から帰ってくる姿などを見る。こんな姿は内地でも時々見たのであるが、こういう浴室、化粧室続きの様な姿をした婦人が平気で街頭を歩く所が、世界のどこにあるか知らという疑問を起したのは、朝鮮へ来てから後のことである。それは少くとも街頭の朝鮮婦人には見られぬ現象である。これに似た光景も、昔の下町風の狭い通でも行く選ばれた美しい人々によっては、或る一種の浮世絵風な美しい光景を現じたかも知れない。然し我々がここで見るところのものは、この危い六ケしい美しさの崩れた姿と、それにふさわしくない背景とである。これを概括的にいえば、私が私の周囲に見る在来の日本的生活様式は、一方に於て粗雑化し、他方に於て環境に相応しない。それは成長し発展し行く姿を見せることが少いと共に、又選ばれたる趣味の人をも引きつける力をも失いつつある。これは内地でも段々そうであろうが、朝鮮に於ては特に甚しいものがある。

朝鮮妓生の舞踊を四五度は見たであろう。我々の素人観からいうと、大体その運動はより直線的であって、その点だけからいえば寧ろ日本の能に近い。日本の踊の持つ様な細かく曲線的な肉感的な媚態は少ない。上品といえば上品であろうが、日本の踊の様な柔媚な魅力は少い様に思った。日本の踊は可なり危い所まで行って、それを非常なデリカシイで美化して居る様な所があると思う、衣服にしても、男女共に「きもの」の美しさを感じさせる人は時々あるが、それは中々六ケしいものの様に思える。これが私の如く「きもの」の着方を知らぬ者に取ってばかりでなく、洋服、支那服、朝鮮服に比べても、衣服の構造以外に技巧を要する余地が非常に多く、その美しさを発揮することが六ケしく、従って劃一《かくいつ》的集合的な美しさを形成することが、又中々六ケしいのではなかろうか。固《もと》より西洋服、支那服、朝鮮服にした所が、我々の知らぬ着こなしの六ケしさはあるであろうし、勝れたものの希有なことは何国でも同じだとしても、「きもの」の約束には、此等の服装に比して一層特殊性が多く一般性が少いということは、認めて差支ないのでなかろうか。よし我々が日本人であって、西洋人、支那人でないという条件を考の中に入れるにしても。

昔から日本人の持って居た、そうして今も尚我々の中に残って居る生活様式を、仮に日本的生活というならば、それは特殊的な美点も好所も持って居るが、そのままでは地方的であって、これを世界的国際的に発展させ得るような性質は少い。内地人自身も又決してこれを以て足れりとして居るのではない。彼等の生活の中には勿論多分の西洋的要素がはいって居る。然も、此等の西洋的要素が一般的に日本人の生活を支配する勢が、益々増大する一方に、他方個々人の生活について見ると、そこに在来の日本的生活が意外に根強く巣を食って居る事実を発見せざるを得ないのである。しかも我々の有するものの内で、朝鮮人が我々から学び取ろうとするところのものは、その日本的なものではなくして西洋的なものである。又我々が事実に於て与えて居るものもそれである。

朝鮮の人々は「きもの」を着ようとせず、洋服を着ようとする。日本の古典を読もうとせず、日本訳のマルキシズムを読もうとする。朝鮮の国土には汽車が通じ、自動車が走りだした。毎晩ラジオで内地から中継する義太夫、常磐津、清元、長唄、新内、歌沢に興味を覚える朝鮮の青年は皆無であろうが、変に西洋のメロディを交えた何々小唄や何々行進曲は、彼等も又好んで口ずさむらしい。内地人を介しての西洋風は、かくして非常な勢で朝鮮を風靡して居る。そうして多くの朝鮮の青年は彼等のいわゆる近代風を迎えるに急であって、在来の朝鮮の朝鮮的なるものを顧みる暇はない様に見える。

以上述べた所は主として街頭から瞥見し得る外的現象に止まり、もう少しつっこんだ精神的内面的な文化、又青年を動かして居る社会的思潮には及んで居ない。生活様式において朝鮮人の方が本来より多く西洋的であっても、西洋の学問と文化とを吸収する点に於ては、西洋文化輸入の先進者たる内地人に及ばないことは勿論である。朝鮮の青年が新たな西洋風の教育を受けだしてからの年月も亦極めて浅い。そういう点から見て朝鮮人と西洋文化との懸隔は、又到底内地人のそれとは比較にならない。殊に重大な一点は、社会生活を実質的にする個人的生活の把握が、内地人に比べても遥かに希薄なという点である。

兎に角我々は朝鮮における内地人の生活を見て、日本的生活様式の特異性を著しく感ずると共に、その地方的限界に強くぶつからざるを得ない。かかる限界は大部分に於て徳川時代的といい得るものであろう。この点に於て我々は徳川時代を揚棄せねばならない。徳川的若しくは明治初年式日本的生活そのままを朝鮮や支那に強いたことは、日本人の繰返した失敗であるにも拘らず、将来も又こりずまに繰返そうとするところである。お節介ながら我々は日本人が満洲国などに対しても、細かな島国的な世話を焼き過ぎて、この新しい国から嫌われぬことを望みたい。

いわゆる日本的生活を更に批判的に見て、その普遍的要素と特殊的要素とを弁別し、その特殊的要素は自分でこれを楽んでも人に強いないことは、国際生活の草紙を書いて居る朝鮮在住の内地人に望むべき第一である。これが出来なければ、日本人の大陸に於ける生活は、いつまでも限られた、せせこましい、朝鮮人若しくは満洲人と永久に平行した生活になり、彼等の生活の中に入り、それを開き、それを同化することは望まれないであろう。

他方に於て西洋文化、西洋的生活が、西洋のカフェーが現代日本のカフェーになるという程度や様式に止まらず、更に深い意味で日本人のものになり、それが直訳的でなく、朝鮮にあっては朝鮮に即し、満洲にあっては満洲に即するという具体性とフレキシビリティーとを得ることを望まざるを得ない。一言にしていわば日本的生活は更に普遍化し、西洋的文化は更に特殊化し地方化しなければならない。これは決して単なる机上の折衷主義ではない。

編者あとがき

　韓国に權五琦《クオンオギ》（一九三二〜二〇一一年）という言論人がいた。東亜日報社長や金泳三政権の副総理・統一相を務めた人で、日韓国交正常化前には東京特派員だった。著書がないから、日本ではあまり知られていないが、日本にも欧米にも知己を有する韓国ではピカイチの言論人であった。そんな人がある対談で次のようにいう。

　韓国でも日帝時代には軍歌の「勝って来るぞと勇ましく」をみんなで歌っていた。それはそのとおりですが、それだけではなくて童謡の「夕焼け小焼け」なども歌った。だから日帝時代というのは、（中略）童謡が「こどもの日」を生み、その流れに韓国の童謡、たとえば「パンダル（半月）」が出る。またそれが民衆レベルの民族意識をくすぐる……といった線もあった。

日帝時代末期に朝鮮に強いた徴兵制も、韓国では悪の代表例としていますが、受け止め方いかんによっては、貧乏がむしろ意志の強い若者を育てるとも言えますし、禍が福に転じることもありうるでしょう。（中略）日帝末期の民族詩人といわれる尹東柱《ユンドンジュ》は（中略）、裁判でこう言ったという記録があります。朝鮮での徴兵制は朝鮮人が軍事知識を得るのに絶好の機会だ。むしろ私はこれを歓迎する、と。朝鮮における徴兵制は、日本からは兵員補充の窮余策で、それを朝鮮のためにやったといえばウソになるでしょうが、終戦後に解放独立する朝鮮の青年が軍事知識を得る機会としてはまたとないものだったのも確かですよね。

韓国では日帝時代の人物を「亡命独立運動家」と「特高の手先」の両極端に分けて見る傾向があるし、日本でも同様の見方がある。私は尹東柱が好きだから、彼についてのみ「だし」にして語っているのではなく、そのような「代表的韓国人」の視点が定まらなければ、将来における「韓国」と「日本国」の関係の展望は難しいのではないだろうか。

韓国では、こうした日帝時代の現実を受け止めて必死に生きた人たちを生かし、尊敬することがありませんね。ソ連に逃げた金日成やアメリカにいた李承晩、そのほか中国に逃れた人たちの視点からだけの言説が日帝時代の歴史ではない。歴史はつじつまの合ったきれいなことだけをつらねることではない。誇りとともに恥もかみしめる勇気が必要です。日帝時代には洪思翊《ホンサイク》中将も、金山少尉のような人も、またそれとは別に、壮烈な最期をとげた尹東柱もいたんですよ。

こんな発言が、当時、朝日新聞の論説主幹であった若宮啓文《わかみやよしぶみ》との対談に出てきたところがおもしろい。対談も若宮が企画したもので、こういう韓国人の言葉を書き言葉の世界に残したのは氏の功績である。とはいえ、自国の加害者性批判がすっかり心の習慣となったかにみえる若宮啓文には、すきあると日本の加害者性を語り、相手にもそれへの同調を期待するというクセがある。しかし賢明にも、權はときにそれをするりとかわし、右のような発言をしてみせる。二人の対談は、『韓国と日本国』（朝日新聞社、二〇〇四年）という単行本として刊行されているが、読むに値する本である。

私自身は八〇年代に韓国で暮らしていたから權五琦のような発言に接したことが何度かある。しかし、やがて「植民地世代」がこの世を去り、この国が「反共ナショナリズム」から「民族ナショナリズム」への国へとお国柄を変容させると、「日帝」の「悪」を語ることが流行となり、功名心を争うがごとくそのことが語られる時代がやってくる。八〇年代後半から九〇年代にかけての時期がそれで、以後右に引用したような発言は貴重なものとなる。

この時期は一般的には「民主化」の時期といわれるが、より重要なのは右に記した変化の過程で、「反共ナショナリズム」の時代に維持されていた「反日」への抑止力が低下してしまったということではないだろうか。「反共」には「反日」を抑止する機能があったのである。この国に「反日」を牽制・抑制する日系人集団のような少数者が不在であったことも重要であろう。

とまれこうして韓国の反日が活性化すると、日本側もそれに反発するようになる。かくして日韓は急激に葛藤の時代を迎え、權五琦が前掲書で語った言葉でいえば、「人間を忘れた形で国を論じる」ことが日韓の流行現象となってしまうのである。本書はその日韓の間で政治的争点となっている日韓併合期を生きた人間たちのエッセイをアッセンブリーしたもので、良きエッセイに特有の「自由の精神」をぜひ味わって頂きたい。

次の方々の助言や励ましご協力に感謝したい。永島広紀氏、赤尾覺氏、林建朗氏、喜多由浩氏、藤原夏人氏。本書は刊行までにずいぶん時間がかかったが、おかげで伊藤大五郎氏のような良い編集者に巡り会えたのは幸運であった。

二〇一五年五月八日

鄭大均

執筆者略歴

五木寛之（いつき・ひろゆき）一九三二年福岡県生まれ。生後まもなく朝鮮に渡り、四七年に引揚げる。五二年早稲田大学ロシア文学科に入学するが中退。PR誌編集者、作詞家、ルポライターを経て『さらばモスクワ愚連隊』で第六回小説現代新人賞。代表作に『蒼ざめた馬を見よ』『風に吹かれて』『青春の門』『大河の一滴』『親鸞』など。

安岡章太郎（やすおか・しょうたろう）一九二〇―二〇一三年。高知県高知市生まれ。作家。父が陸軍獣医官であったため、生後すぐ千葉県市川市に転居。その後も香川県善通寺市、東京小岩等に住み、五歳のとき京城に転居。『僕の昭和史』はその京城体験から始っている。一九四一年慶應義塾大学文学部予科に入学。一九四四年、学徒動員で召集され、満州に送られる。一九六〇年にはロックフェラー財団の基金でアメリカ南部を経験。代表作に『悪い仲間』『海辺の光景』『幕が下りてから』『流離譚』『鏡川』など。

田中明（たなか・あきら）一九二六—二〇一〇年。愛知県出身。朝鮮研究者。六歳のとき京城に住む叔父の家に養子に入り、小中学校時代を朝鮮で過ごす。東京大学文学部卒。朝日新聞記者を経て拓殖大学海外事情研究所教授。「わたしと朝鮮とのあいだ」は一九七三年三月一日、御茶ノ水の雑誌会館で行われたある研究会の録音テープより作成したものである。著書に『常識的朝鮮論のすすめ』『韓国政治を透視する』『韓国はなぜ北朝鮮に弱いのか』など。

任文桓（イム・ムナン）一九〇七—一九九三年。韓国忠清南道に生まれる。一九二三年一六歳のとき日本へ渡り、京都で牛乳配達、人力車夫などをしながら同志社中学で学び、岡山の旧制六高を経て東京帝国大学法学部に進学する。三四年高等文官試験に合格。三五年より朝鮮総督府に行政官として勤務。戦後は農林部長官、韓国貿易協会会長などを歴任。

金素雲（キム・ソウン）一九〇七—一九八一年。釜山に生まれる。一九二〇年日本に渡り、二八年北原白秋の門をたたき『朝鮮民謡集』を発表。以後『朝鮮童謡選』『朝鮮民謡選』を刊行し、朝鮮の詩を日本に紹介する。戦後には『朝鮮詩集』等の刊行と同時に『こころの壁』のようなエッセイ集や『天の涯に生くるとも』のような自叙伝的作品の刊行がある。

森崎和江（もりさき・かずえ）一九二七年韓国の大邱に生まれる。敗戦直前に福岡女子専門学校に入り、そのまま敗戦を迎え、福岡に住む。「引揚げ者とは、自分の国を追われるのではなく、自分の国に追放される、そのねじれの体験に他ならない」と記した人がいるが、森崎の作品もそのことを強く感じさせる。筑豊の女性坑夫からの聞き書きである『まっくら』をはじめ『からゆきさん』『慶州は母の呼び声』などの著作がある。

日野啓三（ひの・けいぞう）一九二九―二〇〇二年。東京に生まれる。五歳のとき父親の転勤にともない朝鮮に渡り、幼少期を過す。一六歳のとき敗戦によって引揚げ船で帰国、父親の故郷である広島県福山市での生活をはじめる。一九五二年東京大学文学部社会学科卒業。読売新聞社外報部に勤務。ソウル、サイゴン特派員を経て小説の執筆をはじめる。代表作に『あの夕陽』『夢の島』『砂丘が動くように』『台風の眼』など。

金史良（キム・サリャン）一九一四―五〇年。平壌に生まれる。二八年平壌高等普通学校に入学するが、諭旨退学処分を受け、渡日。兄が卒業した佐賀高校を経て、三六年東京帝国大学ドイツ文学科に入学。三九年、「光の中に」を『文芸首都』に発表。翌年芥川賞候補となる。日本の敗戦直前、中国の抗日地区に脱出。五〇年朝鮮戦争が始まると、従軍作家として北朝鮮人民軍とともに南下。人民軍撤退の際、江原道原州付近で落伍、死去したとされる。

全鎭植（チョン・ジンシク）一九三一―一九九五年。慶尚南道の生まれ。一九四一年九歳のとき家族とともに渡日。戦後は東京府中市を拠点にスーパーマーケット、各種飲食店、パチンコ店等を経営。七〇年代にモランボン調理師専門学校を創設、韓国式焼肉のたれ「ジャン」は大ヒットした。テコンドーの普及者でもあった。

森安連吉（もりやす・れんきち）一八七二―没年不詳。静岡県に生まれる。一九〇〇年東京帝国大学医学部卒。キール大に留学。一九〇九年大韓医院（後の朝鮮総督府医院）内科部長として韓国に赴任、一九二〇年まで朝鮮に滞在する。

石島亀治郎（いしじま・かめじろう）一八八七―一九四一年。埼玉県行田に生まれる。中学中退後、救世軍に入り、京城育児ホームや清瀬療養所等で勤務。「ホトトギス」の雑詠で学んだ俳人で、石島雉子郎（いしじま・きじろう）の俳号を持つ。「雉子郎句集」「京日俳句抄」などの作品がある。

安倍能成（あべ・よししげ）一八八三―一九六六年。愛媛県松山出身。哲学者、教育者。欧州留学後、京城帝国大学法文学部教授。一五年間の朝鮮滞在後、一九四〇年から第一高等学校校長。戦後の安倍は幣原内閣の文部大臣を務め、憲法改正案特別委員会委員長となり学習院の院長となったが、当時の彼には左翼までもがその声望を利用しようとする存在感があった（平川祐弘）。朝鮮関係のエッセイ集に『青丘雑記』『静夜集』『朝暮抄』『自然・人間・書物』がある。

藤田亮策（ふじた・りょうさく）一八九二―一九六〇年。新潟県古志郡に生まれる。考古学者。一九一五年、東京帝国大学医科大学に入学するが近眼のため医師への道を断念、国史学に専攻を変更する。一九二二年、恩師黒板勝美の紹介で朝鮮総督府古蹟調査委員となり京城に赴任。京城帝国大学教授を務めながら、景福宮内にあった総督府博物館の主任として文化財行政の中心に長くいた。戦後引揚げ、一九四九年から東京芸術大学教授となる。

宇垣一成（うがき・かずしげ）一八六八―一九五六年。現岡山県岡山市に生まれる。陸軍大臣を経て第六代朝鮮総督（一九三一―三六年）。「内鮮融和」を掲げ、皇民化政策を行う一方、農村振興運動を展開。一九三七年、廣田内閣が総辞職した後、重臣会議において宇垣が指名されたが、組閣は流産となる。翌一九三八年、第一次近衛内閣で外務大臣に就任、拓務大臣を兼任。戦後公職追放されるが、追放解除された五三年の第三回参議院選挙に立候補。最大票を集めて当選するが、体調を崩し。議員活動はほとんどできなかった。

李孝石（イ・ヒョソク）一九〇七―一九四二年。江原道平昌郡に生まれる。作家。京城帝国大学法文学部英文科卒業。短期間総督府警務局検閲係に就職の後、妻の故郷である咸鏡北道鏡城にある鏡城農業高校の英語教師として赴任。三四年からは、平壌にある崇実専門大学やその後身である大同工業専門学校で教鞭をとる。代表作に『そばの花咲く頃』（一九三六年）。李孝石文学賞がある。李の小説を、京城第一高等普通学校時代の一年先輩にあたる兪鎮午は「小説の形式で詩を吟じた作家」と評したが、エッセイも詩的であり、自由な精神のはたらきがある。

浅川巧（あさかわ・たくみ）一八九一―一九三一年。山梨県北巨摩郡に生まれる。山梨県立農林学校卒業後、秋田県大館営林署に勤務。一九一四年朝鮮に渡り、朝鮮総督府の林業技師として働きながら、朝鮮の美術や工芸に魅せられ、その仕事は柳宗悦の民芸運動に大きな影響を与える。一九三一年四月肺炎で死亡。著作に『朝鮮の膳』など。高崎宗司編『浅川巧全集』（草風館）がある。「金海」は氏の遺稿。安倍能成や柳宗悦と親交があった。

柳宗悦（やなぎ・むねよし）一八八九―一九六一年。東京出身。美学者、思想家。学習院高等科在学中に雑誌『白樺』の創刊に参加。東京帝国大学哲学科卒業。民芸運動の創始者で、一九三六年東京府駒場に民芸博物館を設立。朝鮮の陶磁器や古美術に関心を寄せ、収集した。『柳宗悦全集』全二二巻等の作品がある。浅川巧と親交があり、「浅川のこと」等に想い出がつづられている。

谷崎潤一郎（たにざき・じゅんいちろう）一八八六―一九六五年。東京日本橋に生まれる。

小説家。代表作に『刺青』『痴人の愛』『卍』『春琴抄』『陰翳礼讃』『細雪』『鍵』『瘋癲老人日記』など。「朝鮮雑観」を発表した一九一八年、谷崎は朝鮮、満州、中国を旅行している。

佐多稲子（さた・いねこ）一九〇四―一九九八年。長崎県長崎市生まれ。代表作に『キャラメル工場から』『くれなゐ』『樹影』『夏の栞』『月の宴』など。「朝鮮の子供たちその他」は一九四〇年六月、朝鮮総督府鉄道局の招待で朝鮮を一二日間旅行したときの作品で、窪川稲子の名前で発表されている。

島木健作（しまき・けんさく）一九〇三―四五年。北海道札幌生まれの小説家。二歳で父と死別し、母に育てられる。高等小学校中退後、銀行の給仕、玄関番などをしながら苦学。東北帝国大学法学部に入学するが、労働運動に関与して中退。後に作家活動を開始。『生活の探究』（一九三七年）はベストセラーとなる。同時期には『満州紀行』の作品もある。一九四一年、『文学界』に「麦笛と栗の花」「朝鮮の農村」等の朝鮮紀行文を発表する。

泉靖一（いずみ　せいいち）一九一五―一九七〇年。東京、雑司ヶ谷に生まれる。文化人類学者。一九二七年、十二歳のとき父の京城帝国大学法文学部教授への就任にともない、京城に転居。翌年、中学校入学後間もなく、軽い肺浸潤をわずらい、翌年の夏、病気療養を兼ねて家族全員で朝鮮・内金剛、長安寺のバンガローで過ごす。「遥かな山々」にはそのときの体験が記されている。京城帝国大学法文学部卒業後、同助手、助教授。戦後は引揚げ事業に従事した後、一九五一年から東大教授となる。

初出・出典一覧

第一章　子どもたちの朝鮮

五木寛之『運命の足音』幻冬舎文庫、二〇〇三年、二〇六―二一六頁
安岡章太郎『僕の昭和史』新潮文庫、二〇〇五年、一一―二二頁
田中明「私と朝鮮とのあいだ」初出『かちそり』第一〇号、一九七九年一二月、出典『常識的朝鮮論のすすめ』朝日新聞社、一九八一年、二一九頁―二四〇頁
任文桓「日本人学校と新付日本人学校」初出『愛と民族』同成社、一九七五年、出典『日本帝国と大韓民国に仕えた官僚の回想』ちくま文庫、二〇一五年
金素雲「回想の牧の島」『近く遥かな国から』新潮社、一九七九年、一〇六―一一〇頁
森崎和江「詩を書きはじめた頃」初出詩集『風』「あとがき」一九八二年、出典『二つのことば、二つのこころ』筑摩書房、一九九五年
日野啓三「ポプラ」初出『朝日新聞』学芸欄、一九九五年、出典『日野啓三自選エッセイ集魂の光景』集英社、一九九八年
日野啓三「遠い憂鬱」初出「韓国遠望」『東京新聞』一九七四年七月二二日夕刊、出典『私

のなかの他人』文藝春秋、一九七五年
第二章　朝鮮の少年たち、日本へ行く
任文桓「こんな世界もあったのか」初出『愛と民族』同成社、一九七五年、出典『日本帝国と大韓民国に仕えた官僚の回想』ちくま文庫、二〇一五年、八七―九三頁
金素雲（上垣外憲一・崔博光訳）「図書館大学」『天の涯に生くるとも』講談社学術文庫、一九八九年、六九―七五頁
任文桓「兼職三冠王」初出『愛と民族』同成社、一九七五年、出典『日本帝国と大韓民国に仕えた官僚の回想』ちくま文庫、二〇一五年、一〇二―一〇六頁
金史良「玄界灘密航」初出『文芸首都』一九四〇年八月号、出典『光の中に』講談社文芸文庫、一九九九年
金史良「故郷を想う」初出『知性』一九四一年五月号、出典『光の中に』講談社文芸文庫、一九九九年
全鎮植「ノビル団子と籠抜け詐欺」『わが朝鮮　私の日本』平凡社、一九九三年
第三章　こんな日本人がいた
森安連吉「衛生思想の普及」初出『朝鮮統治の回顧と批判』朝鮮新聞社、一九三六年
石島亀治郎「救世軍育児ホーム」『朝鮮』（社会教化事業号七七号）一九二一年

安倍能成「浅川巧さんを惜む」初出『京城日報』一九三一年四月二八日―五月六日、出典『青丘雑記』岩波書店、一九四〇年
藤田亮策「ビリケン総督」『親和』五二号、一九五八年二月号
宇垣一成「朝鮮を憶う」『文藝春秋』一九五〇年八月号

第四章　出会い八景

安倍能成「或る日の晩餐」（一九三二年記）『静夜集』岩波書店、一九三四年、出典『安倍能成選集』第一巻、日本図書センター（復刻版）、一九九七年
李孝石「蕨」『金融組合』九五号、一九三六年八月号
安倍能成「壺辺閑話」初出『報知新聞』一九三七年六月一二―一六日、出典『槿域抄』斎藤書店、一九四七年
金素雲「恩讐三十年」初出『文藝春秋』一九五四年九月、出典『こころの壁』サイマル出版会、一九八一年、八二―九二頁
金素雲（上垣外憲一・崔博光訳）「白秋城」『天の涯に生くるとも』講談社学術文庫、一九八八年、一四九―一五六頁
金素雲「カミもホトケもない話」『こころの壁』サイマル出版会、一九八一年
浅川巧「金海」初出『工藝』一九三四年三月号、出典『朝鮮民芸論集』岩波文庫、二〇〇三年

柳宗悦「林檎」初出『山陽新聞』一九五三年一一月六日付、出典『朝鮮とその芸術』(柳宗悦選集4)一九七二年

第五章　作家たちの朝鮮紀行

谷崎潤一郎「朝鮮雑観」(一九一八年記)『谷崎潤一郎随筆選集』第二巻、創芸社、一九五一年

佐多稲子「朝鮮の子供たちその他」『新潮』一九四〇年九月号、出典『佐多稲子全集』第十六巻、講談社、一九七九年

島木健作「京城の十日間」初出『モダン日本　朝鮮版』一九四〇年

第六章　街と風景と自然

安倍能成「朝鮮所見二三」(一九二七年記)、出典『青丘雑記』岩波書店、一九四〇年

安倍能成「京城の市街に就て」(一九二八年記)、出典『青丘雑記』岩波書店、一九四〇年

安倍能成「京城とアテーネ」初出『文藝春秋』一九二八年一一月、出典『青丘雑記』岩波書店、一九四〇年

安倍能成「京城の夏」(一九三八年記)、出典『槿域抄』斎藤書店、一九四七年

李孝石「季節の落書」『金融組合』一〇〇号、一九三七年一月号

李孝石「貝殻の匙」『金融組合』一一〇号、一九三七年一一月号

李孝石「樹木について」『金融組合』一一九号、一九三八年八月号
李孝石「水の上」『金融組合』一三三号、一九三九年九月号
安倍能成「金剛山の風景」（一九三九年記）、『槿域抄』斎藤書店、一九四七年
泉靖一「遥かな山々」初出「アルプ」（一九六七年八月―一九七〇年六月）出典『泉靖一著作集7　文化人類学の眼』読売新聞社、一九七二年、一六五―一七七頁

第七章　朝鮮を見て、日本をふり返る

柳宗悦「朝鮮陶磁号序」初出『工藝』一三号一九三二年一月号、出典『朝鮮とその芸術（新装・柳宗悦選集4）』一九七二年
安倍能成「京城雑記」（一九二八年記）『青丘雑記』岩波書店、一九四〇年
安倍能成「京城街頭所見」（一九三二年記）『青丘雑記』岩波書店、一九四〇年

＊収録作品中、今日の人権意識に照らして不適切と思われる語句や表現がありますが、作品が発表された時代背景とその作品的価値を考慮し、そのままとしました。

本書は文庫オリジナルです。

日本帝国と大韓民国に仕えた官僚の回想　任文桓
植民地コリア出身の著者は体制の差別と日本人の援助を受け、同胞の為に朝鮮総督府の官僚となる。植民地世代が残した最も優れた回想録。（保阪正康）

東條英機と天皇の時代　保阪正康
日本の現代史上、避けて通ることのできない存在である東條英機。軍人から戦争指導者へ、そして極東裁判に至る生涯を通して、昭和期日本の実像に迫る。

孫文の辛亥革命を助けた日本人　保阪正康
百年前、辛亥革命に協力し、アジア解放の夢に一身を賭した日本人がいた。彼らの義に殉じた生涯を、激動の時代を背景に描く。（清水美和）

昭和史探索（全6巻）　半藤一利編著
名著『昭和史』の著者が第一級の史料を厳選、抜粋。時々の情勢や空気を一年ごとに分析し、書き下ろしの解説を付す。《昭和》を深く探る待望のシリーズ。

責任　ラバウルの将軍今村均　角田房子
ラバウルの軍司令官・今村均。軍部内の複雑な関係、戦地、そして戦犯としての服役。戦争の時代を生きた人間の苦悩を描き出す。（保阪正康）

甘粕大尉　増補改訂　角田房子
関東大震災直後に起きた大杉栄殺害事件の犯人、甘粕正彦。後に、満州国を舞台に力を発揮した伝説の男、その実像とは？（藤原作弥）

一死、大罪を謝す　陸軍大臣阿南惟幾　角田房子
日本敗戦の八月一五日、自決を遂げた時の陸軍大臣。本土決戦を叫ぶ陸軍をまとめ、戦争終結に至るまでの息詰まるドラマと、軍人の姿を描く。（澤地久枝）

田中清玄自伝　田中清玄　大須賀瑞夫
戦前は武装共産党の指導者、戦後は国際石油戦争に関わるなど、激動の昭和を侍の末裔として多彩な人脈を操りながら駆け抜けた男の「夢と真実」。

富岡日記　和田英
ついに世界遺産登録。明治政府の威信を懸けた官営模範器械製糸場たる富岡製糸場。その工女となった「武士の娘」の貴重な記録。（斎藤美奈子／今井幹夫）

戦前の生活　武田知弘
軍国主義、封建的、質素倹約で貧乏だったなんてウソ。意外で驚きなトピックが満載。夢と希望に溢れ、ゴシップに満ちた戦前の日本へようこそ。

日本幻論 漂泊者のこころ　五木寛之

幻の隠岐共和国、柳田國男と南方熊楠、人間としての蓮如像等々、非・常民文化の水脈を探り、五木文学の原点を語った衝撃の幻論集。（中沢新一）

誰も調べなかった日本文化史　パオロ・マッツァリーノ

土下座のカジュアル化、先生という敬称の由来、全国紙一面の広告。——イタリア人（自称）戯作者が、資料と統計で発見した知られざる日本の姿。

占領下日本（上）　半藤一利／竹内修司／保阪正康／松本健一

1945年からの7年間日本は「占領下」にあった。この時代を問うことは戦後日本を問いなおすことである。天皇からストリップまでを語り尽くす。

占領下日本（下）　半藤一利／竹内修司／保阪正康／松本健一

日本の「占領」政策では膨大な関係者の思惑が錯綜し揺れ動く環境の中で、様々なあり方が模索された。昭和史を多様な観点と仮説から再検証する。

わが半生（上）　愛新覚羅溥儀　小野忍／野原四郎／新島淳良／丸山昇訳

清朝末期、最後の皇帝がわずか三歳で即位した。紫禁城に宦官と棲む日々……。映画『ラスト・エンペラー』でブームを巻きおこした皇帝溥儀の回想録。

わが半生（下）　愛新覚羅溥儀　小野忍／野原四郎／新島淳良／丸山昇訳

満州国傀儡皇帝から一転して一個の人民へ。溥儀は第二次世界大戦を境に「改造」の道を歩む。訳者による、本書成立の経緯を史料として追加。

権力の館を歩く　御厨貴

歴代首相や有力政治家の私邸、首相官邸、官庁、政党本部ビルなどを訪ね歩き、その建築空間を分析。権力者たちの素顔と、建物に秘められた真実に迫る。

史観宰相論　松本清張

大久保、伊藤、西園寺、近衛、吉田などの為政者たちを俎上に載せ、その功罪を論じて、現代に求められるべき指導者の条件を考える。

「戦艦大和」の最期、それから　千早耿一郎

『戦艦大和ノ最期』の執筆や出版の経緯を解き明かし、日本銀行行員・キリスト者として生きた著者吉田満の戦後の航跡をたどる。（藤原作弥）

神国日本のトンデモ決戦生活　早川タダノリ

これが総力戦だ！　雑誌や広告を覆い尽くしたプロパガンダの数々が浮かび上がらせる戦時下日本のリアルな姿。関連図版をカラーで多数収録。

ちくま文庫

日韓併合期《にっかんへいごうき》ベストエッセイ集《しゅう》

二〇一五年七月十日　第一刷発行

編　者　鄭大均（てい・たいきん）
発行者　熊沢敏之
発行所　株式会社　筑摩書房
東京都台東区蔵前二―五―三　〒一一一―八七五五
振替〇〇一六〇―八―四一二三
装幀者　安野光雅
印刷所　株式会社精興社
製本所　株式会社積信堂

乱丁・落丁本の場合は、左記宛にご送付下さい。
送料小社負担でお取り替えいたします。
ご注文・お問い合わせも左記へお願いします。
筑摩書房サービスセンター
埼玉県さいたま市北区櫛引町二―六〇四　〒三三一―八五〇七
電話番号　〇四八―六五一―〇〇五三

ISBN978-4-480-43282-7　C0195